本书的出版获“广东高校青年创新人才项目（人文社科类）”（项目编号：2014WQNCX028）及“华南师范大学青年教师科研培育基金”（13SK15）资助。

作者简介：陈瑜，女，中山大学比较文学与世界文学博士，斯坦福大学东亚研究中心访问学者，现任教于华南师范大学。

情之嬗变

清末民初《茶花女》在中国的翻译与改写

陈瑜 著

暨南大學出版社
JINAN UNIVERSITY PRESS

中国·广州

图书在版编目（CIP）数据

情之嬗变：清末民初《茶花女》在中国的翻译与改写／陈瑜著．—广州：暨南大学出版社，2015.8

ISBN 978－7－5668－1559－0

Ⅰ．①情…　Ⅱ．①陈…　Ⅲ．①《茶花女》—文学翻译—研究
Ⅳ．①I565.074②H315.9

中国版本图书馆 CIP 数据核字（2015）第 159608 号

出版发行：暨南大学出版社

地　址：中国广州暨南大学
电　话：总编室（8620）85221601
　　　　营销部（8620）85225284　85228291　85228292（邮购）
传　真：（8620）85221583（办公室）　85223774（营销部）
邮　编：510630
网　址：http：//www.jnupress.com　http：//press.jnu.edu.cn

排　版：广州良弓广告有限公司
印　刷：佛山市浩文彩色印刷有限公司

开　本：787mm×1092mm　1/16
印　张：14.75
字　数：227 千
版　次：2015 年 8 月第 1 版
印　次：2015 年 8 月第 1 次

定　价：38.00 元

目　录

绪　论
“浪漫爱”的现代启蒙：清末民初的《茶花女》与中国

《茶花女》是对中国近现代文学和文化影响最大的艺术译介作品之一。中国清末第一部最具影响力的翻译小说、中国人最早尝试的欧式话剧演出作品以及第一部由中国人自己演唱的西洋歌剧无一例外都是《茶花女》。这部作品不仅镌刻着中国人在小说、话剧、歌剧甚至电影等艺术领域开拓的足迹，更为重要的是，它推动了20世纪初期中国人对西方以“浪漫爱”为标志的现代情感观念的接受与启蒙，开启并引领了中国言情传统的现代变革。

一、《茶花女》在中国的翻译与改写

《茶花女》（*La Dame aux Camélias*）是法国作家亚历山大·小仲马（Alexandre Dumas，fils）于1848年出版的一部小说，它讲述的是巴黎名妓玛格丽特和青年阿尔芒的浪漫爱情故事。小说的主要内容是资产阶级青年阿尔芒爱上了巴黎名妓玛格丽特，可他们的爱情受到阿尔芒父亲的阻挠。阿尔芒的父亲出于身份地位的考虑劝说玛格丽特，让她为阿尔芒的前程和阿尔芒妹妹的婚约着想，放弃这段感情。玛格丽特接受了他的请求，制造了变心假象，让阿尔芒怀着怨恨离开了她。玛格丽特选择了自我牺牲，但同时也经历着内心的煎熬，积郁成疾而离世。阿尔芒后来发现真相，但一切已无法挽回。

这部小说广为流传，并不断被改写。1852年，小仲马将它改编成话剧；1853年，意大利歌剧家朱塞佩·威尔第（Giuseppe Verdi）将其改编为歌剧；1909 年，丹麦人将其改编为电影。其后，还有人将之改成芭蕾舞剧、卡通和连环漫画[①]。它的译作也层出不穷：1856 年，《茶花女》的英文译本问世；1859 年，西班牙语译本进入市场，之后还有俄语、德语、匈牙利语等译本[②]。这些翻译延续了这部小说的生命力，正如小仲马本人所言："《茶花女》的故事将会在全球不停地重演，哪里有妓女和青年男子，哪里就有它。"[③]法国文学批评家罗兰·巴特将《茶花女》看作是"神话"，他说"时至今日，还有人在世界的某个角落里表演《茶花女》……这个成功提醒我们要注意'爱'的神话"[④]。

这个"'爱'的神话"，在 19 世纪与 20 世纪之交进入中国，对中国文学、文化产生深远影响。首先，《茶花女》在中国近代文艺发展史上占据重要的地位。在清末民初的文人看来，它是"西土说部入华之第一策"[⑤]，它树立了西方文学在中国文人眼中的新印象，很多人是因为《茶花女》才开始了解外国文学的。民国时期的评论者寒光认为："自林氏和晓斋主人（笔者注：王寿昌）同译了《茶花女》以后，中国的小说界才放大眼光，才打破了从前许多传统的旧观念和旧习惯；并且引动了国人看得起外国的文学和提高小说家的身价；中国文学界也因此开展了文学的世界眼光来迎接国外新的思潮。"[⑥] 1899 年，林纾和王寿昌翻译了《巴黎茶花女遗事》，这是中国近代第一部最具影响力的翻译小

---

① 以上艺术类型的作品出版（发行）情况，见 David Coward. Introduction of the book *La Dame aux Camélias*. Written by Alexandre Dumas, fils. Foreign Language Teaching & Research Press, Oxford University Press, 1994. VI – IX.

② 《茶花女》是法国 19 世纪中叶最为流行的小说和话剧之一，是意大利歌剧家朱塞佩·威尔第的代表作（1853），1909 年丹麦人制作了第一部"茶花女"电影。在所有的电影版本中，影响较大的是美国导演乔治·库克（George Cukor）1936 年出品的《茶花女》（*Camille*），该片由葛丽泰·嘉宝（Greta Garbo）和罗伯特·泰勒（Robert Taylor）主演，嘉宝饰演的茶花女形象一度成为观众脑海里"茶花女"小说原型的最佳替代。

③ 该话的英文译文为："It will always be replayed throughout the world wherever there are courtesans and young men"，见 Alexandre Dumas, fils. *La Dame aux Camélias*. Trans. David Coward. Foreign Language Teaching & Research Press, Oxford University Press, 1994. XIX.

④ ［法］罗兰·巴特著，许蔷蔷、许绮玲译：《神话：大众文化的诠释》，上海：上海人民出版社 1999 年版，第 149 页。

⑤ 朱羲胄：《春觉斋箸述记》卷三，第 40 页。转引自蔡祝青：《译本外的文本：清末民初中国阅读视域下的〈巴黎茶花女遗事〉》，辅仁大学博士学位论文，2009 年，第 162 页。

⑥ 寒光：《林琴南》，北京：中华书局 1935 年版，第 198 ~ 199 页。

说。1907 年，李叔同等人在日本东京公演了《茶花女》选幕，这是中国最早的话剧演出。可以说，《茶花女》在中国小说和戏剧的现代演进过程中发挥了不可取代的作用。

其次，《茶花女》译入中国后，其受欢迎程度和不断被模仿的事实，使它已经不再是一部简单的文学作品，而是成了一种文化现象。近代诗人陈衍说：“《巴黎茶花女遗事》小说行世，中国人见所未见，不胫走万本。”① 不少人在文学创作或现实生活中，都以模仿“茶花女”为荣。晚清著名翻译家严复有诗句“可怜一卷茶花女，断尽支那荡子肠”②，这是对《茶花女》影响的生动描绘。

从晚清起，我们在中国文学作品中时时可以见到“茶花女”的身影。1903 年，曾朴的《孽海花》中，浪子骥东为其英国情妇玛德的隐忍离去哀叹，他说：“英国女子，性质大半高傲，玛德何尝是个好打发的人。这回的忽然隐忍退让，真出我的意料之外，但决不是她的怯懦。她不惜破坏了自己来成全我，这完全受了小仲马《茶花女》剧本的影响。想起来，不但我把爱情误了她，还中了我文学的毒哩。”③在周瘦鹃的小说《花开花落》中，女主人公自杀前吟诗道：“少小嗜说部，腹中知几许，一笑掷郎杯，同看《茶花女》。”④ 庐隐的《象牙戒指》女主角沁珠在爱情困顿、难以为继时，便想起“茶花女”⑤。1938 年，“海派倡门压卷之作”——《亭子间嫂嫂》（周天籁著）中女主角顾秀珍站街拉嫖客，手中的道具就是一本《茶花女》⑥。《茶花女》俨然成为“爱的行为指南”。不只文学中的虚拟人物，现实中的青年男女也以“茶花女”为楷模。20 世纪 20 年代，南国社的女演员黄白英，誓言追随“茶花女”的脚步，要按“茶花女”的方式来处置自己的生活和爱

① 陈衍：《林纾传》，见《福州通志·文苑传》第 9 卷第 26 页。转引自林薇选注：《林纾选集》（小说卷上），成都：四川人民出版社 1985 年版，第 304 页。

② 严复：《甲辰出都呈同里诸公》，转引自林薇选注：《林纾选集》（小说卷上），成都：四川人民出版社 1985 年版，第 305 页。

③ 曾朴：《孽海花》，上海：上海古籍出版社 1979 年版，第 306 ~ 307 页。

④ 转引自陈平原：《二十世纪中国小说史》（第一卷），北京：北京大学出版社 1989 年版，第 11 页。

⑤ 庐隐：《象牙戒指》，集于《庐隐文集》，北京：北京燕山出版社 1998 年版，第 175 页。

⑥ 范伯群编：《中国近现代通俗文学史》，南京：江苏教育出版社 2000 年版，第 90 页。

情，她因此被封为“中国的茶花女”。为此，田汉还公开写下了《给一个茶花女的信》，用于劝说，在文坛上留下一段佳话。

据笔者粗略统计，自1899年林纾和王寿昌翻译出版《巴黎茶花女遗事》迄今，《茶花女》在中国的译本有近两百种。文类包括小说、歌剧和话剧。其中，以小说的翻译最多。根据中国近现代历史发展进程及《茶花女》中国翻译和改写作品的出版情况①，《茶花女》在中国的翻译和改写活动可分成五个时期：

第一个时期是清末民初，即1899年至1918年。这一时期横跨清末到五四以前，译作和改写作品形式丰富，故事内容与时代话题密切相关，屡屡在社会上引起轰动，为《茶花女》的进一步传播奠定了基础。

第二个时期是1923年至1939年。这个时期属于五四退潮、左翼文学兴起及抗日战争爆发前期，这一时期的《茶花女》文本都是译作，几乎没有改写作品。这时的译者与林纾相比，更为专业。也是从这一时期开始，中国出版了国人自己翻译的《茶花女》英译本。此外，值得一提的是，小仲马改写的《茶花女》话剧和威尔第的《茶花女》歌剧，也在这一时期进入中国，且都被译成中文出版。

第三个时期是1946年至1948年。1939年到1946年，由于国内抗日战争进入白热化阶段，《茶花女》作品的译介和出版活动相对停滞。1946年抗日战争结束后，《茶花女》的译本重新出版印行。

第四个时期是1955年至1959年。1955年后，新中国文学和文化事业开始进入一个相对平稳的发展时期，作为外国经典名作的《茶花女》开始得到新中国艺术家们的关注，虽然这个时期的译本不多，但可喜的是，《茶花女》歌剧迎来了新发展。

第五个时期是1979年后至今。从1959年到1979年的整整二十年，我们很难找到《茶花女》的正式出版物；直到1979年，陈林和文光重译了《茶花女》，这部西方名作才得以“重见天日”，使《茶花女》的翻译和改写活动在改革开放、重塑西方经典的热潮中勃兴。

---

① 具体出版情况，详见本书“附录二”笔者收集的“1899—1999百年间《茶花女》在中国的出版信息概览”。

将上述五个不同时期的中国版《茶花女》文本相比较会发现，清末民初的《茶花女》翻译和改写活动最为独特；而且，相比其他时期而言，翻译和改写的各类“茶花女”故事，内容最为丰富。首先，清末民初的“翻译”，更准确来说，其实是对作品的一种“跨文化的改造”。这时发生的翻译现象并不是传统意义上的字词对译，它至少包括了“意译、重写、删改、合译等方式”①。而且，这一时期的文人不仅翻译《茶花女》，还用中国故事改写《茶花女》，创造了本土化的“新茶花”。其次，清末民初《茶花女》改写本的形式十分多样，不仅有小说故事，还有戏剧、评话等。最后，这一时期的《茶花女》改写本，故事内容新奇多样。有译者将它写成是两性“忠贞”的教本，又有改写者将这段爱情置换成“救国女英雄”传说，还有作家移花接木，衍生出“寡妇恋爱”的故事。

形成这样复杂的翻译和改写状况，除去作者的主观因素外，有两个客观原因必须考虑在内：一方面是甲午战争后，知识分子热衷于学习西方文学、文化，他们希望通过小说翻译来引进新式文明，改革社会，因而这一时期出现了翻译小说的第一个高潮；另一方面人们对西方文学、文化的认识还很有限，因此，也有这种情形发生，即人们以先入为主的方式来诠释作品，由此产生的新“茶花女故事”也别出心裁，显得独具一格。

清末民初社会转型时期有着很多复杂的社会因素，这些也造成了这一时期《茶花女》翻译和改写文本的多样性。按梁启超描述，“19 世纪与 20 世纪交点之一刹那顷，实中国两异性之大动力相搏相射，短兵紧接，而新陈嬗代之时也”②。这一时期的改写本，既呈现了历史发展的重大转折，如戊戌变法、辛亥革命等，又描绘了社会新事物、新观念的流行，如人们对西方礼仪和文明的学习、对自由恋爱等现代观念的接受

---

① ［美］王德威著，宋伟杰译：《被压抑的现代性——晚清小说新论》，北京：北京大学出版社 2005 年版，第 3 页。

② 梁启超：《本馆第 100 册祝辞并论报馆之责任及本馆之经历》，见《清议报》，第 100 期。转引自刘纳：《嬗变：辛亥革命时期至五四时期的中国文学》，北京：中国人民大学出版社 2010 年版，第 4 页。

等。新旧时代交替的特点会聚其中，因此，研究这一时期的《茶花女》的翻译和改写文本特别有助于我们从中解析那段历史的丰富情态。

《茶花女》的主题是爱情，情感描写和由此引发的共鸣是“茶花女”故事长盛不衰的要素。就此而言，20 世纪初期中国人对《茶花女》的翻译和改写，也始终是围绕着情感主题来展开的。然而，却较少有人系统地考究过以下问题：清末民初《茶花女》在中国的翻译和改写文本，它们所传达的爱情观念与原作相比，发生了怎样的改变？这些改变从哪种程度上回应甚至推动了社会的转型？

谈到中国社会的转型，人们多半关注的是文学、文化传统或社会体制的变革，甚少有人将情感观念转变看作社会转型的重要面向。当我们对比五四前后中国人对情感的认识和表达，就可发现，传统的“发乎情，止乎礼”的理念，似乎一夜间被“自由恋爱”和“浪漫情感”所取代。这之间到底经历了怎样复杂的演变过程？新文化运动的兴起，自然是一个重要的推动力，但是我们也不得不承认，清末民初，大量译入的西方言情小说也在逐步改变人们对情感问题的认识。由此，要想对晚清到五四时期情感观念的演变有所了解，这一时期的《茶花女》在中国的翻译和改写文本是一个非常值得关注的个案。做出此论断原因有二。

其一，林纾和王寿昌 1899 年翻译出版的《巴黎茶花女遗事》是第一部在中国引起轰动的西方言情小说，它可说是最早且最形象地将西方“浪漫爱”模式传入中国的作品，在这部作品身上，西方的浪漫主义和中国传统的“情教”（the cult of qing）得到了最直接的融合。它为中国言情小说的写作开启了以“哀情”和“浪漫”为主要元素的新的书写格局。按陈建华所言：“夏志清先生就把林译《茶花女》看作中国源远流长的‘言情文学’的接绪。更确切地说，起始于《茶花女》的林译言情小说，不仅促成了这一文类的现代兴起，并促成了它的现代转换。”[①] 美国学者李欧梵更在其《情感的旅程》一文中将中国版《茶花

① 陈建华：《帝制末与世纪末——中国文学文化考论》，上海：上海教育出版社 2006 年版，第 285 页。

女》文本的两位重要改写者列为在情感表达方面“反传统”的先驱。他提出，在儒家传统一味用“理”来驯服“情”的一般背景下，“林纾和苏曼殊用不同的方法去确定情感的中心地位，并宣布出现了以情感为根据的典型个性。情感作为存在的中心模式的普及，见于林纾、苏曼殊同时代的人，即那些在条约口岸的报人和文人。这些人在给大众阅读小说作品中，创造了一个受儒家、佛教和中西元素影响的情感世界”①。

其二，还应考虑的是，五四时期高举“浪漫爱情”旗帜的众多作家，都直接受到林译《茶花女》及其他作品的影响，比如郭沫若，他在自己的自传中就曾提到，林纾翻译的三部外国作品在他年轻时留下不可磨灭的印象。而且，从某种程度上可以说，《茶花女》极有可能是不少五四青年接触现代情感理念的启蒙之作。这也使得他们在自己的创作作品中，不断提及“茶花女”来回应这种影响。比如庐隐的《海滨故人》女主角露莎在书房看书，看的是《茶花女遗事》②。此外，《象牙戒指》女主人公沁珠却“喜欢像茶花女——马格哩脱那样处置她的生命”③。

从上可见，清末民初的《茶花女》文本已成为中国近现代言情文化变迁的一面不可多得的透视镜。对此进行考察，不单可以勾勒出中国言情文化变迁的轨迹，展现隐藏在情感问题背后的意识形态和政治权力运作，还可以从“情感”的维度重新审视中国的现代化进程。由此，十分有必要对这一时期中国人情感观念的变迁和言情书写做一回顾，这是因为，当情感超乎寻常地成为重要主题，不仅关乎时代和社会，而且激发起知识分子群普遍的讨论时，《茶花女》这个文本才会获得翻译和流行的契机。

---

① 李欧梵：《中国现代作家的浪漫一代》，北京：新星出版社 2005 年版，第 263 ~ 264 页。

② 庐隐：《海滨故人》，集于凡尼、郁苇选编：《庐隐作品精编》，桂林：漓江出版社 2004 年版，第 300 页。

③ 庐隐：《象牙戒指》，集于《庐隐文集》，北京：北京燕山出版社 1998 年版，第 175 页。

二、《茶花女》与清末民初中国人情感观念的演变略述

"情感"，顾名思义，指的是人的情绪感受，但在笔者看来，它并非仅仅与心理情绪有关，它还关涉文学创作、个体与社会关系、个人的主体性建构等，是一个含义丰富的社会文化概念。学者李海燕（Haiyan Lee）提出，在现实社会，情感是个体与他人关系维持的重要基础，也是社会成员等级秩序形成的重要依据①。此外，个人的主体存在离不开情感。我们一般都认同，"人是情感的存在"②，但正如蒙培元所指出的，情感还有更重要的性质："对人而言，情感具有直接性、内在性和首要性，也就是最初的原始性。正因为如此，情感就成为人的存在的重要标志，并且对人的各种活动具有重要的影响和作用，甚至起决定性作用。"③

情感观念，简单讲，指的是人们对情感问题的观点和看法，在中国文学和文化史上，有关情感的论述源远流长。先秦诸子百家常将"情"与"性"相提并论，《荀子·正名》提出："生之所以然者谓之性。性之和所生，精合感应，不事而自然谓之性。性之好、恶、喜、怒、哀、乐谓之情。"④ 在情感的表现上，他们主张用"礼义"来节制情感，提出"发乎情，止乎礼义"⑤。魏晋南北朝的文人学士肯定"情"是人的本性，所谓"圣人忘情，最下不及情；情之所钟，正在我辈"⑥。到晚明，汤显祖的《牡丹亭》宣扬了超越生死、愤极决裂的"至情"，而冯梦龙的"情教"则把男女之情推演为一种源于生命、发乎天地万物之

---

① Haiyan Lee. *Revolution of the Heart*: *A Genealogy of Love in China*, (*1900 – 1950*). Stanford: Stanford University, 2007. p. 2.

② 蒙培元：《情感与理性》，北京：中国社会科学出版社 2002 年版，第 24 页。

③ 同上。

④ 徐刚：《情为何"物"》，集于陈平原、王德威、商伟编：《晚明与晚清：历史传承与文化创新》，武汉：湖北教育出版社 2001 年版，第 517 页。

⑤ 原句出自《诗大序》，用以描述"变风""变雅"的写作："故变风发乎情，止乎礼义。发乎情，民之性也；止乎礼义，先王之泽也。"后人引申指人们的情感行为要有所节制，要遵循礼义的规范要求。

⑥ 转引自何善蒙：《魏晋情论》，北京：光明日报出版社 2007 年版，第 76 页。

间的感情，他提出：“岂非以情始于男女，凡民之所必开者，圣人因而导之，俾勿作于凉，于是流注于君臣、父子、兄弟、朋友之间而汪然有余乎！”①

这些论述虽然各有不同主张，总体来看，它们都以儒家的价值理念为核心，用学者何善蒙的话来说，“儒家对于情感的强调，其最终目的就是要实现道德教化的功能”②。直到清末民初，这一状况才始有较大的变化。按英国著名历史学家伊懋可（Mark Elvin）所说：“在个人微妙的、内在的情感层面上，中国传统价值模式变化的重要转折点发生在19世纪与20世纪之交。”③ 在这一时期的情感论述中，礼教的价值核心受到挑战，一种现代的、强调自我和个性的爱情观念逐渐酝酿、生成。

对19世纪末至20世纪前期中国人情感观念的演变，李欧梵早在20世纪70年代的研究中就进行过梳理。在《中国现代作家的浪漫一代》一书中，他以“情感的旅程”为题，描绘了这一时期中国作家对情感的认识，还分析了他们的抒情作品。在李欧梵看来，中国人的情感传统源远流长，可对儒家来说，必须发乎“情”，止乎“礼”。这虽说是一个经典律例，但是在中国历史上，也不乏“反传统”的文学作品。李欧梵认为，林纾和苏曼殊就是两位承担此历史重任的先驱。因为他们用了不同的方法去确定情感的中心位置，“林纾致力辩明而苏曼殊致力体现的重要一点是：要有正面的价值，主观表现的个人情感应该是真实的”④。

李欧梵在这里就论及林纾翻译《茶花女》的现象：“当林纾据说为了外国‘茶花女’而流泪时⑤，他已经远远超越儒教束缚而达到另一个境界：只要是真心表达的个人情感，不论是否反映中国社会确立的道德

---

① （明）冯梦龙：《情史·序》，长沙：岳麓书社1986年版，第1页。

② 何善蒙：《魏晋情论》，北京：光明日报出版社2007年版，第43页。

③ Mark Elvin. “In What Sense is It Possible to Speak of a ‘Modernization’ of the Emotions in Chinese Society?”集于《中国现代论文集》，台北：中央研究院近代史研究所1992年版，第107页。

④ 李欧梵：《中国现代作家的浪漫一代》，北京：新星出版社2005年版，第264页。

⑤ 林纾曾在《〈露漱格兰小传〉序》中记载过，他翻译《茶花女》时曾数度大哭：“余既译《茶花女遗事》掷笔哭者三数，以为天下女子性情，坚于士夫，而士夫中必若龙逄、比干之挚忠极义，百死不可挠折，方足与马克竞。”（见林纾：《〈露漱格兰小传〉序》（1901），集于阿英编：《晚清文学丛钞·小说戏曲研究卷》，北京：中华书局1960年版，第198页）

规范，都可以是一个人主要的世界观。通过为自己的道德寻求情感的基础，并用道德观使自己的情感合理化，是林纾在这过渡时期作出的贡献。”①而且，就文学创作而言，晚清文学里已经存在突出作者个性的主观倾向。这一点在五四时期的文学作品中得到发展，李欧梵提出，五四运动使个人情感的堤坝崩决，作家的创作多以“自我揭示”为风尚，作家内心最深处的感情和性欲秘密也因此得以揭示。此外，这一时期的文学作品充满对爱情的歌颂，它“说明了20世纪20年代的一种更巨大的现象：五四运动不仅激发了文学和知识分子的革命，也推动了情感上的革命”②。李欧梵提出，通过这一时期的文学作品和作家的爱情行为，我们可以看到，“爱情成为新道德的总体象征，很容易地取代了传统社会精神特质的礼教，且把礼教等同于外在的限制。在解放的一大趋势中，爱情与自由等同；在某种意义上说，通过爱情和释放自己的热情与精力，个人可以真正成为既完全又自由的人”③。

李欧梵的研究为我们提供了新的视角，使我们能更深入地理解这段历史转折期的作家的情感表达和文学创作的关系。从他对林纾的评价也可以看出，在清末民初中国人情感观念的演变历程中，《巴黎茶花女遗事》的翻译，在破除情感的传统禁锢方面发挥了“先驱”的作用。但李欧梵的研究多半集中于文学创作领域，而未对这一时期的观念形态做更系统的阐述。

进入21世纪，跨学科的文学文化研究使人们对这段历史有了新的认识。美国学者李海燕在2007年出版了《心的革命：中国的爱情谱系(1900—1950)》（*Revolution of the Heart*：*A Genealogy of Love in China*，*1900 - 1950*）一书，是当前有关情感的社会与文化史研究的重要著作，也是这一阶段情感问题研究的一个标志性的成果。该书讨论了20世纪上半叶中国人的情感观念演变，其中对晚清至五四前后这段时期有专章论述。李海燕指出，从清末民初（19世纪90年代至20世纪前十年）到五四，再到20世纪20年代至40年代，情感论述（discourse of senti-

① 李欧梵：《中国现代作家的浪漫一代》，北京：新星出版社2005年版，第262页。
② 同上，第267页。
③ 同上，第268页。

ment）主宰着这些时期的文学和流行文化。无论是晚清的写情小说、林纾的翻译小说、鸳鸯蝴蝶派的言情小说，还是五四时期和之后的浪漫主义小说，其中，“情感”（sentiment）在作品的主题和观念意识层面都占据着重要位置。她认为：“这一时期的情感观念（the idea of sentiment），成为一个意义多变的概念。它一方面继承着封建帝国晚期（晚明）‘情教’（the cult of qing）的影响，同时又受到20世纪初期西方自由恋爱的浪漫主义思想和弗洛伊德性学理论的熏陶，从而具有一个复杂的转变过程。这个过程，充满了冲突、调谐甚至压制。而且，在这个社会、文化及政治变革的历史时期，个人和集体之间关系的调节及重塑与情感观念的转变历程也密切相关。”①

李海燕用了谱系学的方法来梳理史料，她提出，在中国的现代化进程中，个人对爱情的肯定，也预示着对私密经验、个体自我和日常生活的肯定。一个“现代自我”（modern self）往往由此诞生，即个人成功地摆脱束缚，真实地展现自我的内在自然本性。然而，20世纪上半叶，正值中国资产阶级民族主义革命时期，个体对“自我”和自我情感的肯定，必然与强调“社群”“民族”“国家”等集体利益的价值观念形成冲突。按照冲突的矛盾以及人们对“大我”和“小我”之间紧张关系的不同应对，李海燕发现，20世纪上半叶，不同阶段存在不同的情感模式。为了准确表述这些模式的特点，李海燕引入雷蒙·威廉斯（Raymond Williams）的“情感结构”②（structure of feeling）概念来为之命名。她指出，20世纪伊始至20世纪50年代可以分为不同历史阶段，其中的情感观念的特征可以依次描述为“儒家情感结构”（the confucian

---

① 以上为笔者的译文，原文见 Haiyan Lee. *Revolution of the Heart*：*A Genealogy of Love in China*，*1900－1950*. Stanford：Stanford University Press，2007. p. 4.

② 在李海燕看来，威廉斯的“情感结构”一词指示出“社会经验和关系的某种独特样态，这种样态仅为那个时期或者那个时代人所独有，在历史上绝无重复”。这个概念强调了个体的感知和经验与社会历史、文化变迁的关系，用王德威的话来说，它“代表一个历史情境里，主体经由公、私生活的律动，对现实赋予意义，并将此意义体现于感官与感性形式的过程”。也正是从这个层面看，“情感结构”一词能够作为核心关键词承担起描述不同时期情感观念特征的任务。（上述两处引文分别来自 Haiyan Lee. *Revolution of the Heart*：*A Genealogy of Love in China*，*1900－1950*. Stanford：Stanford University Press，2007. p. 10 及王德威：《“有情”的历史：抒情传统与中国文学现代性》，北京：三联书店2010年版，第5页）

structure of feeling)、“启蒙的情感结构”（the enlightenment structure of feeling）和“革命的情感结构”（the revolutionary structure of feeling)。

所谓“儒家的情感结构”，概括了1900年至五四以前这段时期情感观念的特点。这一时期的情感论述继承并发扬了晚明“情教”的精神，将“情感”从道德领域的边缘位置推向了中心，并使它成为了个人的身份及认同的重要基础。李海燕指出，“儒家情感结构”在某种程度上说是“反直觉”（counterintuitive）的，它呈现为一系列的价值标准和经验，这对帝国晚期的儒家经典要义（confucian orthodoxy）非常重要，而对20世纪头十年的现代浪漫主义（modern romanticism）来说，也同样如此。在她看来，虽然1900年至五四以前的情感论述仍是以儒家价值观为核心，但是已经在很多方面酝酿了“现代观念”：首先，这一时期的论述者肯定“情”是个人存在的重要基础；其次，他们巧用“道德”的符码（ethical codes)，为个体的、主观的经验披上合理的外衣；再次，他们将黑格尔所称的“爱的冲突”（love's collisions）和家国的利益戏剧性地结合在一起①。

随着五四运动的开展，情感领域的变革更加明显。李海燕用“启蒙的情感结构”来概括五四至20世纪20年代的情感观念特点。这一时期的情感论述，摒弃了“儒家情感结构”对情感问题的固有认识，浪漫爱情（romantic love）成为人们追求的目标。李海燕在此处专门讨论了中国人翻译《茶花女》的现象，她认为，“茶花女”故事推崇浪漫爱情的“真爱至上”（Le grand amour)，并将这一价值观上升为一种“构成性的善”（constitutive good)②；“它引进了一种新的小说样式的同时也引入了一种新的生活。在这些小说和生活里，爱是一种至高无上的情感，

---

① 以上观点见 Haiyan Lee. *Revolution of the Heart*：*A Genealogy of Love in China*，*1900－1950*. Stanford：Stanford University Press，2007. p. 15.

② 所谓“构成性的善”是加拿大著名哲学家查尔斯·泰勒在《自我的根源：现代认同的形成》一书中提出的一个重要的关键词，它指的是那些构成我们的行为或动机的善的性质。在泰勒看来，“构成性的善”是道德的根源。因为“善”并不是一种可以通过某种语言和表达能固定下来的僵化理念，它“标示所有被考虑为有价值的、高尚的、值得赞赏的种种类型或范畴”。因而不同的时代和不同的人群认可的“构成性的善”有所不同。

一个耗尽生命全部时间的事业”[①]。她进一步指出，如果说“儒家情感结构”以“道德情感”（virtuous sentiments）为重，那么，“启蒙情感结构”则是以“自由恋爱”（free love）为核心[②]。李海燕认为，这一时期，“自由选择婚恋对象被看作是个人的基本权利，因为个人已成为了自由的道德主体，他们可以不顾任何人、包括父母的阻挠而行动”[③]。李海燕强调了浪漫爱情观带来的行动力，她指出，“浪漫爱情在这一时期具有双重面向：一方面，它指涉的是对爱情以及异性交往的激动情态；另一方面，它也导致个体对父母权威势力的反抗，它鼓励个人积极投身‘社会’和‘国家’事业”[④]。

20世纪20年代之后，社会与国家议题成为更多人关注的焦点，李海燕用“革命的情感结构”来概括这一时期的情感论述。她认为，在当时的文学作品中，“革命+恋爱”成了一种流行模式。在追求现代性的过程中，人们用它来解决一个基本冲突，即革命英雄主义（the heroic）和个人日常生活（the everyday）之间的矛盾。同时，“革命+恋爱”的模式也表达了在现代认识论中（the modern episteme）情感所面临的矛盾处境[⑤]。

李海燕深刻地指出，在半个世纪中国人的精神历程中，情感一直需要与其他社会和个人要素进行调适，这里包括情感与儒教的礼义道德、情感与个体的自我追求以及情感与民族主义革命的关系，这三组关系及其矛盾是认识这一过程的重要维度。

李欧梵和李海燕的研究，不仅让我们认识到情感观念发展的一个宏观图景；而且，就本人的研究而言，他们也论及《茶花女》在其中值得重视的作用。如果说，五四时期普遍流行的浪漫爱情，是一种西方的、现代的情感方式，那林纾和他所翻译的《巴黎茶花女遗事》，则可称为沟通“传统”和“现代”之间的重要一环。

---

① Haiyan Lee. *Revolution of the Heart: A Genealogy of Love in China, 1900 – 1950*. Stanford: Stanford University Press, 2007. p. 99.

② Ibid., pp. 15 – 16.

③ Ibid., p. 96.

④ Ibid.

⑤ Ibid., p. 16.

由此，有关清末民初《茶花女》的翻译和改写，就成为一个重要的研究课题，从这部经典的传入与改造，我们可以继续这场“情感观念演变”的讨论。它还带来如下新的问题：清末民初，由《茶花女》带来的西方浪漫爱情观念是如何影响不同的翻译家/作家的？他们如何调适“情感与礼义”“情感与家国”“情感与个人自主意识”之间的矛盾？在言情写作领域，翻译和改写《茶花女》是否开创了新的情感表达方式？

三、清末民初《茶花女》在中国翻译与改写研究的范围及对象

经上述已有研究及相关理论的启发，本研究将聚焦 1899—1918 年间《茶花女》的翻译和改写文本，探讨它们如何改写“茶花女”故事，在情节构造、人物形象中，投射出何种情感观念，这与当时的社会意识形态有何关联。

以“情之嬗变”为题，旨在分析清末民初《茶花女》的译本和改写本如何为人们呈现出一种新的、趋向“现代”的情感观念，这种观念在何种层面上突破了“传统”，并改变了人们的情感想象、书写和实践。由此，从某种意义上讲，本书所做的不仅是“翻译”和影响研究，还是一种情感的社会和文化史研究。

（一）研究的范围

1899—1918 年这一时段是《茶花女》作品在中国翻译和改写的第一个繁荣期。这个时期也正是五四以前，中国从传统向现代跨进的过渡时期。这个时期，“‘新兴’（emergent）和‘残余’（residual）两种力量纠缠混合，发生着剧烈的作用”①。具体到中外文学交流方面，一个突出的现象是，《茶花女》译入中国，并引起了一系列改写。通过这些文本，我们不但能看到一个法国的爱情故事是如何影响中国的文学艺术

① 胡缨著，彭姗姗、龙瑜宬译：《翻译的传说：中国新女性的形成（1898—1918）》，南京：江苏人民出版社 2009 年版，第 6 页。

家的，而且可以考察由此经典繁衍开来的各种结晶，包括故事题材、人物形象、情节风格方面的变迁；更重要的是，它如此丰富地呈现了19至20世纪初期人们对情感的认识及追求表达的复杂状态。

有关林译《茶花女》文本，已经有学者进行了翻译学上的探讨，而本书要做的不属于传统意义上的翻译研究。准确地讲，是翻译学家安德烈·勒菲弗尔（Lefevere，André）所说的“重写研究”（rewriting study）。在勒菲弗尔看来，任何对文本所进行的翻译（translation）、撰史（historiography）、编选（anthologization）、批评（criticism）和编辑（editing）都是某种形式的“重写”[①]。它必定受到目的语文化诗学、文学观念和意识形态规范的制约[②]。传统翻译研究将“翻译”界定为“字对字”或“意对意”的文本转换行为，但“重写”研究则强调，“翻译”是一种创造性的重新写作；因此考察文化对翻译的影响和制约就非常重要。在勒菲弗尔看来，“翻译并不是在真空中进行的，译者只能在特定的文化和特定时间内发挥作用。他们如何理解自身以及他们的文化，这是影响翻译的重要因素”[③]。

本书研究的是清末民初出现在中国的《茶花女》作品，那个时期的文人对《茶花女》的“翻译”，至少包含了翻译、改造、改编、模仿等四种形式。具体来说，“翻译”，指的是对《茶花女》小说展开的从源语言到目的语的转换行为；“改造”，指的是在《茶花女》原有人物角色和故事模型基础上进行本土化的创作；“改编”，则指用不同的艺术样式，如话剧、评话等来改编《茶花女》故事；“模仿”，是指用新的人物故事重新演绎《茶花女》。因此，本书用“清末民初《茶花女》在中国的翻译与改写”作为副标题，即表明本书的研究将会包括上述四种形式的文本。笔者认为，这一选择有助于我们理解翻译与社会文化的相互关系，使我们可以探讨“语境、历史和传统作用下的更大一些的问

---

① Lefevere, André. *Translation, Rewriting and the Manipulation of Literary Fame*. Shanghai: Shanghai Foreign Language Education Press, 2004. p. 9.

② Ibid., pp. 14 – 15.

③ Ibid., p. 14.

题”[①]。只有这样，我们才不会错过这些文本中隐藏最深、最富有“创造力”的部分。

（二）研究对象

近百年来，《茶花女》的中文翻译作品层出不穷。前面已经提到，清末民初中国人对《茶花女》的“翻译”，其实更准确地说是一种“重写”行为，因为它至少包括了翻译、改造、改编和模仿等四种“创造性的写作行为”。由此，“《茶花女》的翻译和改写”，就包括《茶花女》的各种译本、改造本、改编本及模仿本。除模仿本外，无论是译本，还是改造本和改编本，都会不约而同地以“茶花女”命名其中的女主角。模仿本比较特殊，准确地说，它只是《茶花女》的拟作，但它与《茶花女》原作在修辞方式、故事情节等方面的相似度有时甚至超过改造本、改编本。为了更综合地呈现《茶花女》文本的发展和影响，本文也将模仿本列入“翻译和改写”作品的范畴。

1899—1918 年这段时期，《茶花女》在中国的“翻译和改写”作品大致有十种[②]。其中，译作有一种，即林纾和王寿昌翻译的《巴黎茶花女遗事》。关于这本书的出版情况，阿英的《关于巴黎茶花女遗事》一文中介绍最为详细。据阿英考证，该书的第一个译本是福州著名刻手吴玉田镌版，即 1899 年农历正月在福州印行的版本，这个版本的特征是木刻大巾箱本的线装本，色纸里封面、里封底都印有林纾自己写的“己亥正月，板藏畏庐”两行字。同年，汪穰卿重印此书，书为铅印线装，里封面上刻有“己亥夏素隐书屋托昌言报馆代印”14 个字，人称“素隐书屋本”。1901 年秋，丁可钧题署、王运长书签的玉情瑶怨馆木刻本问世，成为《巴黎茶花女遗事》的第三个印刷本。此后，在近代还有 1903 年的文明书局本、广智书局本和商务印书馆本等。据笔者整理及

① ［英］杰里米·芒迪著，李德凤等译：《翻译学导论——理论与实践》，北京：商务印书馆 2007 年版，第 178 页。

② 到目前为止，还没有一部有关这一时期的小说目录完整地记载了清末民初各类《茶花女》改写本作品信息。目前辑录《茶花女》改写本的信息相对较全的书目，恐怕就是樽本照雄编的《新编增补清末民初小说目录》了。

学者郭延礼介绍，该书在1899—1918年间，各类出版社出版的版本不下七八种[①]。目前，笔者以北京图书馆古籍馆馆藏的素隐书屋刻本作为本文研究的版本。

除译作外，这一时期还有改造、改编和模仿的作品九种，其中属于“本土化改造”的作品，有钟心青的《新茶花》（1907）、湘西学者的《戏情小说新茶花》（1913）、朱勤补的《新茶花（爱国小说）》（1914，已轶失）。属于“改编”的，有两种戏剧作品：一个是时事新剧《新茶花》（1909），这个作品，笔者能找到的是它的剧情图画，原剧本应已无存。这些剧情图画由上海环球社编辑部编辑，分《二十世纪新茶花》（1909）和《续新茶花》（1910）；另一个是福州评话《新茶花》，这个作品的作者和出版年代不详，现集于黄宽重、李孝悌、吴政上主编的《俗文学丛刊》第4辑382卷，书前备注说明这份材料的组成和大致信息。除了福州评话外，笔者还找到后人根据前辈回忆整理的福州戏《新茶花》上半部。这个戏的内容与福州评话剧有所不同，但因为是后人的整理，不是当年的作品原貌，由此不作为本书的主要论述作品，而只作为一种参考文献。

属于“模仿”的则有笔名为“侬更有情”所著的《爱之花》（1903）、徐枕亚的《玉梨魂》（1912）、苏曼殊的《碎簪记》（1916）和林纾的《柳亭亭》（1916）四种[②]。其中《爱之花》是一部连载于《浙江潮》杂志第六到第八期的小说，连载日期为1903年8月到10月，可惜只有三回，是一部未完成之作。在所有的模仿本中，以《玉梨魂》最为知名。夏志清先生将这部小说看作是中国旧文学中一贯的“感伤—言情”（sentimental - erotic）传统的最终发展[③]，同时他认为《玉梨魂》明显存在学习林纾《巴黎茶花女遗事》一书的痕迹。他说：“林译的头一本译作《茶花女遗事》出版于一八九九年，最为轰动一时；在《玉

---

① 郭延礼：《中西文化碰撞与近代文学》，济南：山东教育出版社1999年版，第279页。

② 陈平原曾提出：“小仲马的《茶花女》迅速为中国读者和新小说家所接受和模仿，明显的例子可以举出钟心青《新茶花》、何诹《碎琴楼》、林纾的《柳亭亭》、苏曼殊的《碎簪记》和徐枕亚的《玉梨魂》。”（陈平原：《二十世纪中国小说史》（第一卷），北京：北京大学出版社1989年版，第66页）但在笔者看来，何诹的《碎琴楼》并未有较明显的模仿痕迹。

③ 夏志清撰，欧阳子译：《〈玉梨魂〉新论》，《联合文学》，1985年第12期，第10页。

梨魂》一书中，我们可以找到证据，确定徐氏在写最后两章时，曾以此西洋译著作为范本。”①

在上述所有的小说作品中，湘西学者的《戏情小说新茶花》，从未有研究者论及。笔者在检索史料时发现这一文本，为线装彩印本，分上下两册。

以上概述了清末民初《茶花女》文本的大体情况，虽然这一时期的作品各有特点，但是笔者的研究不可能面面俱到，对这一时期的每一部作品都均衡用力、深入剖析，由此，在具体的论述中，笔者会根据情感观念演变及作品发展阶段的特点选择其中具有代表性的著作予以分析。

四、清末民初《茶花女》在中国翻译和改写作品国内外研究综述

《茶花女》自1899年译入中国后，在近百年的时间里，译本的数量难以尽数，至于改写、改编和模仿的作品，也为数众多。学界对《茶花女》研究的各种文章、论著数量繁多，研究的主题各不相同，由此，要想在绪论中作一个《茶花女》研究百年综述，既不现实，也不利于如实把握本书研究对象的真实研究现状。故而根据本书研究对象和研究的议题，此处仅就清末民初《茶花女》在中国的翻译和改写作品已有的海内外研究概况作一陈述。从总体上看，在本书所关注的作品中，关于《巴黎茶花女遗事》的研究文章最多，其次则数《玉梨魂》。而对于其他仿作、改写（编）作品，关注度并不高，甚至还有从未被提及过的，如《戏情小说新茶花》。《玉梨魂》一书的研究综述在本书后面的章节中还会论及，由此，此处暂不列入。

（一）境外学者的研究

港澳台及海外学者研究清末民初文学作品的著述甚多，他们在讨论

---

① 夏志清撰，欧阳子译：《〈玉梨魂〉新论》，《联合文学》，1985年第12期，第17页。

这一时期的作品时，对林纾的《巴黎茶花女遗事》或多或少都有论及，以下择其较有代表性的进行阐述。在已有的研究中，李欧梵的研究较有影响。前面笔者在陈述有关那一时期情感观念的研究时，已经将李欧梵的著作列为一个重要的成果。在他的《中国现代作家的浪漫一代》一书中，关于林纾的《巴黎茶花女遗事》有专章论述。李欧梵提出，林纾为何会在翻译《巴黎茶花女遗事》时感动流涕？或者换句话说，他疑惑的是，“茶花女”玛格丽特为何能赢得林纾如此丰富的感情投射？李欧梵认为，林纾在《巴黎茶花女遗事》中对妓女玛格丽特的态度超越了传统的规范：“林纾有意无意地尝试把儒家学者官员传统上视为截然不同的两个世界合而为一——一个是以正确道德操守为基础，在社会及政治上以效忠国家为己任的世界，一个是讲求艺术文化、暂时回归自然、不拘礼节、随便与歌女交往的比较轻松的世界。换句话说，林纾这个注重道德观念的儒家弟子，尝试以自己对道德操守的认真态度来对待感情，填补道德观和感情观之间的空隙。对林纾来说，‘情’并不仅如《论语》所规定的那样，是‘礼’的内在反映；情就是道德。”①

李欧梵将林纾的《巴黎茶花女遗事》放在他所设定的“一种浪漫性情的进化”② 历程中去考察，他发掘出这一作品在中国人情感书写和情感观念演变历程中的价值，从情感的角度上，为这部作品和五四新文学作品找出了一脉相承之处，同时也为后人研究《茶花女》开辟了新的视角。

李欧梵之后，周蕾（Ray Chow）在《妇女与中国现代性：东西方之间阅读记》（1995）一书中也考察了《巴黎茶花女遗事》，只不过她着重思考的是林纾是如何翻译西方“浪漫爱情”的。周蕾分析道，在小仲马的文本里，“从一开首便是以一种支配性和占领性的语言来表达的”③，阿尔芒对玛格丽特的兴趣，并不在于她的单纯，而在于要征服她是如何地棘手。“亚尔芒（即阿尔芒）要用如对她进行宗教惩罚的形

---

① 李欧梵：《中国现代作家的浪漫一代》，北京：新星出版社 2005 年版，第 44 页。

② 同上，第 40 页。

③ 周蕾：《妇女与中国现代性：东西方之间阅读记》，台北：麦田出版有限公司 1995 年版，第 136 页。

式来寻求一位高级妓女的爱”[①]，而一旦她们付出了这样的真爱，“就必然是一种彻底的、自我毁灭式投降的激情”[②]。在林纾的《茶花女遗事》中，“纯洁女人与妓女的相互作用这种通向西方文本解读的基本概念消失了，剩下的只是对玛格丽特纯洁高尚的道德操守的强调……把西方文本这样翻译的后果，是故事的意义转向迎合中国读者的口味。玛格丽特读起来像一个贞节的中国妇人，而亚尔芒则变成了一位没有多少进攻倾向的情人，与传统的才子佳人更为相近。……目的是要赢得读者的同情，特别是指向玛格丽特的……”[③]

从上可见，林纾的翻译属于“有意”改写，这里涉及的问题其实并不单纯是词句欠贴切等表面形式，按周蕾的说法，“林纾对‘爱情’的翻译，应该是被解读为一种跟西方社会文本（sociotextual）的交易，是独一无二的。……因此，在意识形态上，像《茶花女遗事》这样的爱情故事拥有的是一种有效的辩解功能……当爱情被抨击为儿女私情，有害于国家大事的时候，它就‘只不过是一种小说的消遣而已；但是当要面对西方对中国的攻击和侵略时，爱情则被称为‘全球性的人类本质’”[④]。周蕾研究的独特性一方面在于，她从一种东西方文化交流的视角来分析，看林纾是如何通过“爱情”这个“世界性流通货币”，重新处理了中国特有的文化问题。另一方面，她能在分析中融入性别研究视角，从而揭示出《茶花女》的爱情故事中存在的性别等级关系。

陈建华从言情小说的现代转换角度去解读林纾的《巴黎茶花女遗事》等言情小说。在他出版于2006年的《帝制末与世纪末——中国文学文化考论》一书中，他提出，从《巴黎茶花女遗事》等小说中可看到，“林纾为言情小说的现代转换提供了一种方式”[⑤]。因为“不光是他的译作，还有他的翻译批评，都体现了他的感情投入、运作的方式，对

---

① 周蕾：《妇女与中国现代性：东西方之间阅读记》，台北：麦田出版有限公司1995年版，第136页。

② 同上，第137页。

③ 同上，第138~139页。

④ 同上，第139~140页。

⑤ 陈建华：《帝制末与世纪末——中国文学文化考论》，上海：上海教育出版社2006年版，第289页。

于言情传统意味着某种断裂”[①]。在陈建华看来，林纾的“断裂”之处表现在“在言情传统内部运作，突破了‘儿女’之情的表现形式，其地域性的文化符码与民族主义意识形态相交融；同时他将传统言情话语中的感伤性推广为一种时代意识。另一方面，他使言情文学朝商业消费的方向移动，对于构成都市的私人文学空间发挥了新的功能”[②]。

笔者在前文也谈到了李海燕《心的革命：中国的爱情谱系(1900—1950)》[③] 一书，她高度肯定林纾译著的价值。李海燕提出，当前对《巴黎茶花女遗事》的大部分评论，只是局限在揭示它的重要性和影响上，而没有深入探究它在20世纪初期中国人的“道德”认识中的作用。她说：“这些道德和观念认识的部分转变，我们早已可以从《红楼梦》中看出端倪，这些转变包括忏悔的模式、新的性别关系的建立以及自我克制英雄主义。但是《茶花女》却在一个新的框架内将这些转变呈现给中国读者，这个框架就是浪漫主义。与其他的翻译作品一起，这部小说重塑了情感的概念和逻辑，同时推动了人们对个人、性别身份和社会性等观念认识的重要变革。”[④]李海燕的研究，发掘了《茶花女》翻译活动的价值，但是她与上述其他几位学者一样，只是聚焦于《巴黎茶花女遗事》这一部作品，而未考虑到原作在清末民初的其他译本和改写本。

在对清末民初《茶花女》文本的研究中，能注意到它的作品发展脉络，并对相关作品进行了综合考察的是两位海外学者，即胡缨和蔡祝青。她们取得的成果，为本书提供了新的史料线索和研究基础。

旅美学者胡缨著有《翻译的传说：中国新女性的形成（1898—1918)》(*Tales of Translation*: *Composing the New Woman in China*, *1898 -*

① 陈建华：《帝制末与世纪末——中国文学文化考论》，上海：上海教育出版社2006年版，第289页。

② 同上，第290页。

③ 该书目前还没有中文译本，文中所列的引文均为笔者翻译。

④ Haiyan Lee. *Revolution of the Heart*: *A Genealogy of Love in China*, *1900 - 1950*. Stanford: Stanford University Press, 2007. p. 99.

1918)[①]。这本书原以英文写成，2000 年由斯坦福大学出版社出版。2009 年，彭姗姗和龙瑜宬将它翻译成中文。这是一部研究“女性形象”的著作。该书分析了清末民初对于中国新女性观念形成有着重大影响的翻译作品，考察了那些曾起到“催化剂”作用的西方女性形象是如何生产、流传和运用的。在胡缨看来，“茶花女”是这一时期不容忽视的西方女性形象，她成为晚清重要的文化偶像。这个偶像“仿佛拥有一种变形的能力，纵容了行为准则的变更，为越轨行径打开方便之门”[②]。

为了综合考察这个形象的演变，胡缨以“移植‘茶花女’”为题，专章讨论了这一时期四个“茶花女”改写本。这四个文本分别是《巴黎茶花女遗事》《柳亭亭》《玉梨魂》和《碎簪记》。她首先阐述了林纾对《巴黎茶花女遗事》的翻译，她指出，《巴黎茶花女遗事》中，经过林纾的“润色”，那种“浪漫的情致被一种建立在儒家道德伦理基础之上的、奉受终生的准则所代替”。而正是这些无处不在的儒家礼教秩序，让林纾塑造“茶花女”形象显得十分困难，他不得不通过巧妙的翻译，使其中的人物的行为和越轨的感情合法化，从而打造一个忠贞的“茶花女”形象。

胡缨在“柳亭亭”等三个改写形象中发现了不同的特质，其中，林纾 1916 年塑造“柳亭亭”时，已不再强调其忠贞，而是极力表现其琴棋书画等与传统“文雅”风范相符的能力。对这个形象，胡缨评述道：“通过不断调用古贤之名，小说将这位妓女直接纳入了古典传统之中。她的才能不仅是其天生聪慧的证明，更是一张通行证，让她得以获得文人阶层在文化层面的接受。”[③] 而在《玉梨魂》中，胡缨发现，女主角梨娘虽与中国传统女性的范式相连，但是她的身上却出现了一些奇异的外国成分，如梨娘会吟咏《罗密欧与朱丽叶》的词句催促心上人离开。这反映了改写者开始对这些“移植的茶花女”进行了明显的现

---

① 该书的英文版的出版信息为：Hu Ying. *Tales of Translation*：*Composing the New Woman in China*，*1898 - 1918*. Stanford：Stanford University Press，2000. 2009 年，彭姗姗和龙瑜宬将其译为中文，在江苏人民出版社出版。

② 胡缨著，彭姗姗、龙瑜宬译：《翻译的传说：中国新女性的形成（1898—1918）》，南京：江苏人民出版社 2009 年版，第 79 页。

③ 同上，第 110 页。

代的包装。胡缨指出，这些现代包装，到《碎簪记》中发展得更加强烈，其中的女主角开始成为一位“现代的女性”。而在这“现代”的转变中，小说人物爱情的悲剧性结局，“也许不是来自无力的父权的那种反对，也不是庄湜与两位女性角色之间的三角恋关系。相反，最终的悲剧只能是这样一种逻辑的结果，它源于庄湜的爱情烈焰与‘我’（笔者注：指小说的叙述者）的犬儒主义之间不可调和的冲突，以及对女性，包括那些由女性所体现的东西的恋顾与厌恶之间的冲突”①。

在如此详细的分析之后，对“茶花女”这一形象究竟为何如此迷人，胡缨得出的结论是，“茶花女”形象吸引清末民初读者的，是这一形象中“旧”与“新”的融合。“正是这种融合使得‘茶花女’成了彼此不同、甚至是矛盾的众多女性形象的起源：扭曲的新女性尚未被充分想象，高度理想化的传统女性特质也同样如是。‘茶花女’中‘旧’的，是其关于‘失谐的爱情’的故事情节。……而另一方面，‘茶花女’之‘新’，则在于呈现给读者时，对她的包装。”②

胡缨的分析为本研究提供了重要的启发。不过，和胡缨关注的论题相比，笔者对作品的选择和分析角度有所不同。笔者的研究聚焦于作品里表现的“爱情”主题，而胡缨侧重分析的是“形象”。胡缨阐明了“茶花女”的形象对中国新女性形象的影响，而笔者希望考察的是爱情故事的建构和情感观念的演变。

笔者认为，胡缨一方面深入地探讨了“茶花女”形象所包含的中西文化冲突和交融；但是另一方面，对于“茶花女”这一形象的魅力，她将最重要的原因归之于其中中西和新旧的杂糅。这一点是值得斟酌的，因为除了形象所包装的“传统”和“现代”因素，我们还需要分析这些态度与那个社会意识形态的关系，需要进一步讨论有关女性、浪漫爱和情感的话语论述。

此外，胡缨的研究如果能囊括更多的史料，她的分析也会更丰富。像钟心青的《新茶花》以及《二十世纪新茶花》等作品，她都未予

---

① 胡缨著，彭姗姗、龙瑜宬译：《翻译的传说：中国新女性的形成（1898—1918）》，南京：江苏人民出版社 2009 年版，第 120 页。

② 同上，第 124 页。

提及。

台湾学者蔡祝青也对清末民初中国版《茶花女》做了系统的研究，取得了新的成果，这是一部博士学位论文，题为《译本外的文本：清末民初中国阅读视域下的〈巴黎茶花女遗事〉》。

蔡祝青探究的是清末民初社会如何阅读、想象、模仿、重写、改变、定位茶花女故事。她采用勒菲弗尔的"改写"概念，阐述了翻译研究的重要性："逐一次第地展开各种形式的翻译、重写与改编、再创作研究，尤其不同时空地域下的翻译、重写、改编实践，立即牵涉到重写者的意图、理想读者的设定、各种出版机制以及市场的考量，而每一个翻译、重写、改编的文本，也都势必带出一整套与其唇齿相依的社会与文化关系，新的改写文本也将与读者以及接受文化重新建立起新的阅读距离与联系，而这样的重新创作与阅读实践也将再次回馈给译作、甚至原作本身，让原作的生命历久弥新，达到不休的永生。"① 蔡祝青主要关注的是各种翻译、重写、改编、再创作研究背后的运作体系。那个体系包括了改写者的意图、市场、出版机制、读者的阅读，以及译本和原本之间复杂的互动关系。

蔡祝青将《茶花女》的中国版作品分为戏剧和小说两类，按照体裁脉络进行了讨论。全文共有六章，她首先讨论的是林纾的《巴黎茶花女遗事》。她提出，林纾翻译的译体特征是以古文言情小说形式展现法国浪漫主义小说内涵，而他"至死不易志"的感情观直接影响了小说的翻译。林纾后来写作《柳亭亭》，就是按照自己心中的愿景，赋予"茶花女"爱情故事一个完满的结局，抒发他对现世安乐和满足的追求。蔡祝青将林纾的《巴黎茶花女遗事》与20世纪20年代的其他作家的译作进行了对比，这些译作包括1926年刘半农翻译的《茶花女》话剧及1929年夏康农翻译的《茶花女》小说，五四一代作家追求"以原本为主体"，在翻译观念和实践上他们都显示了与林纾的不同。

就戏剧改编而言，蔡祝青重点分析了三类戏剧表演活动。第一是李

① 蔡祝青：《译本外的文本：清末民初中国阅读视域下的〈巴黎茶花女遗事〉》，辅仁大学博士学位论文，2009年，"摘要"。

叔同等人1907年对《茶花女》第三幕进行的表演；第二是春柳社1914年后在国内进行的《茶花女》全本演出；第三是《二十世纪新茶花》的演出。蔡祝青不仅分析了戏剧文本，还讨论了当时观众对表演的反响、戏剧剧本的传承、演员的生活经历、戏剧舞台的构建、戏剧的市场运作等等。通过梳理多方面的史料，蔡祝青发现，同是春柳社的演出，李叔同在日本能引起轰动，而他们在中国的演出却不受欢迎。当时，春柳社成员回国，他们组建了春柳剧场，并重拾《巴黎茶花女遗事》译本，进行了忠于原著的改编。这个实例说明，接受者与文化语境的不同，直接影响了其对作品的反应。在蔡祝青看来，《二十世纪新茶花》与前两者相比，可谓是清末民初最为轰动的演出之一。它的成功有一个很重要的因素，即它顺应民族救亡和辛亥革命的要求，演员不断在剧情中加入有关革命救国的故事。另一方面，商业运作模式也起到决定性的作用。

有关小说改编，蔡祝青重点讨论了钟心青的《新茶花》和徐枕亚的《玉梨魂》两部作品。她首先分析了清末民初言情小说创作和阅读的历史背景，并认为这一时期的言情创作都可归纳为“重读《红楼梦》的创作实践”。在某种程度上，《茶花女》的改写也是《红楼梦》的变幻和延续。蔡祝青首先讨论了钟心青的《新茶花》，她认为，从传统的研究角度看，这部作品只能作为文人捧妓、欢场艳史来读，小说的内容和技巧谈不上有什么高明。但如果转换角度，将《茶花女》视作文化文本，读者就会发现，它清晰地再现了晚清中下阶层如何阅读、模仿《巴黎茶花女遗事》的方法与过程。她继而讨论了徐枕亚的《玉梨魂》。首先，她分析了徐枕亚开始创作的文化条件，阐述了徐枕亚的经历，包括他所任职的报馆情况、作品发表的报刊及他的家庭生活。蔡祝青认为，徐枕亚的个人生活以及《玉梨魂》这部作品都代表了一种新的哀情小说美学，这种美学沟通了历史上自屈原起到《红楼梦》等一脉相承的爱情传统。《玉梨魂》的写作，表现了以“情”为言情小说原点的看法，它抗拒梁启超对言情小说的排斥，后者正是为了标举政治小说价值而将言情小说斥之为“诲盗诲淫之说”。

蔡祝青十分注重史料的发掘，她引述了很多来自《时报》等清末民初报刊的资料，也掌握了很多别人从未提及的史料。她的理论建立在此史料发现的基础上，也为进一步的研究提供了扎实的基础。

（二）国内学者的研究

有关《茶花女》在中国的翻译和改写，最早为人所熟知的研究文章是阿英的《关于〈巴黎茶花女遗事〉》①。在这篇文章里，阿英考证了《巴黎茶花女遗事》最早版本的出处，他还列举了当时读者为这本书撰写的诗词和文章，由此呈现了那个时代的读者反应。阿英之后，钱钟书撰写过《林纾的翻译》一文②，分析林纾小说中的翻译及遣词造句特点。钱钟书认为林纾的翻译，包括《巴黎茶花女遗事》在内，都有很多地方脱离原文。但与一般翻译家忠于原文的信条相反，钱钟书独树一帜地提出，这样的不忠实反倒出彩地描绘出西方小说的迷人之处。

“文革”期间，《茶花女》被看作是“封资修”作品，受到查封，这段时期无论是《茶花女》作品的翻译、改写还是出版活动都陷于停滞状态。直到“文革”后，《茶花女》的研究及出版活动才得以延续。这一时期，国内其他学者很少论及清末民初《茶花女》作品，他们讨论的多是1979年后的《茶花女》译作，而且他们的观点或多或少都要强调政治正确的目的，所谓“阶级意识”，如陆晓禾发表的《怎样评价〈茶花女〉》一文，她如此归纳作者的创作意图：“在《茶花女》中，小仲马的目的就是暴露和针砭贵族资产阶级的自私、虚伪和腐化的道德面貌，启发人们的伦理意识，并劝诫人们向基督学习，帮助堕落者由恶转善。”③

20世纪90年代以后，国内学者对清末民初《茶花女》的翻译和改写作品研究才算得上真正繁荣起来。这一时期，不仅发表的研究文章数量较多，研究者的观念不再受到革命、阶级等意识形态限制，而且研究所关注的话题也从单一的主题思想论开始延伸到小说的翻译特点、技巧、不同艺术类型之间的转换以及人物形象的比较等方面。

---

① 阿英：《关于〈巴黎茶花女遗事〉》，《世界文学》，1961年第10期。

② 钱钟书：《旧文四篇》，上海：上海古籍出版社1979年版。

③ 陆晓禾：《怎样评价〈茶花女〉》，《读书》，1980年第11期，第53页。

20 世纪 90 年代至今的研究，从总体上看，并没有明显的时期阶段性特点，而且研究著述的水平也参差不齐，后期著述提出的观点及论述详尽程度并不见得能超越前期，由此，此处不按时间先后次序进行综述，而以它们所关注的话题来分类论述。20 世纪 90 年代以来，国内学者对《茶花女》的研究主要集中在四个方面：

1.《巴黎茶花女遗事》的文学成就、在中国受欢迎的原因及其对中国近代文学的影响

《茶花女》的翻译对中国近代小说，特别是对中国近代言情小说的影响，在郭延礼、陈平原、袁进等知名学者的《中西文化碰撞与近代文学》《中国小说叙事模式的转变》《二十世纪中国小说史（第一卷）》《近代的突围》等研究著作和《近代翻译文学与中国文学的近代化》[①]《试论近代翻译小说对言情小说的影响》[②] 等论文中多有论及，他们的研究主要集中在《巴黎茶花女遗事》对中国近代小说的第一人称叙事、日记体写作等叙事技巧方面的影响。而在情感观念方面，也多认为《巴黎茶花女遗事》对男女间真挚爱情的书写，带有以个人为本位的价值观、西方个性解放、男女平等的性爱意识和特色，给中国封建道德观念带来了一定的冲击。他们也在研究中或多或少提及了受到《巴黎茶花女遗事》影响而产生的系列仿作，其中，陈平原勾勒的脉络较为详细。陈平原认为：“小仲马的《茶花女》迅速为中国读者和新小说家所接受和模仿，明显的例子可以举出钟心青《新茶花》、何诹《碎琴楼》、林纾的《柳亭亭》、苏曼殊的《碎簪记》和徐枕亚的《玉梨魂》。”[③]

许海燕的《论〈巴黎茶花女遗事〉对清末民初小说创作的影响》[④] 则基本依照陈平原勾勒的线索，通过钟心青《新茶花》、何诹《碎琴

① 郭延礼：《近代翻译文学与中国文学的近代化》，《山东大学学报》（哲学社会科学版），1997 年第 3 期。

② 袁进：《试论近代翻译小说对言情小说的影响》，《上海社会科学院学术季刊》，1996 年第 3 期。

③ 陈平原：《二十世纪中国小说史》（第一卷），北京：北京大学出版社 1997 年版，第 66 页。

④ 许海燕：《论〈巴黎茶花女遗事〉对清末民初小说创作的影响》，《明清小说研究》，2001 年第 4 期。

楼》、苏曼殊的《碎簪记》和徐枕亚的《玉梨魂》这几个作品，说明《巴黎茶花女遗事》在主题思想、人物形象塑造以及小说创作技巧等方面的影响。她认为《茶花女》对清末民初小说创作的影响首先表现在作品的思想内容上，它通过玛格丽特和阿尔芒的爱情悲剧，表达了19世纪法国资本主义社会虚伪的道德观念怎样毁灭了一对年轻人纯真的爱情，在其影响下，清末民初的许多小说也对当时中国社会的封建权势人物、封建婚姻制度和封建道德观念对年轻人纯真美好爱情的摧残提出了强烈的抗议。此外，她提出《茶花女》对清末民初小说创作的影响还表现在女主人公形象的塑造上，而在小说创作技巧方面，《巴黎茶花女遗事》的感伤抒情风格，第一人称叙事和日记体、书信体等叙事方法也在上述作品中找到学习的痕迹。

除了《茶花女》的影响之外，《巴黎茶花女遗事》为何受到晚清读者的欢迎也是国内学者较为关注的议题。与这一议题相关的文章主要包括卢文芸的《林译茶花女撼动中国的岁月》、郝岚的《被道德僭越的爱情——林译言情小说〈巴黎茶花女遗事〉和〈迦茵小传〉的接受》[①]、李宗刚的《论林译〈茶花女〉何以成功登陆中国文学》[②] 等。

卢文芸的《林译茶花女撼动中国的岁月》是其中分析得较为详尽的一篇文章，该文章从读者接受的角度研究了《巴黎茶花女遗事》风靡一时的原因。作者使用文化研究的方法，从民族心理基础和时代精神基础等方面入手，探究《茶花女》在当时为何深受读者欢迎。文章指出，《茶花女》故事具有相对固定的爱情模式："在茶花女的故事模式中，牺牲僭越了爱情成为主题，爱情反而是可以置换的，可以置换为亲情、友情、忠君爱国之心等等，以同样的模式演绎在不同领域的道德故事。"[③] 而且这种受难—牺牲的模式蔓延在当时的许多作品中，如《迦茵小传》等。另外，《茶花女》在1897—1907年间深受读者欢迎，其

① 郝岚：《被道德僭越的爱情——林译言情小说〈巴黎茶花女遗事〉和〈迦茵小传〉的接受》，天津师范大学学报（社会科学版），2003年第6期。

② 李宗刚：《论林译〈茶花女〉何以成功登陆中国文学》，《山东社会科学》，2013年第3期。

③ 卢文芸：《林译茶花女撼动中国的岁月》，《文艺研究理论》，1999年第1期，第37页。

原因还在于它符合了当时不同人群的精神“需求”，如1901年逐渐形成的受新式教育的学生群体，他们接受自由解放的理论，《茶花女》中对爱情的向往和追求，对于正值择偶年纪的他们颇具吸引力。而且，当时的传统道德和国家危亡之局势，都唤起他们极端忘我的献身热情。这很容易和书中主角马克（即玛格丽特，清末民初译作或改写之作通常译作“马克”）泯灭自我需求的牺牲精神相契合。

郝岚在《被道德僭越的爱情——林译言情小说〈巴黎茶花女遗事〉和〈迦茵小传〉的接受》一文中则进一步将卢文芸提及的牺牲精神进行深化，她提出，人们一直想当然地认为近代中国人追求个性解放、渴望恋爱自由、要求婚姻自主是《茶花女》这类作品风行的主要原因，但事实上，至少在最初的阶段，在《巴黎茶花女遗事》等译作中，人们所能吸取到的所谓代表西方个性自由的恋爱仍然是与中国传统的家族本位伦理责任联系起来的，由此，打动中国人半个世纪之久的爱情小说里，许多中国人读出的不仅是对个人幸福的追求，更重要的其实倒是个人的“牺牲”，这种牺牲鼓励的是在爱情的追求中，个人应该要更尊崇崇高的道德，甚至不惜成为为道德牺牲的“祭品”。由此，她说，这些所谓的蕴含着“反封建”思想和道德教化色彩的西方言情小说里，“个性解放”实际上是被置换和忽视了，道德的主题反而受到了特别的关注。郝岚对《巴黎茶花女遗事》译作所传达的西方现代爱情观念进行伦理道德层面的反思，这样的反思是有意义的，但是认为这些西方言情小说传播的爱情观念完全被“道德”置换而未提及其可能具有的深层价值，则未免过于决断。

对于林译《茶花女》为何能够成功登陆中国文学，李宗刚的观点相较前两者则有所不同，却也具有一定的代表性。他提出，《茶花女》成功登陆中国文学的原因，一方面在于文本自身蕴含着世事的无常与人的生老病死、生前的荣华富贵和身后的清冷凄凉这样的真实生命存在，从而引发了接受主体对自身生命的思考。而这是人类共有的情感，具有普世意义。另一方面，《茶花女》之所以获得晚清中国读者的钟情还在于以《红楼梦》为代表的中国古典文学对中国读者的审美趣味的长期熏陶，使得与这些作品有着相似的人物、悲剧形式的《茶花女》能迅速得到他们的认同。

2.《茶花女》小说的翻译特点及技巧

“翻译”是国内学者关注的另一重要话题，在这方面，很多学者会将林译小说作为一个整体进行研究，而并非独独关注《巴黎茶花女遗事》。杨联芬2003年的《晚清至五四：中国文学现代性的发生》一书便是较为突出之作。杨用专章讨论了林纾和他的翻译，她高度评价了林纾译作对中国现代文学的影响。在杨联芬看来，林纾的翻译，“对中国文学的‘典范转移’起到的是开创性作用。而这一切又是通过‘误读’实现的。林纾对西方文学的误读，形成了中国文学现代性发生的价值转换空间：它打破了中国文学长期的雅俗阻隔，使‘异端’与传统得以调和；同时，这个空间所容纳的西方价值，成为孕育反叛传统的现代精神的温床，相当大地影响了五四一代的文化选择”①。杨联芬对林纾翻译的特点和价值的概括十分到位，她精确地指出了林纾翻译对中国文学现代性发生所发挥的作用，这无疑是具有启发意义的。

在杨联芬之后，李宗刚的《对林译小说风靡一时的再解读》② 虽说题目是谈林译小说风靡原因的，但他的关注点则是林纾的翻译。他认为，林译小说之所以能够风靡一时，是因为林纾的翻译契合了接受主体在特定文化交汇点上的独特要求。他提出，林纾不懂外文，由此他的翻译不得不借助他人的口译来完成，而这无形中能确保林纾的翻译既保留了西方文学的基本特质，同时，也能确保他的翻译具有独立自主的东方化文学品格，从而有效地调谐了中西方文化的隔阂。他说，如果林纾没有这一种对外文的隔膜和正统的传统文化心理，而代之以某种程度上的西化文化心理结构，那么其翻译出来的文本要迎合接受主体的审美心理需求，将会是非常艰难的。李宗刚对林纾翻译无意中实现的“中西方调和”的观点，也是很多研究者对林纾翻译的看法，具有一定的普遍性。

虽说林译小说的翻译特点和技巧是学者们研究的一个热点，但对于其中的代表作《茶花女》的翻译，也有不少可圈可点的文章。

---

① 杨联芬：《晚清至五四：中国文学现代性的发生》，北京：北京大学出版社2003年版，第84页。

② 李宗刚：《对林译小说风靡一时的再解读》，《东岳论丛》，2004年第6期。

马晓冬在《外语教学与研究》（1999 年第 3 期）上发表了《茶花女汉译本的历时研究》一文，文章选取了林纾、夏康农、王振孙三个不同时代译者的译本，分别从文体和词汇的层面对其进行比较，按时间线索讨论了译入语的时代变迁及这一变迁对翻译策略的影响。马晓冬认为，译入语的词汇、文体规范对译文影响很大。具体到《茶花女》文本，由于西方很多名词对中国译者来说都是新名词、新事物，以致译者难以在本土语中找到恰当的词汇。她认为，林译有偏颇的主要原因便在于此。马晓冬的文章对《茶花女》不同时期的文本进行了比较研究，但她对林纾的评价却未免有些古板。马晓冬认为，林纾在翻译时未能完全忠于原文，这是林译的不足。但在笔者看来，林纾不懂法语，他不可能也没能力对照原文进行翻译。用严谨的翻译标准来评析林纾的译作，未免有些严苛。而林纾的翻译错漏、改写，究其原因，固然是找不到合适词汇去对应，仅用时代原因还不能完全解释林纾的“错误”。因为林纾在翻译中进行了“有意”的改写、误译，正是这些有意为之，才体现了林纾观念的独特，反映了他对原作的理解和接受方式。

张祝祥、刘杰辉的《从〈巴黎茶花女遗事〉看林纾的译笔》[①] 一文聚焦于林纾的“译笔”，即译者的文字修养，而不是翻译能力。文章提出，为何具有古雅译笔风格的《巴黎茶花女遗事》更易为 19 世纪末的中国读者所接受？在论者看来，这与译入语文化的自我形象、原文在译入国家的地位等文本外因素密切相关。他们指出，中国有悠久的诗学传统，一贯以来的闭关锁国也使清末文人对西方小说抱有偏见，认为西人小说不如中国。同时，当时读者群中，主张文言文写作的仍占主流。在这样的译入语文化现实下，要想让读者顺利接受翻译作品，那么，选用古雅的文言文来翻译就非常重要。林译小说正是顺应了时势而风行，它的风格古雅，容易得到晚清读者认同。然而，对于《巴黎茶花女遗事》中林纾的译笔到底如何古雅，又有何重要特点，该文却并未给出详细的论述。

---

① 张祝祥、刘杰辉：《从〈巴黎茶花女遗事〉看林纾的译笔》，《戏剧文学》，2007 年第 3 期。

近年来，翻译方面的研究文章也层出不穷，楼含松、林旭文《论林纾情爱观对译文的操纵》①；刘小晨《翻译中意义空白的认知和填补：以林译〈巴黎茶花女遗事〉为例》② 等各有不同的切入点，在此便不再一一赘述。

3.《茶花女》在中国的改写以及它在小说、话剧和歌剧等文类之间的转换、改编

《茶花女》在中国的改写，一直没有受到太多国内学者的关注。很多改写文本迄今为止，几乎还没有学者进行研究。在这些文本中，钟心青的《新茶花》算是较常为人所提及的，但是关于它的研究文章却是凤毛麟角，之所以如此，笔者认为这与该小说在文学史上名不见经传有关。前面所提的许海燕的《论〈巴黎茶花女遗事〉对清末民初小说创作的影响》③ 曾将钟心青的《新茶花》作为其中一例，用以说明《巴黎茶花女遗事》对清末民初小说创作在人物塑造、写作技巧等方面的影响。之后，对钟心青《新茶花》予以关注的代表性文章，则数赵稀方的《〈茶花女〉在晚清的二度改写》④ 了。

在这篇文章中，赵稀方将林译《茶花女》和钟心青的《新茶花》均当作是对原作的“改写”作品，他提出林纾在中国传统的范畴中重新构筑了这部法国爱情小说，林纾的翻译通过大量的删节和改写实现了这个故事的中国化改造。而钟心青的《新茶花》则再一次以创作的形式重新改写了法国小说《茶花女》，重新演绎了一个新的爱情故事，这个爱情故事指向的不再是单纯的爱情，而是改良社会和爱国主义。而《茶花女》在中国被改写的现实折射了个人主义爱情在晚清中国的被改写和肢解，是由时代造成的，是早已被时代的发展所注定的。

赵的文章关注到钟心青《新茶花》对“茶花女”故事的中国化演绎，但是在论述中，翻译和改写在文中的内涵未予以辨析，常常混同一

---

① 楼含松、林旭文：《论林纾情爱观对译文的操纵》，《明清小说研究》，2013 年第 2 期。

② 刘小晨：《翻译中意义空白的认知和填补：以林译〈巴黎茶花女遗事〉为例》，《广州大学学报》（社会科学版），2014 年第 5 期。

③ 许海燕：《论〈巴黎茶花女遗事〉对清末民初小说创作的影响》，《明清小说研究》，2001 年第 4 期。

④ 赵稀方：《〈茶花女〉在晚清的二度改写》，《北方论丛》，2012 年第 5 期。

用；另，文章在钟心青《新茶花》、林纾《巴黎茶花女遗事》和小仲马《茶花女》小说之间的传承关系上表述不够清晰，在钟心青《新茶花》中，小说作者和人物形象处处模仿的不是小仲马的法国小说《茶花女》，而是林纾的《巴黎茶花女遗事》。

除了钟心青的《新茶花》外，清末民初《茶花女》改写的另两个作品——改良新戏《二十世纪新茶花》和福州评话《新茶花》近年来也逐渐得到学者的关注①。陈晓屏发表了《“世界新剧”〈新茶花〉与走向现代的读图文学》② 和《晚清画报与中国读图文学的现代转型——以〈图画日报〉之〈新茶花〉为中心》③。然这两篇文章主要是以改良新戏《新茶花》在《图画日报》上的剧情绘图为例，说明近代转型期中国读图文学的基本特征，对《新茶花》一剧对《茶花女》原作和《巴黎茶花女遗事》之间的传承以及改写特点关注不多。

而黎凤的《浅论福州评话〈新茶花〉》④ 梳理了清末民初《茶花女》在中国的小说、京剧、梆子戏、闽剧和电影等领域的作品，分析了评话《新茶花》在人物塑造、故事结局和语言艺术方面的特点。作者认为，在人物塑造及故事结局方面，评话主角茶花大智大勇，勇于争取自己的权益，比《巴黎茶花女遗事》的主角马克更加明确地认识到了自我价值，更勇于与命运抗争。而两人截然不同的命运结局，则是由两人的抗争程度及不同国度的文化差异所致。其次，黎凤认为，福州评话《新茶花》的语言形式更为通俗化，而且，福州评话《新茶花》在政治思想的开化程度及人物形象的进步性上都略高于同时期的《孽海花》。黎认为，产生这些变化的原因在于，作品受到西方文化和福州本地闽都文化崇尚女英雄、具有开拓维新等精神的熏染，而评话《新茶花》显

---

① 此处所列赵稀方、陈晓屏和黎凤的文章均发表在本人的博士学位论文及拙文《曲译“忠贞”：〈巴黎茶花女遗事〉对晚清贞节观念的新演绎》（《妇女研究论丛》，2012 年第 3 期）之后。

② 陈晓屏：《“世界新剧”〈新茶花〉与走向现代的读图文学》，《江苏大学学报》（社会科学版），2014 年第 5 期。

③ 陈晓屏：《晚清画报与中国读图文学的现代转型——以〈图画日报〉之〈新茶花〉为中心》，《福建师范大学学报》（哲学社会科学版），2014 年第 6 期。

④ 黎凤：《浅论福州评话〈新茶花〉》，《闽江学院学报》，2014 年第 1 期。

示了中国对西方文化从开始接受到逐渐吸收，乃至最终将其与本土文化融合的整个演变过程，这个过程彰显着中国的开明和进步。

黎凤对福州评话《新茶花》的人物形象、语言特点等进行了分析，并与同时期的《孽海花》进行对比，这样的对比固然有新意，但对比后，认为评话《新茶花》的人物更为独立自主，而且勇于抗争，则未免将这一形象的复杂性单一化了，也未能真切地反映清末民初爱情和家国话语对女性的家庭生活及人物角色的规限与重塑。

除了改写，《茶花女》作品在小说、话剧和歌剧等文类之间的转换、改编也是20世纪90年代以后国内研究的一个关注点。这类研究文章包括阎笑雨《创造性思维：从文学母本到歌剧剧本》①；郭玉琼的《茶花女：对一个女性命运的四种书写》②；徐姗娜的《花开，在不同的世界——〈茶花女〉四种文体之比较》③；徐蔚《叙述的转换与互动——论〈茶花女〉不同艺术媒介的改编》④ 等。其中，徐姗娜的《花开，在不同的世界——〈茶花女〉四种文体之比较》较为详细地比较分析了《茶花女》小说、话剧、歌剧和电影的中译本在人物设置、情节结构等方面的不同特点。

作者提出，在时空处理上，《茶花女》小说利用时间和空间的交错，形成了“故事中有故事”的言说方式，而《茶花女》话剧和歌剧则摒弃了小说的这种时空大错乱的结构模式，在有限的时空范围内集中笔墨描写恋人的感情纠葛。电影《茶花女》则以顺时进行的叙事方式，充分利用实景拍摄的优势，体现了强烈的时空感。在人物设置上，徐认为，《茶花女》小说被改编为戏剧和电影时，人物设置基本上都遵循了真实地贴近现实的原则，尽可能以简约的笔墨设置必要的人物。但是在歌剧中，为了表现人物的心理状态，对女主人公的改造则更加偏重精神

---

① 阎笑雨：《创造性思维：从文学母本到歌剧剧本》，《华南师范大学学报》（社会科学版），2004年第2期。

② 郭玉琼：《茶花女：对一个女性命运的四种书写》，《四川戏剧》，2005年第3期。

③ 徐姗娜：《花开，在不同的世界——〈茶花女〉四种文体之比较》，《文艺理论与批评》，2006年第2期。

④ 徐蔚：《叙述的转换与互动——论〈茶花女〉不同艺术媒介的改编》，《贵州大学学报》（艺术版），2007年第2期。

实质的升华。最后，情节结构上，徐提出，小说《茶花女》通过组织和安排诸多的矛盾冲突来塑造人物形象，但改编后的话剧和歌剧是以主要人物玛格丽特为中心来安排各种人物、情节和戏剧冲突的，更加集中、直接地刻画了她的思想性格发展和悲剧道路。

徐姗娜的分析横跨了四种艺术类型文本，内容丰富，但限于篇幅，她只选取了以上艺术文本中时空处理、人物设置和情节结构这三个方面作比较，对《茶花女》作品的改编及文类转换话题来说，还有不少可供发展的研究空间。

4.《茶花女》与《杜十娘》《日出》等文本，茶花女形象与其他文学作品妓女形象的比较分析

这一类文章包括：宋改新《污泥中开放的圣洁花：杜十娘、辛瑶琴和茶花女比较》[①]；王小璜《〈杜十娘怒沉百宝箱〉和〈茶花女〉之比较》[②]；王桢《真爱的救赎与人伦的皈依：〈茶花女〉与〈杜十娘怒沉百宝箱〉之比较研究》[③]；王澄霞《借得西江水　催开东苑花：曹禺的〈日出〉与小仲马〈茶花女〉之比较》[④]；刘玉霞《东西方茶花女命运之比较》[⑤] 等。

纵观上述文章，总体上的做法大多是将《茶花女》的主题思想、故事情节、人物形象等与《杜十娘怒沉百宝箱》《卖油郎独占花魁》《海上花列传》甚至曹禺的《日出》等妓女题材作品相比，分析两者的异同。然而在分析时，上述文章的故事情节重述常多于作品异同之处的深入比较及其背后深层社会历史文化原因剖析，得出的结论也常过于局限或武断。

以宋改新《污泥中开放的圣洁花：杜十娘、辛瑶琴和茶花女比较》

---

① 宋改新：《污泥中开放的圣洁花：杜十娘、辛瑶琴和茶花女比较》，《阴山学刊》，1994 年第 2 期。

② 王小璜：《〈杜十娘怒沉百宝箱〉和〈茶花女〉之比较》，《中国文学研究》，1998 年第 2 期。

③ 王桢：《真爱的救赎与人伦的皈依：〈茶花女〉与〈杜十娘怒沉百宝箱〉之比较研究》，《西南民族大学学报》（人文社科版），2010 年第 9 期。

④ 王澄霞：《借得西江水　催开东苑花：曹禺的〈日出〉与小仲马〈茶花女〉之比较》，《扬州大学学报》（人文社会科学版），2010 年第 4 期。

⑤ 刘玉霞：《东西方茶花女命运之比较》，《名作欣赏》，2011 年第 5 期。

为例，作者以故事情节重述的方式，列出了茶花女、杜十娘和辛瑶琴堕落为妓女的过程，说明她们的思想性格最相似之处在于她们的“反叛性格、斗争精神”[1]。作者认为她们是“现实生活中无数个反抗侮辱迫害、争取做人权利、追求真正爱情的典型代表”[2]，继而提出，她们共同之处在于“都强烈地要求摆脱妓女生活，并勇敢地投入争取新生活的斗争”[3]。宋指出，茶花女和杜十娘等悲剧虽然不同，但是“造成她们悲剧的社会根源却完全一样。统治阶级的思想，成为全社会的思想。处于社会最底层的妓女们，除了受经济、政治上的压迫以外，还受着残酷的精神奴役”[4]。最后，作者总结道，《茶花女》不能指出妓女解放的出路，由此表现出了现实主义的局限性，而杜十娘的形象比茶花女更具有理想的光辉。

王桢发表于2010年的《真爱的救赎与人伦的皈依：〈茶花女〉与〈杜十娘怒沉百宝箱〉之比较研究》也是从题材、主题、情节、人物诸方面对《茶花女》和《杜十娘怒沉百宝箱》进行比较，但作者在进行了故事情节、主题和人物的对比罗列后，其结论仅是两部小说在题材、主题情节和人物诸方面有着显而易见的相似性，而两者的不同则是茶花女因阿尔芒的爱情而“从难以自拔的泥潭中走了出来，在真爱的激励下，玛格丽特的灵魂不断地向着新的精神高度飞升”[5]，由此《茶花女》是“一曲爱情的颂歌”[6]；而杜十娘的故事则凸显了她性格的刚烈，这个作品表达的是“风尘女子皈依人伦的强烈渴望，体现了中国伦理本位文化传统的强大力量”[7]。

综上所述，国内外研究关注点各有不同，但显示了比较文学、翻译学和文化研究相结合的特点，从人物形象创造到翻译改编策略，都与特

---

① 宋改新：《污泥中开放的圣洁花：杜十娘、辛瑶琴和茶花女比较》，《阴山学刊》，1994年第2期，第55页。

② 同上，第53页。

③ 同上，第55页。

④ 同上，第56页。

⑤ 王桢：《真爱的救赎与人伦的皈依：〈茶花女〉与〈杜十娘怒沉百宝箱〉之比较研究》，《西南民族大学学报》（人文社科版），2010年第9期，第241页。

⑥ 同上，第240页。

⑦ 同上。

定的文化语境具体关联着。可上述研究的对象多半集中于个别经典作品（如《巴黎茶花女遗事》），对作品线性发展脉络的梳理不多；此外，关注情感话题的研究虽不少，但从情感的社会文化史角度对清末民初《茶花女》作品谱系进行分析研究的著述并不多见，由此，笔者希望拓展这一领域，结合有关清末民初情感演变的研究成果，透过《茶花女》的翻译和改写系列的作品，进一步探讨其中的抒情态度、情感话语与表达方式。

五、清末民初《茶花女》在中国的翻译和改写研究理论、方法及框架

（一）研究的理论、方法及重要概念阐述

本研究既涉及“翻译”现象，也涉及情感观念，在论述的过程中笔者将借助如下理论（观点方法）来展开讨论：

1. 安德烈·勒菲弗尔的研究为本文处理“翻译”问题提供了理论基础

勒菲弗尔提出了“重写”（rewriting）的概念并进行了理论探讨，这些论述不但拓展了今天研究者对“翻译”“编撰”“改写”等行为的认识，而且也让我们自觉意识到这些行为背后的意识形态和文化问题。

20世纪90年代，针对传统翻译研究在方法和观念上的局限，勒菲弗尔吹响了翻译文化研究的号角。在勒菲弗尔看来，翻译研究应该是一种文化互动研究，这种研究的特点是“强调学科的开放性，由此，比较文学、文化、社会、意识形态因素都可以进入翻译研究，而传统的直译与意译、艺术与科学、理论与实践、忠实与背叛都退居次席。目的语的接受和影响、个案研究成为其研究的主要方面”①。同时，他提出“重写”概念，用以扩展“翻译”一词在描述文本转换行为中的局限。他指出，重写是一种文化行为，“重写”包括了对文学原作进行的翻译、撰史、编选、批评和编辑等各种加工和调整的过程②。而且，在不同的

① 刘军平编著：《西方翻译理论通史》，武汉：武汉大学出版社2009年版，第416页。

② Lefevere, André. *Translation, Rewriting and the Manipulation of Literary Fame*. Shanghai: Shanghai Foreign Language Education Press, 2004. p. 9.

历史时期，“重写主要受到两方面的限制：意识形态（ideology）和诗学形态（poetology）。意识形态主要从政治、经济和社会地位方面来限制和引导改写者的创作，而诗学则是改写者进行创作时所处的文化体系的重要组成部分”[①]。勒菲弗尔十分强调改写过程中意识形态所发挥的作用，他甚至断定，重写就是为特定的意识形态服务的手段。由此，作者进行重写的目的，要么是为了同主流意识形态和诗学保持一致，要么是反抗流行的意识形态和诗学。

对于重写活动对文学和社会发展的意义，勒菲弗尔在《翻译、改写以及对文学名声的制控》一书中有一段经典论述：

当然，翻译也是对原文本的一种重写，所有的重写，不管它们的初衷是什么，它们都必定反映某种意识形态和诗学。而且，通过操纵文学，重写总会在某一特定的社会以某种特定的方式发挥作用。重写就是操纵，它行使着某种权力，从积极的方面看，它能推动某个社会或某种文学的进化。它可以引入新的概念、新的风格、新的手法，从这个层面上说，翻译的历史就是某种文学革新的历史，是一种文化对另一种文化施加影响的历史。但是重写也同样会压制革新，歪曲或包容，而且，在一个日益盛行的对各种重写进行操纵的时期，将翻译作为例证，来研究文学操纵过程，这样做，必定能让我们重新认识我们生活的世界。[②]

本书在勒菲弗尔提出的“重写”概念的基础上，重新界定清末民初中国人对《茶花女》文本所进行的种种创造性的写作，并用勒菲弗尔提出的广义的“翻译”理念来观照这些行为。勒菲弗尔提出了带有“文化转向”[③] 性质的翻译理论，它修正了我们对“翻译”行为的狭隘认识，从而拓展了我们对清末民初《茶花女》文本复杂性的理解。在

---

① Lefevere, André. *Translation*, *Rewriting and the Manipulation of Literary Fame*. Shanghai: Shanghai Foreign Language Education Press, 2004. pp. 14 – 15.

② Ibid.,“‘General editors’ Preface”.

③ 按照杰里米·芒迪的《翻译学导论——理论与实践》一书介绍，“文化转向”是翻译学的术语，主要指翻译研究转向从文化研究的角度来对翻译进行分析。（见［英］杰里米·芒迪著，李德凤等译：《翻译学导论——理论与实践》，北京：商务印书馆 2007 年版，第 177 页。）

晚清文人的眼中，“翻译”追求的并不是文字内容上的准确对应，而是如何能融入中国的文学文化传统、表达译者的心思。由此，创造性地“翻译”西方文学文本成为一种潮流。显然，传统的“翻译”概念并不能有效地描述这种状态。鉴于以上的状况，王德威曾提出：“我们对彼时文人‘翻译’的定义，确须稍做厘清：它至少包括了意译、重写、删改、合译等方式。”[①]译者往往在翻译中借题发挥，大肆创造，以致所译作品的意识形态和感情指向，常常与原作大相径庭。由此可见，“重写”理论在本书的论题中，正好是大有用武之地。

在勒菲弗尔看来，“翻译”（重写）行为受到三方面因素的影响：文学系统内的专业人员、文学系统外的赞助者（patronage）和主流诗学。所谓的“文学系统内的专业人员”，包括了批评家、评论家和翻译者自身。其中，译者决定所译文本的诗学，也在某种程度上决定所译文本的意识形态。“文学系统外的赞助者”，指的是那些有影响的个人或机构，他们能够促进或阻碍文学的阅读、写作和重写[②]。这些“赞助者”在以下三方面因素相互影响下发挥作用：意识形态因素、经济因素和地位因素。最后，“主流诗学”，也包括了两方面的含义：一方面指的是文学的形式规范，包括文学体裁、符号、主题等；另一方面指的是文学在“社会”的整体系统中所扮演的角色[③]。这启发我们，在具体考察清末民初的翻译现象时，也需要就文学传播的各个环节来思考。

2. 纳撒尼尔·布兰登及安东尼·吉登斯等人的研究为《茶花女》的爱情主题分析提供借鉴

纳撒尼尔·布兰登（Nathaniel Branden）是美国著名的心理学家、精神治疗学家，他发表于1980年的《浪漫爱情心理学：反浪漫时代的浪漫爱情》（*The Psychology of Romantic Love*：*Romantic Love in an Anti-Romantic Age*）一书对“浪漫爱情”及其特征进行了详细论述。

---

① ［美］王德威著，宋伟杰译：《被压抑的现代性——晚清小说新论》，北京：北京大学出版社2005年版，第3页。

② Lefevere，André. *Translation*，*Rewriting and the Manipulation of Literary Fame*. Shanghai：Shanghai Foreign Language Education Press，2004. p. 15.

③ Ibid.，p. 26.

他首先追溯了西方历史上人们的爱情观念和形态的变迁。在他看来，原始社会存在着一种“部落心态”，即认为个人在生活的每个方面都要服从部族的需要和规则。由此，个性和个人情感无足轻重。在西方文明的起源时期，古希腊人开始把爱情看作有重要价值的观念，他们推崇恋人之间的精神关系。但是，“为爱结婚”的概念在古希腊人的思想中是不存在的。在古罗马文化中，家庭的价值日益重要，妇女的地位也随之提高；但古罗马人以玩世不恭的态度看待爱情。罗马帝国衰落之后，基督教的爱情理念主宰了人们的生活。基督教推崇“无性的爱”，认为“始终如一的无私、无性的爱才是男女理想的爱情”①。兴起于11世纪法国南部的“优雅爱情”观念打破了基督教爱情观的限制，这种观念提倡男女之间自由选择真爱的对象，并在相互倾慕和尊重的基础上发展爱情。不仅如此，人们还认为“爱情不是无所事事的消遣，而是对一个人生活极为重要的东西”②。在布兰登看来，“优雅爱情”的教义“标记了现代浪漫爱情理念的起点”③。从文艺复兴到启蒙时代，随着商业的兴起和新兴中产阶级的发展，人们对世俗生活渐趋重视，爱情成为世俗生活的重要组成部分。但这一时期，理性和激情的二分法盛行，知识分子重视理性，蔑视情感。直到19世纪，“浪漫爱情”理念才获得广泛的流行。布兰登说：“浪漫爱情的理念，作为广泛接受的文化价值并作为婚姻理想的基础，是19世纪的产物，主要是在世俗和个体主义的文化背景中兴起的，这种文化明确重视世俗生活，重视并承认个人幸福的重要。这样的文化是在西方世界诞生的——最引人注目的是在美国——与工业革命和资本主义一起诞生。”④

布兰登给“浪漫爱情”的定义是：“浪漫爱情是男人和女人之间一种充满激情的‘精神—感情—性爱’的情感，它反映了男女双方高度

① ［美］纳撒尼尔·布兰登著，林本椿、林尧译：《浪漫爱情心理学：反浪漫时代的浪漫爱情》，北京：商务印书馆2009年版，第14页。

② 同上，第20页。

③ 同上。

④ 同上，第27~28页。

尊重对方的价值。”[①] 他认为，“自由”和“个体主义”是浪漫爱情的标记，“在哲学意义上，而不是在狭义上，浪漫爱情是以自我为中心的。自我主义作为一种哲学学说认为，自我实现和个人幸福是生活的道德目标，浪漫爱情的动机是追求个人幸福的愿望”[②]。在他看来，“浪漫爱情”也是世俗的，“通过在性和爱方面把肉体和精神快乐结合起来，把浪漫和日常生活结合起来，浪漫爱情是对这个世界以及人间生活所能提供的崇高幸福的一种激情承诺”[③]。在这里，个体之间的尊重也得到强调，“浪漫爱情的最佳状态是，我们如期地受到应有的尊重，而且——同样重要的是——这种尊重与方式和我们自己的人生观一致”。由此，在“浪漫爱情”关系中，妇女的地位获得一定的提升。

在谈论“浪漫爱情”观念的同时，布兰登也强调，浪漫主义文学也是我们讨论“浪漫爱情”不可忽略的一个重要侧面。他指出，18 世纪末和 19 世纪初的浪漫主义运动捍卫了以个人为价值核心的人生观。“首先，浪漫主义是个体主义的：浪漫主义把个人看做是他或她自己的目的，看做是选择生活道路的自由代理。其次，浪漫主义有深刻的价值取向：它认为人生主要不是由外部力量——社会或某一形而上学的力量，或某种内在的‘悲剧性的缺陷’控制的——而是由个人亲自选择的价值控制的”。[④] 由此，在浪漫小说的情节里，人物生活的路线是由他们选择的目标决定的。他们必须通过遭遇一系列问题，必须克服障碍和解决矛盾，才能达到目标。这些生活路线呈现了哲学上的意义：“我们的生活是在我们自己的手中，我们的命运是我们自己塑造的，选择是我们生活中最重要的实事。”[⑤] 在布兰登看来，“这是文学中的浪漫主义和现代意义上的浪漫爱情之间最深层的接触点”[⑥]。

布兰登从心理学角度来分析“浪漫爱情”的特征，安东尼·吉登

---

① ［美］纳撒尼尔·布兰登著，林本椿、林尧译：《浪漫爱情心理学：反浪漫时代的浪漫爱情》，北京：商务印书馆 2009 年版，第 2 页。

② 同上。

③ 同上。

④ 同上，第 31 页。

⑤ 同上，第 34 页。

⑥ 同上。

斯（Anthony Giddens）则是从性别权力、性别认同和性别关系出发，概括了“浪漫爱情”的特征。他在《亲密关系的变革：现代社会中的性、爱和爱欲》（*The Transformation of Intimacy*：*Sexuality*，*Love and Eroticism in Modern Society*）一书中尝试辨析“浪漫之爱”的几个显著特征：

（1）“浪漫之爱”与“自由”相连，且依存于投射性的认同。吉登斯将“浪漫之爱”与司汤达所提出的“激情之爱”“崇高之爱”① 加以区分，他提出，“与浪漫之爱相联系的复杂理念第一次把爱与自由联系起来，二者都被视为是标准的令人渴求的状态”②。而且，“浪漫之爱则直接把自身纳入自由与自我实现的新型纽带之中”③。他说，“浪漫之爱设想了某种自我审视的方式。如：我觉得别人怎样？别人觉得我怎样？我们的感情是否足够‘深厚’……”④“浪漫之爱”还依存于投射性认同，“投射在此创造了一种与他人共鸣的一体感……伴侣的每一方都在互为反题的意义上得以定位。他人的特性是根据直觉而得以‘认识’的”⑤。在其另一本著作《现代性与自我认同》中，他进一步指出：“浪漫的爱情以难以言表的方式包含通向自我认同的钥匙，通向发现自身和自我内在的钥匙。”⑥

（2）“浪漫之爱”包含了“性”的问题，它注重情人间的交流和体认。吉登斯认为，“浪漫爱”之中存在着强烈的依恋，爱既与性分离，又和性纠缠不清。“‘德性’开始获得对于两性都是新颖的意义，它不仅意味着天真纯洁，而且还意味着这样的人物品质：将他人辨识为一个‘特殊的人’”⑦。而且，浪漫之爱一贯都是一见钟情，“‘一见’是交流

---

① 文学家司汤达曾写过一本名为《十九世纪的爱情》的书，在书中，他将爱情划分为“激情之爱、趣味之爱、肉体之爱、虚荣之爱四种类型”。其中，激情之爱指的是对恋爱对象狂热迷恋的一种情态。

② ［英］安东尼·吉登斯著，陈永国、汪民安译：《亲密关系的变革：现代社会中的性、爱和爱欲》，北京：社会科学文献出版社 2001 年版，第 53 页。

③ 同上。

④ 同上，第 60 页。

⑤ 同上，第 81 页。

⑥ ［英］安东尼·吉登斯著，赵旭东、方文译：《现代性与自我认同》，北京：三联书店 1998 年版，第 103 页。

⑦ ［英］安东尼·吉登斯著，陈永国、汪民安译：《亲密关系的变革：现代社会中的性、爱和爱欲》，北京：社会科学文献出版社 2001 年版，第 54 页。

的姿势，对他人性格的直觉把握，正是这样对他人的吸引过程，人们才使他的生命，如人所言，显得‘十分完美’”①。另外，“浪漫之爱”的两性之间存在“一种心灵的交流，一种在性格上修复着灵魂的交会”②。

（3）“浪漫之爱”建构了妇女在恋爱关系及家庭中的地位和形象。吉登斯指出，“在母性的现代建构中，对母亲的理想化是一条重要的线索，它无疑直接哺育了广为传播的浪漫之爱的价值。‘贤妻良母’形象重新塑造了一种活动与情感的‘双性’模式”③。此外，在吉登斯看来，“浪漫之爱”从根本上说是一种女性化的爱，在浪漫爱情小说里，女主角总是积极地创作了爱，并用热情化解了另一人的冷漠及敌意。吉登斯还说，“关于浪漫之爱的观念显然与女人在家庭中的从属地位有关，也与她同外在世界的相对分离有关。这种关于浪漫之爱的观念的发展也表达了女人的权利，即面临剥削的自治性的矛盾断言”④。

（4）“浪漫之爱”还与一种叙事形式相连。吉登斯提出，“浪漫之爱”内在与一种叙述形式紧密相连，“浪漫之爱把一种叙事观念导入个体生命之中——这种叙事观念是一种套式——从根本上延伸了崇高爱情的反射性。讲故事乃是‘罗曼司’这个词应有之意，但这被讲述的故事现在被个体化了，把自我与他人都镶入了一种同广阔的社会进程没有特殊指涉的个人叙述之中。浪漫之爱的兴趣与小说的出现大体一致，这种一致关系乃是一种新发现的叙述形式”⑤。他还说，浪漫小说和浪漫故事带有迷幻性，它让“个体在梦境幻觉中追逐日常世界中被否定而无法得到的东西”⑥。

上述分析，为我们勾勒了“浪漫爱情”的主要面向。首先，它与个体主义、自我认同密切相关，体现了个人对自己的情感和生活的肯定。其次，“浪漫爱情”关涉到“性”的问题，强调“性”与“爱”

① ［英］安东尼·吉登斯著，陈永国、汪民安译：《亲密关系的变革：现代社会中的性、爱和爱欲》，北京：社会科学文献出版社2001年版，第54页。

② 同上，第60页。

③ 同上，第57页。

④ 同上，第58页。

⑤ 同上，第53页。

⑥ 同上，第59页。

的和谐交融。此外，“浪漫爱情”还与妇女地位密不可分。在它所形成的恋爱关系中，妇女的地位和形象被重新想象。最后，“浪漫爱情”深受叙事形式的影响，具体来说，浪漫小说或者浪漫爱情故事的叙述与“浪漫爱情”同时兴起并相辅相成。

用上述观点来看小仲马的《茶花女》故事，在小仲马的笔下，阿尔芒和玛格丽特的爱情包含了上述“浪漫爱情”的各种特征。但是这些并不是中国文学中惯有的情形，借用上述理论，本人希望探讨的是，在清末民初，在中国的文化语境下，这些特征是如何被接受过来，它们与中国人的情爱观念展开了怎样的协商过程。

3.《茶花女》也是一部通俗小说，有关它的文类性质与流行，笔者将应用通俗文化研究领域的相关论点和方法进行研究

美国学者J. G. 考维尔蒂提出了“程式”（formula）这一概念，用于考察通俗作品在历史中的传承与创新。考维尔蒂认为，所有的文化产品都混合着两种因素：因袭和创新。他说：“因袭是这样一些因素，它们是创造者及其观众都预先知道的——由诸如大众钟爱的情节、老套的人物、公认的观念、众所周知的譬喻，以及其他语言手段等组成。另一方面，创新因素则是创造者匠心独运的产物，诸如新型的人物、观念或语言形式。”① 由此，他提出用“程式”这一概念来指称文化产品这一性质。他认为“程式”是构造文化产品的传统体系，也是一种文化模式，“它提供这样的方式，其中一种文化在叙事形式中既体现神话原型，又体现出它自身所特有的先见”②。

考维尔蒂认为，“侦探小说、西部作品、诱奸小说、圣经故事以及其它程式故事都是些叙事传统的结构模式，这些结构模式共同承担着多种多样的文化功能。我们可以把这些程式定义为挑选某些情节、人物与背景的原则。这些原则除了基本的叙事结构外，还具有集体仪式、游戏与梦的多方面内涵。为了分析这些程式，我们必须首先将其定义为某种类型的叙事结构，然后研究集体仪式、游戏与梦这些附加方面是如何被

---

① ［美］J. G. 考维尔蒂：《通俗文学研究中的“程式”概念》，集于周宪等译：《当代西方艺术文化学》，北京：北京大学出版社1988年版，第428页。

② 同上，第429页。

综合到与程式相联系的情节、人物和背景的特殊模式中去的。一旦我们懂得了构造特定程式的方式，我们就有能力对它们加以比较，并把它们与运用它们的文化相联系”①。

考维尔蒂启发我们认识到，清末民初《茶花女》的系列翻译和改写本，作为一种通俗作品，它们之间也必然存在着某种“程式”，或者说，某种“叙事结构”。对这种结构的发掘和分析，将会使我们得以透视“茶花女”故事的文化功能。

4.《茶花女》是一部由男作家撰写的文学经典，其核心主角是女性，由此，女性主义文学批评理论对本书来说具有特别的意义

（1）女性主义文学批评方法提倡用批判性视角来解读文学经典，受此影响，笔者在解读《茶花女》文本时，会站在一个“抗拒性的读者”立场去分析其中的性别话题和女性形象。

美国女性主义文学批评家伊莱恩·肖沃尔特（Elaine Showalter）提出，女性主义文学批评可以很清楚地分为两大类：一类称为“女权批评”（feminist critique），关注的是妇女作为读者如何去阅读文本的问题；另一类叫“女性批评”（La gynocritique），侧重研究“作为生产者的妇女，研究妇女创作的文学的历史、主题和结构”②。在肖沃尔特看来，“女权批评”关涉的是“作为读者的妇女，即作为男人创造的文学作品的消费者。这一方法中含有的女性读者的这一假设，改变了我们对一个既定文本的理解，提醒我们去领会它的性符码的意味”③。换句话说，就是要建立一种以女性观点为核心的阅读方式，用批判性的眼光去解读文学作品，特别是经典的、以男性价值观为主导的文学作品。要形成这样批判性的研究，按著名的黑人女性主义批评家贝尔·胡克斯（Bell Hooks）所说，我们在阅读文本时，必须“拒绝做一个‘同意性

---

① ［美］J. G. 考维尔蒂：《通俗文学研究中的“程式”概念》，集于周宪等编：《当代西方艺术文化学》，北京：北京大学出版社1988年版，第434页。

② ［美］伊莱恩·肖沃尔特：《走向女权主义诗学》，集于周宪等编：《当代西方艺术文化学》，北京：北京大学出版社1988年版，第345页。

③ 同上。

的读者'，而致力做一个'抗拒性的读者'"①。

（2）凯特·米利特在《性政治》中提出的观点，有助于本节深入分析女性情色与家国政治问题。米利特提出，性即政治。她认为，"性"并不如人们日常所想，仅具有生理属性。它的背后，是"政治"运作的结果。在米利特看来，性在两性关系中是最隐晦的一部分，米利特说，"无论性支配在目前显得多么沉寂，它也许是我们文化中最普遍的思想意识、最根本的权力概念"②。

（3）女性主义学者对通俗文学作品的已有研究，促使笔者对意识形态与文学共谋关系予以特别关注。劳瑞安·加曼（Lorraine Gamman）和玛格丽特·马休门特（Margaret Marshment）撰写的《女人眼光：妇女作为通俗文化的观察家》一书提出："仅仅将通俗文化看作是为资本主义和父权制度服务、向广大受愚弄的群众兜售'错误意识'的工具，从而将其摒弃是远远不够的。我们还可以将通俗文化看作是一个场所，在这个场所里，各种含义之间相互竞争并且会使主流意识形态受到挑战。"③由此，在研究中，笔者会分析意识形态与文学的共谋关系，会"探讨意识形态是如何被铭刻于文学形式、文体、文学经典以及文学性的认定上"④。

最后，引用学者宋素凤在《女性主义文学理论》一书所列的一段话作结："用罗兰·巴特（Roland Barthes）的话说，女性主义文学批评家就如同其他领域的女性主义学者一样——是'神话的破译者'。"⑤笔者也将在上述种种理论的指导下，展开对《茶花女》这个"爱"的神话的破译工作。

---

① Fetterley，*The Resisting Reader：A Feminist Approach to American Fiction*，转引自唐荷：《女性主义文学理论》，台北：扬智文化事业股份有限公司2003年版，第54页。

② ［美］凯特·米利特著，宋文伟译：《性政治》，南京：江苏人民出版社2000年版，第33页。

③ 劳瑞安·加曼著，玛格丽特·马休门特编辑：《女人眼光：妇女作为通俗文化的观察家》，伦敦：妇女出版社1988年版，第1页。转引自［英］约翰·斯道雷著，杨竹山、郭发勇、周辉译：《文化理论与通俗文化导论》第2版，南京：南京大学出版社2006年版，第147页。

④ 唐荷（宋素凤）：《女性主义文学理论》，台北：扬智文化事业股份有限公司2003年版，第51页。

⑤ 同上。

（二）本研究关注的议题及论述框架

对清末民初《茶花女》译作、改造（编）本和拟作三类作品进行分析，我们可以明显看到，不同阶段的这三类作品它们所关注的情感议题有所不同，在最早出现的林纾译作《巴黎茶花女遗事》中，呈现了其对传统情感和礼义道德的挑战，直面的是情感与礼义问题。

“情与礼”的矛盾，在中国数千年的情感文化历史中一直占据着重要的地位。儒家对个体情感的规训，常常体现在如何实现“礼”对“情”的调适。在儒家传统情感观念看来，“情”虽然源于人的本性，但必须要受制于“礼”。儒家心性论的重要著作《性自命出》对此有这样的阐述：“礼作于情，或兴之也。当事因方而制之。其先后之序则宜道也。或序为之节，则度也。至容貌所以度，节也。”① 《荀子・礼论》也同样提出要用礼义对情欲进行限制：“人生而有欲，欲而不得，则不能无求，求而无度量分界，则不能不争。争则乱，乱则穷。先王恶其乱也，故制礼义以分之，以养人之欲，给人之求。使欲必不穷于物，物必不屈于欲，两者相持而长，是礼之所也。”②《茶花女》讲述的是浪漫的爱情故事，宣扬爱情至上的情感理念，林纾作为一名读圣贤书出身的晚清文人，他在翻译中如何处理情与礼义问题，如何在二者之间斡旋，成了这部作品除“意译”技巧外最为精彩之处。

继林纾的《巴黎茶花女遗事》之后，在其后出现的《茶花女》改造（编）本中，则开始触及爱情与家国政治的话题。这些作品主要出现在1907至1913年间，且多以“新茶花”命名。这类作品的特点在于，它们大多秉承“改良”之风，用“救国论述”来改造儿女之情，展现人物的“英雄气”。在这里，情与义、家与国、追求个人生活的完美与拯救国家于水火连接起来，情感的主题被置于一个新的境地。

与此密切联系的还有，如果说恋爱小说总是围绕着女主角展开，那

---

① 见郭店楚简：《性自命出》，转引自何善蒙：《魏晋情论》，北京：光明日报出版社2007年版，第13页。

② 见《荀子・礼论》，转引自何善蒙：《魏晋情论》，北京：光明日报出版社2007年版，第43页。

么也可以说，“新茶花”类作品中也同样有被称为“茶花女”的女性。不过，她们的新意在于，作家不同程度地赋予了她们女杰的气质。与之相伴随的男主角都曾留学东洋，具有保家卫国的雄心壮志。这些故事内容中包含了《巴黎茶花女遗事》的部分情节，如茶花女蒙冤、茶花女做出牺牲等；但一个重要的改变在于，作家常常将时政要闻或救亡轶事拼贴到故事中。由此，我们得到一个机会去揣摩这些作家如何界定情感的处境，怎样让他们的男女主人公在国家论述的大主题中，使情感得到安顿。

在清末民初的言情小说中，家国论述渗入情爱故事，这一现象有着历史原因。这一时期，内忧外患，国势岌岌可危。梁启超等人提倡“小说界革命”，主张通过小说启蒙救国、改良群治。追求个体情感，这一点受到新的召唤，它与国家政治论述结合起来。儿女情，关乎个人欲望；但是它本身还不能体现中国传统道德的美，而道德完美必须表现为英雄之义。因此从儿女之情开始，必须抵达英雄之义才能臻于大境界。

正如王德威所说：“尽管革命维新文士热衷从西方思想和政治话语中撷取灵感，但当他们在想象‘新小说’时，儿女与英雄又重返眼前。”① 1897 年，严复、夏曾佑在《国闻报》上发表的《本馆附印说部缘起》中重新界定了小说的功效和作用，他们认为小说具有表达人类的“公性情”的能力，“此公性情者，原出于天，流为种智。……君主、民主、君民并主之政，由此而建立。故政与教者，并公性情之所生，而非能生夫公性情也。何谓公性情？一曰英雄，一曰男女”②，“非有英雄之性，不能争存；非有男女之性，不能传种也”③。

严复和夏曾佑所谈的“英雄”和“男女”问题，其实是在一个新的层面上思考传统文学作品中“侠”与“情”、“儿女”与“英雄”的话题。1872 年，文康写《儿女英雄传》时，他提出要将“儿女情”和

① ［美］王德威著，宋伟杰译：《被压抑的现代性——晚清小说新论》，北京：北京大学出版社 2005 年版，第 182 页。

② 严复、夏曾佑：《本馆附印说部缘起》，集于陈平原、夏晓红编：《二十世纪中国小说理论资料》（第一卷），北京：北京大学出版社 1989 年版，第 2 页。

③ 严复、夏曾佑：《本馆附印说部缘起》，集于陈平原、夏晓红编：《二十世纪中国小说理论资料》（第一卷），北京：北京大学出版社 1989 年版，第 9 页。

“英雄义”融会贯通。他借小说人物之口发表议论：“这‘儿女英雄’四个字，如今世上人，大半将他看成两种人，两桩事；误把些使气角力、好勇斗狠的认作英雄，又把些调脂弄粉、断袖余桃的认作儿女：所以一开口便道是某某英雄气短，儿女情长；某某儿女薄情，英雄气壮。殊不知有了英雄至性，才成就得儿女心肠；有了儿女真情，才做得出英雄事业。”① 文康意图借“儿女英雄”论述维护儒家的节义，“在个人追求侠肝义胆或者海枯石烂之表象的背后，是儒家伦理秩序的无上寄托”②，但严复和夏曾佑重谈“英雄”“儿女”，其目的在于肯定小说的价值，将“英雄”和“儿女”此等“公性情”视作社会进化、政教革新的根本。

晚清志士对“儿女”和“英雄”的新寄望，直接影响到文学改良运动，在大部分的新改良作品里，个体情感的追求同时要呈现家国政治的意旨，“浪漫爱情”的叙述必须加上“英雄主义”。这种新的言情结构，是“晚清作家文人规划、扩张感情的先后次序，由私而公，以之作为对人性与家国关怀的终极表现”③，它在20世纪20年代后进一步发展出“革命+恋爱”的创作倾向。“新茶花”故事的底版是法国小说《茶花女》，这些改良作品，展现了“浪漫情”和“英雄义”是如何结盟的。

前面已提到目前国内留存的“新茶花”类作品至少有如下五种：1907年，上海申江小说社、明明学社出版的钟心青的小说《新茶花》；1909年，环球中国学生会编撰的时装新剧《二十世纪新茶花》；1913年，笔名为“湘西学者”的作者发表的《戏情小说新茶花》；1914年，朱勤补编写的《爱国小说新茶花》④；此外还有闽剧剧本《新茶花》

---

① 文康：《儿女英雄传》，长春：吉林文史出版社1995年版，第3~4页。

② ［美］王德威著，宋伟杰译：《被压抑的现代性——晚清小说新论》，北京：北京大学出版社2005年版，第176页。

③ 王德威：《抒情传统与中国现代性：在北大的八堂课》，北京：三联书店2010年版，第28页。

④ 该书目前找不到，但按《民国时期总书目（1911—1949）文学理论、世界文学、中国文学（下册）》介绍，该书1914年6月由上海的新剧小说社出版，共三十八回，书前有编者的《新剧小说新茶花序》，陈治安的《新茶花叙言》及朱双云的《新茶花考》（见《民国时期总书目（1911—1949）文学理论、世界文学、中国文学（下册）》，第765页）。另，［日］樽本照雄编写的《新编增补清末民初小说目录》中也提到了该书的出版信息。

(作者及年月不详)[①]。除朱勤补的《爱国小说新茶花》可能轶失外，其余四种目前都能找到相关文本。

在这四个作品中，出版最早的是钟心青的《新茶花》，虽说它的主要人物设置、故事情节与《巴黎茶花女遗事》十分相像，但小说用了大半篇幅描写国家政治。作品号称要让“莺花小史，吸收文明，包罗政见”。其后，1909 年改良新剧《二十世纪新茶花》，更是以塑造“巾帼雄杰”、唤起“国民尚武精神”为宗旨，将“新茶花”塑造成为献“身”救国的民族英雄，并成为民初最为流行的“新茶花”类作品。

清末民初以来，《二十世纪新茶花》在上海的新舞台和文明大舞台上演了近 700 场，成为时装新剧的重要代表剧目[②]。就连后两部作品《戏情小说新茶花》和闽剧《新茶花》也是根据该剧内容改编而成的。《戏情小说新茶花》是对《二十世纪新茶花》剧本故事的补充，闽剧剧本《新茶花》则拼贴了《二十世纪新茶花》和《戏情小说新茶花》的故事情节。这两部作品表现了“新茶花”女英雄们的爱情如何被传统的伦理秩序和家国话语“收编”。从这两部作品可以看出，英雄女子在贡献了她们的身体或爱情、完成了家国大业之后，其生活轨迹和生命结局是符合当时社会想象的。

“新茶花”类作品利用“茶花女”故事模型塑造英雄，宣扬尚武精神，这迎合了晚清志士对“儿女”和“英雄”结盟的寄望。但辛亥革命后，随着革命热潮的减退，特别是袁世凯对革命成果的攫取，整个社会笼罩着一种抑郁悲凉的氛围。这一时期，记录欢场游冶、沙场迎敌的“新茶花”类作品渐渐淡出人们的视野，可“茶花女”故事的影响力并未因此湮灭。此时，《茶花女》的另一类改写作品——以《玉梨魂》为代表的民初言情仿作，开始在文坛掀起新的“茶花女”流行热潮，其关注的话题开始延伸至“情感与内在自我”的矛盾上。

---

① 本书所找的剧本来自福建文化局剧目工作室编：《福建戏曲传统剧目选集 闽剧 第 1 集》，1953 年版，第 216～235 页。这里只有新茶花的上半段，下半段已经散失无存。

② 蔡祝青：《译本外的文本：清末民初中国阅读视域下的〈巴黎茶花女遗事〉》，辅仁大学博士学位论文，2009 年，第 158 页。感谢宋素凤老师及其朋友、朋友的学生不辞辛苦为本人从台湾找寻到蔡祝青女士的博士学位论文。

《玉梨魂》描写的是一段寡妇恋爱，小说面世后，流行程度不亚于此前的《巴黎茶花女遗事》和《二十世纪新茶花》。依据张静庐的描绘，此书“出版不到两个月，就二版、三版都卖完了”，“如果替民国以来的小说书销数做统计，谁也不会否认这部《玉梨魂》是近二十年来销行最多的一部”。[①] 如果说“新茶花”类作品以“英雄伟业”征服读者，那这一时期的《茶花女》言情仿作，又是怎样迎合了时代的需求？

民初言情小说家大多读过《茶花女》，甚至有作家（苏曼殊）疯狂地喜欢“茶花女”，并声称要重译该小说。[②] 由此，在他们的言情作品里，或多或少都会看到《茶花女》小说的影子。学者郭延礼就指出，苏曼殊的《断鸿零雁记》《碎簪记》，何诹的《绿波传》《碎琴楼》所采用的第一人称叙事都受到《巴黎茶花女遗事》的影响。对比看这些作品，虽说都不同程度地受到《茶花女》的影响，但明显模仿该小说进行创作的，笔者认为，当推徐枕亚的《玉梨魂》（1912 年）。

这部作品虽未以“茶花”为名，但是其间的人物情节设置、叙事风格，都明显带有模仿《巴黎茶花女遗事》的痕迹。作者徐枕亚，还将小说的记录者命名为“东方仲马”，明确宣告作品与《茶花女》的渊源。与“新茶花”类作品相比，这部小说的改写技巧更臻成熟，虽然讲述的也是爱情和自我牺牲的故事，但小说不会直白地拟造“新茶花”之类的名号来指称人物，也不会生硬地照搬《茶花女》的故事情节。小说作者开始注重学习《茶花女》的叙事手法，采用倒叙、日记体等方式进行创作。小说中的人物、情节也顺时应势有不少改变。如女主角的身份不再是妓女，而是普通的青年妇女；再比如，恋爱的主体往往都

---

① 张静庐：《在出版界二十年》，转引自谢庆立：《中国近现代通俗社会言情小说史》，北京：群众出版社 2002 年版，第 76 页。

② 据传，苏曼殊寓居上海时，十分喜欢一种名为“摩尔登”的糖，究其原因，竟是因为他听说当年茶花女十分喜爱这种糖，便爱屋及乌，钟爱异常。对此，柳亚子的《燕子龛遗诗序》说他“日食摩尔登糖三袋，谓是茶花女酷嗜之物”（柳亚子编：《曼殊全集》（第 4 册），北京：北新书局 1928 年版，第 82 页）。另，1912 年《太平洋报》曾登载苏曼殊要重译《茶花女》的消息，但此计划从未真正进行。可他的一位好朋友高吹万，还为此传言写了两首诗，名为《闻曼殊将重译〈茶花女遗事〉集定公句成两绝句寄之》。

陷入一种“三角恋”关系等等。在所有的不同中，最引人瞩目也最能打动读者的，是书中对人物的情感与自我矛盾、特别是对内在的爱情悲剧的书写。

事实证明，这揭示了当时人们在情感问题上所面临的主要困境。一方面，民国建立，封建帝制废除，封建礼教有了不同程度的松动，人们的自我意识渐渐萌芽，较之晚清时代，民初人们对爱情有更多的自主追求；但另一方面，辛亥革命的不彻底让青年男女对礼教仍心存畏惧，有人提出所谓“提倡新政制，保守旧道德”①，以保证社会道德秩序的安稳平定。在这样的状况中，爱情的悲剧往往来自人物主体自身的矛盾，用袁进的话来描述，这一时期的爱情往往呈现“不想爱又不能不爱的心理冲突，忠实于爱情又不敢逾越礼教规范的懦弱状态，或者是在新旧女子间无从选择而徘徊彷徨的悲哀，以及一面歌颂爱情的坚贞不渝，一面又恐惧爱情，力图摆脱爱情以礼佛为归宿的入世和出世的矛盾”②。《玉梨魂》恰恰抓住了这一时代的特点，在虚拟的小说世界里，化用“茶花女”故事模式，浓彩重墨地呈现了这样的现实矛盾，从而引起读者的强烈共鸣。

笔者将分析这部作品是如何调用《茶花女》的创作资源来打造具民初时代特色的爱情悲剧的。这部作品不仅透视了民初的社会现实，更预兆了五四时期一场新的“浪漫爱”运动的到来。

综上所述，按照这一时期《茶花女》译作与改写的形式与主题特点，笔者将上述各类作品按五章来展开论述。这五章大致围绕三个议题来讨论，第一个议题是情感与礼义问题。本书第一章分析林纾开风气之先的译作《巴黎茶花女遗事》，通过林纾的翻译过程，重点阐述他如何挑战了传统儒家禁锢爱情的礼仪道德——“忠贞”观念。第二个议题涵盖三章，讨论的是情感与家国问题。其中第一章讨论的是钟心青的小说《新茶花》，笔者将分析它如何运用时事及中西故事元素改造“茶花

---

① 包天笑：《在商务印书馆》，集于《钏影楼回忆录》，香港：大华出版社 1971 年版，第 391 页。

② 袁进：《觉醒与逃避：论民初言情小说》，集于袁进著：《近代文学的突围》，上海：上海人民出版社 2001 年版，第 387 页。

女”故事，创造本土化的人物和形象。第二章的分析对象是时事新戏《二十世纪新茶花》，主要探讨创作者如何编撰“为情骗敌、辱身救国”的“新茶花”故事。第三章集中分析戏情小说《新茶花》和福州评话《新茶花》。上述三章节中笔者关注的焦点是，改写者如何将家国的理念注入“情感”话题，同时会关注在“爱情 + 救国”的故事模式下，人们如何想象女英雄。论文最后一个议题，讨论的是情感与自我问题，这一部分主要分析《玉梨魂》是如何书写处在道德和情爱冲突中的“矛盾的自我”。

贯穿于这五章中的一个主体问题是，《茶花女》如何进入中国，成为一个突出的文化现象；通过翻译改写，作家们表达了怎样的情感观念和态度，这些观念是如何在中西文化、新旧传统的冲突中发生裂变，推动世纪之交中国人情感的现代启蒙，并使中国的传统言情文学在内容和形式上积极向五四时期的现代爱情小说过渡。

第一章　曲译“忠贞”：林纾的《巴黎茶花女遗事》

林纾和王寿昌合译的《巴黎茶花女遗事》是清末民初中国版《茶花女》文本的奠基之作，它让中国人真切地感受到西方浪漫爱情故事的魅力，并为他们带来新的情感体验。举例说，英敛之读《茶花女》后，产生了强烈的情感共鸣，他在日记中写道：“饭后阅《茶花女》良久，凄恻动人，嗟乎！情之累人也乃至此乎！予生平未尝一遇有情者如此，倘一遇之，决信其不亚于亚猛著朋（笔者注：男主人公名，今通译为阿尔芒）也。”① 而且，《茶花女》还为中国人呈现了一种新的言情写作方式，胡适认为，它对人物爱情经历的描写方法，在中国数千年的小说中未曾有过：“此书凡分四人语气，始以小仲马之言，则处处皆以旁观者之地位写马克（笔者注：女主人公名，今通译为玛格丽特）之容行，亚猛之深情……次以亚猛语气述二人交谊，注全力以写二人合离……继以马克日记述割爱之故，复以‘病’与‘思’亚猛二事错综夹写，遂为全书精彩。……此，则吾国数千年来小说界未曾有之大观也。”② 这些例证说明了《茶花女》对中国人情感观念和言情写作的影响。对此，学者陈建华精辟地概括：“林译为言情小说的现代转换提供了一种方式。……不光是他的译作，还有他的翻译批评，体现了他的感情投入、运作方式，对于言情传统意味着某种断裂。”③ 于是，研究这种“断裂”

① 英敛之：《英敛之先生日记遗稿》，光绪二十七年（1901）八月十五日日记，台北：文海出版社 1974 年版，第 356 ~ 357 页。

② 方玉良、章灶来：《〈巴黎茶花女遗事〉胡适手书评点》，《中国文物报》，2001 年 2 月 18 日第 2 版。

③ 陈建华：《帝制末与世纪末——中国文学文化考论》，上海：上海教育出版社 2006 年版，第 289 页。

以及此“断裂”后的新变革、新延伸，然而，这种“断裂”是从何处开始的？在中国言情传统中，它率先冲击了什么？

按晚清名士辜鸿铭的说法，林纾译《茶花女》，首先挑战的是礼教。在他看来，这本小说“教青年佟谈恋爱，而不知礼教为何物”[①]。金松岑也认为，林纾所译《巴黎茶花女遗事》及《迦茵小传》等，让男子抵抗父命，挑战礼义，“使男子而狎妓，则曰我亚猛着彭也，而父命可以或梗矣”[②]。这些批评直指林译《茶花女》之言情对传统礼义道德规范的挑战。

忠贞观念，是中国人两性道德的核心，是主宰个体情感发展的重要因素。林纾翻译《巴黎茶花女遗事》首先挑战的就是其中的“忠贞”问题。

从《茶花女》原著作者小仲马现存的信件来看，他在塑造“茶花女”形象时颇为矛盾，因为“茶花女”的原型——玛丽·杜普莱西是一名妓女，虽说他与玛丽曾有过一段罗曼史，但是玛丽放荡不羁的行为让他心存怨气。为了真实记录这段恋情，他不得不如实写出玛丽放纵的行径。但另一方面，他又担心，如果如实书写，会让别人指责他“宣扬淫荡”。经过几番考虑，他最终决定将女主人公塑造成一位灵魂有罪的女人，并为她设置了自我牺牲的情节，由此，她能“以悔悟罪人的极其

---

① 见张昌华：《曾经风雅：文化名人的背影》，桂林：广西师范大学出版社 2007 年版，第 14 页。

② 金松岑：《论写情小说于新社会之关系》，原载于《新小说》（1905 年第 17 号），集于陈平原、夏晓红编：《二十世纪中国小说理论资料》（第一卷），北京：北京大学出版社 1989 年版，第 155 页。

谦恭的态度，临终前乞求神灵的保佑”①。

然而，《巴黎茶花女遗事》在中国出版时，小仲马的这番心思却得不到体现。因为译者林纾将“茶花女”看作是“挚忠极义”之人，他甚至被“茶花女”的行为感动得在译书期间与合译者数度大哭。②

为何小仲马笔下“有罪的女人”在林纾眼中就成为贞节烈妇？从“有罪”到“忠贞”，这之间经历了怎样的思考，意义的转化如何达成？林纾终身以“贞节”为第一要义，他因此被门人私谥为“贞文先生”。林纾曾说，他译《茶花女遗事》的目的是描写“马克之忠”，但问题又在于，为何这样一个“极状马克之忠”的文本会被他同时期的辜鸿铭、金松岑等人大骂为“淫词”？

以上这种矛盾引出了一个重要话题，那就是《茶花女》小说在中国的第一位译者，如何能够把妓女的形象译解为“忠贞”？虽然在传统的中国文学里，守节名妓的形象并非少见，但集于马克身上的“情与欲”“忠贞与放浪”“守礼与越轨”等混杂、吊诡的意味，却不同于中国传统。我们不禁要问，林纾是如何通过“茶花女”来演绎他心中“忠贞”的？其中表现出来的价值意识是否暗含了“被压抑的现代性”？

从这个层面看，正如胡缨所说，研究《巴黎茶花女遗事》富有深意，因为它为我们提供了一个有趣的窗口，通过它可以一窥清末民初社会道德观念的演变，尤其是考察有关女性的观念变迁。③

---

① 上述内容见［法］布瓦洛·戴勒伯茨著，郭向桐译：《茶花女浪漫的一生》，天津：百花文艺出版社 1981 年版，第 207 ~ 209 页。小仲马的这个构思，在小说行文中也处处可见，如以下文句：“玛格丽特呢，她像玛侬一样是个有罪的人，也有可能像玛侬一样弃邪归正了；……可怜的女人哪！如果说爱她们是一种过错，那么至少应该同情她们。……我仅仅信奉一个原则：没有受到过‘善’的教育的女子，上帝几乎总是向她们指出两条道路：一条通向痛苦，一条通向爱情。……耶稣对那些深受情欲之害的灵魂充满了爱，他喜欢在包扎他们伤口的时候，从伤口本身取出治伤口的香膏敷在伤口上。……既然上天对一个忏悔的罪人比对一百个从来没有犯过罪的正直的人更加喜欢，就让我们尽力讨上天的喜欢吧，上天会赐福给我们的。在我们行进的道路上，给那些被人间欲望所断送的人留下我们的宽恕吧，也许一种神圣的希望可以拯救他们。”（以上词句选自［法］小仲马著，王振孙译：《茶花女》，北京：外国文学出版社 1980 年版，第 20 ~ 23 页）

② 林纾：《〈露漱格兰小传〉序》（1901），集于阿英编：《晚清文学丛钞・小说戏曲研究卷》，北京：中华书局 1960 年版，第 198 页。

③ 胡缨著，彭姗姗、龙瑜宬译：《翻译的传说：中国新女性的形成（1898—1918）》，南京：江苏人民出版社 2009 年版，第 82 页。

一、吊诡的“贞洁”

林纾是中国第一位翻译《茶花女》的人，他的《巴黎茶花女遗事》[①] 首开对这一作品进行中文改写之先河[②]；该书出版于光绪二十五年（1899）。虽说《巴黎茶花女遗事》的各种印本很多，但林纾认为，真正让它流行起来的其实是铅印的素隐书屋本。他在《歇洛克奇案开场》中说：“当日汪穰卿舍人（笔者注：当时昌言报馆的主编）为余刊《茶花女遗事》，即附入华生包探案，风行一时。”[③]

有关这部小说的风行盛况，现在已经很难找到印数的证据，我们只知道，该书问世后，在短短三四年间就出了五个版本。而且，无论是诗人（陈衍）、评论家（邱炜萲）、青年学生（黎俊民），还是革命者（高旭）等，社会各个阶层的人都熟知该书，这是表明它流行程度的有力佐证。《巴黎茶花女遗事》译成后，最开始是由魏瀚出资，在福州城内南后街文儒坊口吴玉田作坊木刻刊印；光绪二十五年（1899）二月，在福州首版发行。福州吴玉田木刻本，当时仅印了100本，以分赠给亲朋好友传阅[④]。就此而言，《巴黎茶花女遗事》的流行显然获益于晚清现代出版业的发展。如果没有汪穰卿以昌言报馆名义托印的铅印本，《巴黎茶花女遗事》只能在相熟的文人雅士圈中口口传述，那么它可能只是文人自娱自乐的篇章，难以对中国社会和文学产生更大的影响[⑤]。

对于清末民初的读者来说，《巴黎茶花女遗事》不仅将他们引入新

---

① 此书也常被人简称为《茶花女遗事》或《茶花女》。

② 王德威在《被压抑的现代性——晚清小说新论》中提出《茶花女》1892年已被译成中文（《被压抑的现代性——晚清小说新论》，北京：北京大学出版社2005年版，第106页），在书中他没有给出该书的详细译者、出版人信息，笔者难以按图索骥查证此书，而且在其他人的研究资料中没有找到关于此书出版信息的辅证，由此难以详述。

③ 林纾：《歇洛克奇案开场》，集于阿英编：《晚清文学丛钞·小说戏曲研究卷》，北京：中华书局1960年版，第242页。

④ 王宜椿：《林纾与王寿昌声泪合译茶花女》，福建省情资料库（地方志之窗）[2010－05－08]，http：//www.fjsq.gov.cn/showtext.asp？ToBook＝1019&index＝103&.2009.9.29。

⑤ 详细考证见张天星：《汪康年铅印林译〈茶花女〉考》，《济南大学学报》，2011年第4期，第25～30页。

奇的西方世界，而且带来一位西方的美丽佳人，所谓“天生丽质曰马克，似此佳人难再得”①。那么，林纾用了怎样的修辞，为读者翻译马克？

（一）打造“贞洁”好女子

将林纾的译本与其他版本对照，我们会发现，林纾的翻译，并不忠实于原文②。熟知林纾翻译习惯的人都知道，林纾不懂外文，他的翻译都是通过口译者转述而来。在这“译—述—笔录”的多重转折中，译文的面貌势必受到影响。有关译文中的错误，既有理解上的原因，但更多时候，则是林纾刻意改写。钱钟书先生的《林纾的翻译》③一文，列举了林纾在很多译作中进行的“润色”“增补”和“删节”等多种做法。这些也都体现在《巴黎茶花女遗事》中。经过林纾的“润笔”，“茶花女”倒不像一个西方妓女，如周蕾所说，“读起来较像一个贞节的中国妇人”④。

就茶花女的性格描写而言，小仲马的原著十分强调她身上具有的“淫邪/纯洁”双重品性。比如，亚猛与友人第一次造访“茶花女”，当着他们的面，她严词拒绝了一位富有的年轻伯爵，对此，亚猛大发感触。这里有一段话非常经典，这段话在法文本中原文如下：

---

① 吴东园：《法京巴黎茶花女史马克格尼尔行》，见阿英：《关于巴黎茶花女遗事》，集于钱钟书等著：《林纾的翻译》，北京：商务印书馆1981年版，第57页。

② 对林纾翻译的评价，各有褒贬，但是，按照劳伦斯·韦努蒂（Lawrence Venuti）的理论看，林纾的这些做法，其实是再现异域文化的必然方式。劳伦斯说：“一个译本传述的异域文本总是偏颇的，是有所改动的，补充了译语的某些特质。事实上，只有异域的文本不再是天书般地外异，而是能够在鲜明的本土形式里得到理解时，交流才能达到。”他指出：“翻译是一个不可避免的归化过程，其间，异域文本被打伤是本土特定群体易于理解的语言和文化价值的印记。”（以上引文原文来自 Lawrence，Venuti. Translation and the Formation of Cultural Identities. In *Cultural Function of Translation*，Eds. Christina Schäffner and Helen Kelly－Holmes. Clevedon：Multilingual Matters Ltd.，1996，pp. 9－25. 引文见于［美］劳伦斯·韦努蒂著，查正贤译、刘健芝校：《翻译与文化身份的塑造》，集于许宝强、袁伟选编：《语言与翻译的政治》，北京：中央编译出版社2001年版，第359页）

③ 钱钟书：《林纾的翻译》，见钱钟书等著：《林纾的翻译》，北京：商务印书馆1981年版，第18～52页。

④ 周蕾：《妇女与中国现代性：东西方之间阅读记》，台北：麦田出版有限公司1995年版，第139页。

Bref, on reconnaissait dans cette fille la vierge qu'un rien avait faite courtisane, et la courtisane dont un rien eût fait la vierge la plus amoureuse et la plus pure. ①

它的英文译文为：

In other words, one could detect in this girl a virgin who had been turned into a courtesan by the merest accident of chance, and a courtesan whom the merest accident of chance could have turned into the most loving, the most pure of virgins. ②

1980 年，外国文学出版社出版的王振孙从法文本翻译而来的中文译本则是这样翻译的：

总之，这个姑娘似乎是一个失足成为妓女的童贞女，又仿佛是一个很容易成为最多情、最纯洁的贞节女子的妓女。③

在林纾的译文中，全然不见原文对女主角“妓女—童贞女”双重品质的描绘，取而代之的，是一段先入为主的、感情激越的赞颂：

此女高操凌云，不污尘秽。凡人之亲马克，及马克之加礼于人，均不为知交，意者须有精颛敦挚之人，始足以匹之。马克接人，恒傲狷落落，不甚为礼，余固知马克之贞，非可以鄙陋干也。④

我们如果认真推敲，这段赞颂显得有些唐突，亚猛才不过是第一次

---

① Alexandre Dumas, fils. *La Dame aux Camélias*. Paris: CALMANN－LEVY, 1965. p. 86.

② Alexandre Dumas, fils. *La Dame aux Camélias*. Trans and Intro. David Coward. Oxford University Press & Foreign Language Teaching and Research Press, 1994. pp. 60－61.

③ ［法］小仲马著，王振孙译：《茶花女》，北京：外国文学出版社 1980 年版，第78 页，

④ ［法］小仲马著，晓斋主人（王寿昌）述，冷红生（林纾）译：《巴黎茶花女遗事》，素隐书屋托昌言报馆代印，己亥（1899）夏，北京图书馆古籍馆藏本，第 11 页。

拜访马克，怎么就“固知马克之贞，非可以鄙陋干也”？

这种主观臆断，一直贯穿在林纾的译文中。原文有对“茶花女”奢侈、放荡生活的描写，林纾对此都删去不译，显然是要保全他所翻译的茶花女的贞洁形象。比如，茶花女在家中设宴，和众人狂欢，引起亚猛的不快，王振孙的中译本对这个情景是这样描述的——“我停止饮酒，看着这个二十岁的美丽的女人喝酒。她的谈笑粗鲁得像一个脚夫，别人讲的话越下流，她就笑得越起劲”①，可林纾的译文却删掉了这个情景。此外，林纾还隐去很多不利于表现茶花女和亚猛爱情纯洁性的情节。例如，小仲马原文中，亚猛并非“单纯的痴情汉”，他在结识马克之时，其实还养有情妇，林纾的译文对此只字不提②。茶花女与亚猛之间的亲密举动，林纾没有直译，而是用其他端庄有礼的举动取代。还有，凡是茶花女过往的不端行为，林纾都以她的忏悔来表达，其中还有将一切归结于“命”的解释。

在上述种种努力中，值得我们注意的是，林纾将文中人物的言辞进行了巧妙的改写，使它们符合中国传统礼法观念的要求。例如在如下情节中，亚猛向马克诉说他的痴情，并因为她没有男人陪伴而高兴。但马克回应道，她单独一人回家，是因为家中已有男人在等待。此外，马克还坦诚地说明，按照她现有身份，难以忠贞地对待亚猛的爱情。

对马克的说明，法文本是这样的：

En admettant que je devienne un jour votre maîtresse, il faut que vous sachiez bien que j'ai eu d'autres amants que vous. ③

英文本将此翻译为：

Assuming that one day I become your mistress, you must realize that I've

---

① ［法］小仲马著，王振孙译：《茶花女》，北京：外国文学出版社 1980 年版，第 83 页。

② 同上，第 59 页：“那时我本来就有一个情妇，她是一个小家碧玉，温柔而多情。”

③ Alexandre Dumas, fils. *La Dame aux Camélias*. Paris: CALMANN-LEVY, 1965. p. 98.

had other lovers before you. ①

王振孙的中文译本是这样的：

（玛格丽特：）（可是你到底把我当什么人看呀？我既不是黄花闺女，又不是公爵夫人。我不过今天才认识你，我的行为跟你有什么相干。）就算将来有一天我要成为你的情人的话，你也知道，除了你我还有别的情人，如果你现在还没有成为我的情人就跟我吃起醋来了，那么将来怎么办呢？②

林纾的译文却为：

（马克：）我身非闺秀，而君今日方邂逅我，我何能于未识君前，为君守贞？且我南迎北送，匪君一人，若人人初见时悉如君憨状，我将何堪？③

将上述引文进行对比，就可看出端倪，虽然这段话暗含虚拟语义，但无论在法文本还是英文本中，玛格丽特讲这番话的目的，都在强调一个事实，即，“尽管有一天我会成为你的情人，但你必须清楚知道，在你之前我肯定会有别的情人”，言下之意，认识你之后，我也未必会放弃原有的情人。然而，林纾的译文却在强调，“未认识你，我怎能为你守贞”。这一句悄然改变了原文的寓意，林纾笔下妓女马克对待男人的态度与原文显然不同。上述引文中，前三种都表现出马克并非专情，她提醒亚猛这一点，让他对此不要抱有希望。但林纾的译文，却把重点转移到马克守贞的前提条件上——因为不认识你，所以不对你守贞，这样

---

① Alexandre Dumas, fils. *La Dame aux Camélias*. Trans and Intro. David Coward. Oxford University Press & Foreign Language Teaching and Research Press, 1994. p. 71.

② ［法］小仲马著，王振孙译：《茶花女》，北京：外国文学出版社 1980 年版，第 92 页。

③ ［法］小仲马著，晓斋主人（王寿昌）述，冷红生（林纾）译：《巴黎茶花女遗事》，素隐书屋托昌言报馆代印，己亥（1899）夏，北京图书馆古籍馆藏本，第 14 页。

看来，马克并非“婊子无情”，而是因为两人未曾确立情人关系，暂时不涉及守贞的道德准则。

从上可见，林纾在翻译中巧妙用笔，将有违于礼法之事变得合乎情理，经过他的改造，茶花女作为性交易者的道德劣势被淡化。难怪胡缨评价说：“林纾的语言表现出了礼法与小说的无所节制、奇异的外国习俗与熟悉的中国伦理之间的一种妥协。”[①] 经过这样的打造，茶花女在林纾的译文中摇身变作“至贞至洁好女子”[②]。

（二）难以掩饰的矛盾

然而，再缜密的笔触，也难免有破绽。毕竟翻译不同于创作，原文的主要元素势必要制约翻译作者。无论林纾采取何种语言、何种文体来翻译，译文不可完全抛离原文的情节。在《巴黎茶花女遗事》中，恰是这些内容，让林纾的“改造”变得艰难。

分析《巴黎茶花女遗事》中涉及的“贞洁”，其实很有吊诡意味。马克在未认识亚猛之前，与公爵、伯爵的交往甚为频密。如果按“贞女不更二夫”[③] 的观念来看，马克若为忠贞之人，理应拒绝亚猛的求爱。

退一步讲，马克即使接受了亚猛的求爱，那也应当立刻断绝与公爵、伯爵的来往。但小说的情节是，马克在和亚猛交往之初，依然与公爵和伯爵周旋。这不禁让人不解：马克认识公爵两人在先，而且她与公爵早已订立盟约，不与其他男子交往；但就在此盟约之下，她一边享用着公爵、伯爵给的钱物，一边却堂而皇之背叛他们，和另外的男子——亚猛一起谋划爱情，这难道是“忠贞”之人所为吗？

或许有人说，马克的身份是妓女，“忠贞”二字对妓女来说，其要

---

① 胡缨著，彭姗姗、龙瑜宬译：《翻译的传说：中国新女性的形成（1898—1918）》，南京：江苏人民出版社2009年版，第97页。

② 见《巴黎茶花女遗事》（素隐书屋本，1899）第15页：“第马克勾栏中人，而吾之待之，实目为一至贞至洁之女子，因立谈坐议之间，此后可以长亲芗泽。”第46页：“余此时视马克，已非莺花中人，以为至贞至洁一好女子。且将其已往之事，洒为微烟轻尘，销匿无迹，过此丽情，均折叠为云片，弥积弥厚，须令化为五彩缥天，余心始悦。”

③ 此句出自《史记·田单列传》，见《辞源（修订本）》，北京：商务印书馆1983年版，第2947页。

求未必会这般严谨。事实恰恰相反，在晚清，妓女与客人的交往是很讲规矩的。据贺萧介绍，晚清的妓女和客人之间的关系非常讲究，“如果妓同客的关系已经深入到落了相好，则规矩会更严。这时妓女就不应同此人的朋友熟人再生情愫，否则会遭客人辱骂，被看作是水性杨花的贱人（那插足的男人也被朋友孤立，无人理睬）”①。

更让人困惑的是，林纾对此并非毫无醒觉，他也译出马克和亚猛对他们谋划爱情的行为感到忧虑的场景，如亚猛和马克第一次见面，两人互诉衷肠，亚猛要求马克做他的情人：

余曰：“求马克以余情及我足矣。”马克曰：“何以处公爵？”余愕问何人？马克曰：“即寻常保护我之公爵也。”余曰：“彼恶知之？”马克曰：“知之奈何？”余曰：“公当恕我。”马克曰：“难必。”余曰：“君独无他人，他人公爵弗怒，独怒我何也？”②

从引文可见，亚猛非但知道马克受着公爵的供养，而且还知道马克除了公爵之外，还和其他人有来往，但即使如此，他仍选择自欺欺人地说：“公当恕我。”

还有一处，亚猛和马克一度春宵后，亚猛再次赴约，不料马克为了接待伯爵而将亚猛拒之门外，亚猛对此十分恼怒，写信去羞辱马克，但他在等待马克回信时内心不免担忧：

安知马克回书，不曰伯爵旧谊，亚猛新欢，是亚猛间（笔者注：欺骗之意）伯爵，非伯爵间亚猛，则将何辞以对？③

---

①　孙玉声（笔名海上觉悟生）：《妓女的生活》，上海：春明书店1939年版，第130页。转引自贺萧：《危险的愉悦：20世纪上海的娼妓问题与现代性》，南京：江苏人民出版社2003年版，第127页。

②［法］小仲马著，晓斋主人（王寿昌）述，冷红生（林纾）译：《巴黎茶花女遗事》，素隐书屋托昌言报馆代印，己亥（1899）夏，北京图书馆古籍馆藏本，第14页。

③　同上，第20页。对此段话，王振孙译本的译文为——“她可以回答说不是G先生欺骗了我，而是我欺骗了G先生，一些情人众多的女人都是这样为自己辩解的”，第132页。

可见，亚猛对自己夺人所爱、与他人情妇相好的现状也是心怀焦虑的。亚猛的忧虑，成为一个放大镜，显露出茶花女故事在贞节问题上给林纾设下的困局：如果马克遵循“不更二夫”的旧准则，拒绝亚猛，她就只能是别人的玩物、无法拥有一段真感情；反之，如果马克追求一段发自内心的爱情，则会有悖“清贞守节”之道；虽然林纾在《茶花女遗事》中不断用“礼法”来修正马克和亚猛的行为举止，但是情节的内在发展还是让他无法摆脱情与礼的纠葛。是应该违礼从情，还是守礼违情，林纾的选择变得富有深意。而且，困境还不仅此一重，林纾对马克的贞洁评判牵涉到另外一个问题：如果按严格的旧式贞节道德的评判标准，女子应守身如玉、男女授受不亲，马克的肉体早非清筠如玉，她如何能称得上“贞洁”？

这重重矛盾，令人不得不思考林纾评判女子“贞与不贞”，是否潜移默化之中，执行了一个与传统贞洁观不一样的标准？晚清时代，在新与旧、中与西多种观念交错中，在旧的纲常伦理和社会性别准则流行的表面下，旧有贞节观念被注入了什么新的含义？

二、性贞与情贞

贞节观在中国文化历史上有一个变化的过程，为讨论林纾有关贞节的理解，我们可以先追溯到中国传统的贞节观念的源起。

（一）“贞”之衍化

据考证，贞，最早出现于甲骨文中，《说文解字》释曰：“贞，卜问也。从卜，贝以为贽。”这就是贞的原意。

“贞”之含义，并非一开始就与“贞节”观念相连，除用作“占卜”之外，它还有许多其他意思。举例来说，《康熙字典》就列出了五种不同用法，四川辞书出版社的《汉语大字典》（1998 年）则列出了十一种。其中，为人熟知的用法有指《易》卦的下体，即下三爻等。在这些含义之中，妇女之“贞节”只是其中之一。[①] 而且，“贞节”一词也并不独独形容“女子”，在以往的很多史料中不难找到用“贞节”形容男子的词句。《册府元龟》（卷五百九十五·掌礼部）有文：“范冉冉或作丹卒大将军，何进移书陈留太守，累行论谥佥曰：宜为贞节先生，清白守节曰贞，好廉自克曰节。”其他例子还有如《名贤氏族言行类稿》（卷三十七）：“沙弥子，待字符德，性至孝，父忧居丧，过礼官至少府卿，……特爱林泉，谥贞节处士。”[②]

“贞”字被强化为对妇女道德的评判，有一个变化过程。学者章义和如此描述说：“私有制确立、一夫一妻制形成以后，财产占有形成的异化之意，就是男子对女子的精神到肉体的占有，社会对女子贞的要求亦开始提出并日益坚固。逐渐地，释‘贞’为‘贞操’‘贞节’，并且特指女子对男子的贞，成为主要内容。而不具有性别意义的‘贞固’‘贞确’等则退居次席。”[③] “贞”特别强调女子在性道德方面的操守，它服从的是从一而终的德行原则。

在有关女子美德的语汇系列中，“贞”又发展出“贞操”“贞节”“贞洁”“忠贞”等词语。按《辞源》解释，“贞操”指的是坚定不移的节操，“贞节”指坚贞的德操，“忠贞”为忠诚坚贞之意。看起来，这样的解释很含糊，只是语词之间循环论证。而且，无论是《辞海》还是《现代汉语词典》等，无一例外都采用上述循环论证的释义办法[④]，以致“贞操”“贞节”等词常被混为一用。词义的暧昧其实象征性地展现了中国人在描摹女子身体、情性时所刻意保持的含混状态。为了能够在本文中对以上词汇区别使用，笔者还参考了英文词典对“贞操”“贞节”“忠贞”之意的解释；本书所用的“贞操”，指的是妇女未有过性经验或保持婚内性交的生理状态。“贞节”，指的是保持“贞操”生理体态的操行，同时，也会涉及其所引申的坚贞、忠诚等意义。

---

① 《汉语大辞典》，成都：四川辞书出版社 1988 年版，第 3622 页。

② 以上两处引文，均从“中国古籍库”中搜索而得。

③ 章义和、陈春雷：《贞节史》，上海：上海文艺出版社 1999 年版，第 39 页。

④ 在《辞书研究》（2008 年第 2 期）上，余元启发表了名为《对词典中“贞操”释义的文化思考》的文章，该文对当前辞书中对“贞操”一词的释义从文化层面上给予精辟的分析。

“贞洁”，意为坚贞、纯洁；“忠贞”，则指的是对某一对象（人或情感）历经变化仍心志如一。“忠贞”在中国文化中常被用来形容两类关系：一类是男女两性关系，此时它与“贞洁”“贞节”等词汇意义相似，它也常常与这两个词混用；另一类则是君臣及相近的臣属关系，此时为忠心之意。忠贞的意义在两性关系和君臣关系间的滑动，正反映出中国传统贞节观念背后隐含的社会阶级、权力内涵。

（二）贞节观念的演变

晚清之前，几乎每个时期都有各自的女教典籍，如西汉刘向的《列女传》、东汉班昭的《女诫》、魏晋张华的《女史箴》，明清有《女论语》《女范捷录》等等。这些典籍无不努力为“贞节”赋予一个庄严、谨慎、严密的意义。但从现实来看，这个概念并没有固定的意义，随着历史语境的变化，在不同的作者那里，它也被赋予不同的含义。

按陈东原介绍①，贞节观念在两汉时期便已成形。魏晋时期，贞节观念开始变得保守，文人儒士都看重女子守贞，提倡女子冰清玉洁。在唐代，贞操观念变得淡薄，社会不禁止改嫁，不逼令守节。很明显的一点就是，唐朝公主选择再嫁的有二十三人之多。宋代的贞节观念分三个时期，宋兴五十年以前，如范仲淹等提出的贞节观念，并不认为妇女再嫁是不合礼法之举；宋兴五十年以后至七十年以前，这是第二个时期，这个时期贞节观念开始出现了分化，人们对妇女的贞节要求不完全一样，有宽松也有严格；程颢以后，属于第三个时期，“二程”理学因为“崇理之故，把古说看得太认真，对贞节观念逐渐严格起来”②。《近思录》提出的最著名的一句论断是，“饿死事极小，失节事极大”。“二程”之后的朱熹“集宋儒理学的大成，妇女应重贞节的观念，经程朱的一度倡导，宋代以后的妇女生活便不像宋代以前了，宋代实在是妇女

---

① 刘纪华在《社会学界》（1934 年第 8 卷）上发表了《中国贞节观念的演变》一文阐述中国贞节观念的演变历程，经对比，陈东原在《中国妇女生活史》一书中对“贞节”观念的描述，很多观点都参考了此文。

② 陈东原：《中国妇女生活史》，北京：商务印书馆 1998 年影印版，第 139 页。

生活的转变”[①]。这种“转变”表现在，宋代之后，守节差不多成为每个妇人应尽的义务。守节的妇人不但不能涉及性的淫污，即使皮肤手臂亦不能为男子接触。元明时代，陈东原认为是贞节观念提倡的极致时代，它在明代已经变成了一种迷信，一种宗教。需要说明的一点是，上述所谈之贞节观的状态，均是从总体上而言。每一个时代，都有与上述主流贞节观相左的意见及事例存在。而这些反对意见和事例，启发了清代中后期文人学士对贞节观念展开了强烈的抨击和批判。

（三）清代之贞节观

陈东原点评前清贞节制度时大叹：“贞节观念到了清代，总算到了绝顶上，无可上了！”[②] 他说：“贞节观念经明代一度轰烈的提倡，变得十分狭义，差不多成了宗教，非但夫死守节，未嫁夫死，也要尽节，偶为男子调戏，也要寻死；妇女的生命变得毫不值钱。”[③] 不仅如此，清代还将明朝奖励贞节的制度推而广之，从 1647 年起，朝廷发放恩诏，要求寻访贞女节妇，并进行旌表。据郭松义统计，从顺治（1652）至同治（1873）年间，清朝旌表的节妇 471 332 人，其中，为夫亡殉节 4 122人，未婚守志者 5 653 人。[④]

但这种状态到清朝中后期有所改变，表现如下：第一，不少有识之士对清代严苛的贞节观念进行抨击，反对不合理的守节行为。康熙五十年（1711）毛奇龄作《禁室女守志殉死文》，提倡未嫁之人不应守志、殉死和合葬。俞正燮（1775—1840）在其《癸巳类稿》和《癸巳存稿》中，用《贞女说》《节妇说》等文章，对摧残女性的贞节观念和制度进行了批驳。在文学作品中，对贞节观的批判也非少见。李汝珍的《镜花缘》、冯梦龙的《二刻拍案惊奇·满少卿饥附饱飏》等小说都从不同方面抨击了贞节制度。第二，朝廷对节妇、贞女的评判，发生了微妙变化。以朝廷的旌表为例，《大清会典·嘉庆会典事例》载，康熙十一年

---

① 陈东原：《中国妇女生活史》，北京：商务印书馆 1998 年影印版，第 139 页。

② 同上，第 246 页。

③ 同上，第 241 页。

④ 郭松义：《伦理与生活：清代的婚姻关系》，北京：商务印书馆 2000 年版，第 401 页。

（1672）议准："强奸不从以致身死之烈妇，照节妇例旌表。"① 乾隆七年（1742）为："坚拒夫之私奸，因而致死，应照例旌表。"② 以上两处，都认为遭受强奸致死的妇女，只有奸辱不成而身死的才能获得旌表。到了嘉庆年间，朝廷的规定开始放松要求，对已受奸污而自杀或被杀的妇女，也可旌表。嘉庆八年（1803）对地方旌表要求的复准如下："向例凡妇女强奸不从而被杀者，皆予旌表，其猝遇强暴竟被奸污，虽始终不屈，仍复见戕，则例不旌表。揆情度理，不无偏祐。嗣后凡强奸已成本妇被杀之案，如凶手在两人以上，则显然孱弱难支，当略其被污之迹，原其抗节之心，应与强奸不从因而被杀者，一体旌表。"③ 特别值得留意的是，贞节的定义，在嘉庆此复准文书中显露出一个重要的变化，那就是即使有身体的不洁（被污之迹），但是如果女子确实情志坚定，也能算作贞妇。

无独有偶，陈东原在《中国妇女生活史》上也举出一例，说明了清末贞节道德所发生的细微变化：俞樾（1821—1907）的《右仙馆笔记》记录了一个事例，淞江邹生妻子乔氏，生有一子名阿九，阿九刚周岁，邹生离世，乔氏守志抚孤。不料，其母子被贼人掳去，乔氏为了抚育阿九，不得不做了贼人的女人，后来又被贼人卖到娼家，乔氏仍忍辱偷生，直至将阿九抚养成人，贼人也被俘获，乔氏自尽而死。俞樾对乔氏的评价为"此妇人以不死存孤，而仍以一死明节，不失为完人"④。对此评价，陈东原点出："以新道德讲，不得已而受强暴奸污的，不算不贞，但就旧式贞节观念讲，强暴奸污而不死，也就算是失节了，所以像乔氏这样，茹苦含辛地把阿九抚养大了，必仍一死以明节，方不失为完人，这是旧的贞节观念与新道德不同之点。"⑤ 总而言之，清代后期，严苛的贞节制度已受人指责，旧式贞节观念暴露出不合时宜的特点，并在官方及精英人士的论述中得到了相应的调整。

---

① 郭松义：《伦理与生活：清代的婚姻关系》，北京：商务印书馆2000年版，第162页。
② 同上。
③ 同上。
④ 陈东原：《中国妇女生活史》，北京：商务印书馆1998年影印版，第242页。
⑤ 同上，第244页。

（四）马克之“忠贞”

不难看到，上述贞节观念所产生的细微变化，在林纾的“茶花女”身上得到放大。林纾不经意间用一个西方的故事对中国传统的贞节观念实行了巧妙翻新。

旧式观念中，贞节的首义是肉体的纯洁、性对象的单一，同时还有维持此纯洁状态的坚定情操。肉体的纯洁和情操的清正是一体的，没有前者，情操的意义则不复存在。因此旧时妇女守贞，务必誓死维护身体的清白。在清朝后期稍作调整的新式观念下，情操的评定可以与肉体的纯洁分离，尽管肉体可能存有污秽（例如受到奸污），但只要女子情志坚定，并以死明志，其贞节行为仍可勉强得到认同。

林纾对马克的理解则较上述新式观念更进一步。他将马克赞为忠贞之人，这一做法无论从“肉体”还是“情操”方面都给旧式贞节观带来威胁。首先是放松了“肉体纯洁”戒规。对比来看，以上受辱妇女能获贞节之名，主要因为她们的不洁是不得已造成，是不可抗的外力因素使然。但马克的不洁，多多少少带有主动意向。无论她结交公爵，还是委身伯爵，甚至爱上亚猛，都是她自己的选择。林纾的译文描写了马克曾表露自己要抛弃公爵转爱亚猛的心理活动：“我故终年长在窘乡，知己无属。而足以伸我不了之衷曲，且不以我为风月中人者，仅仅惟得一公爵；然公爵老矣，何足慰我，第予蒙彼深情，不能不承望其人颜色。至凄风冷雨，独坐无聊，时沉沉辄若昏呓。不图今日得子年青心赤，则不能不以我哀窘之深，思念之笃，意中虚构之知己，移而就诸亚猛之身。而子时时怫意，竟不遽受。”[①] 从这段话可见，马克并未受任何外力的阻挠，只是因为无人慰藉而将自己的感情移至亚猛身上。尽管马克有此行止，但林纾仍对她给予“忠贞”的评价。

其次，林纾巧妙转换了“情操”的内涵。在贞节观念“宗教化”的时代，妇女的贞节情操，指的是她对“贞节道德”的坚持，爱情并

① ［法］小仲马著，晓斋主人（王寿昌）述，冷红生（林纾）译：《巴黎茶花女遗事》，素隐书屋托昌言报馆代印，己亥（1899）夏，北京图书馆古籍馆藏本，第23页。

非其中的必然要素，“道德”的重要性可以超越两性情感之上。举例来说，明代嘉定的宣氏，丈夫对她残忍狂悖，丈夫死了，她要以身相殉。别人劝她：“人家夫妇和睦恩爱，所以丈夫死了，妻子以死相报。你的丈夫一贯对你不好，你为什么要为他殉节呢?”宣氏叹曰：“我只知道自己要尽妇道，哪管丈夫贤与不贤、好与歹呢!”① 林纾称颂茶花女，他给出的理由是，茶花女对亚猛的爱情忠贞不贰，哪怕因为爱而不得不有悖礼法，那也是可以宽恕的。这样，“情操”的含义便由对“贞节道德”的坚持，变为对“爱情”的坚持，爱情被赋予无上的地位。因而，无论是茶花女对公爵的背约，还是茶花女未识亚猛之前的放荡，在她追求真爱、并为真爱献身的举动面前，都瑕不掩瑜，可恕可谅。

在《茶花女遗事》中，林纾对贞节的意义进行了巧妙的演绎，使得“贞节”二字的重心不在“性贞”——肉体及性行为的纯洁上，而是转移至“情贞”——对“爱情”的忠贞之上。茶花女忠贞的基础在于她和亚猛之间的爱情，是爱情让她的“忠贞”具有合法性和正当性。林纾肯定茶花女，其实是肯定以“真挚之爱”为核心的两性道德。这一主旨，无疑与五四青年的追求遥相呼应，成为林纾作品具有现代价值的力证。

当然，林纾的做法也并非无源之水，根据高彦颐在《闺塾师：明末清初江南的才女文化》一书中所做的介绍，随着市民经济的发展，名妓作为一个特殊的群体，能公开参与男子的社会生活，她们和家内女性——妻子一样，被体现于“三从”（从父、从夫、从子）公式中的同一伦理标准定义着，行动在同一个文化世界中。因而，“在理论和在实际中，无论是‘好的’家内女性，还是‘坏的’公众女性勾引者，都能通过忠于一位男性而获取贞节”②。因此在唐代和明代的通俗作品中，为爱抗礼的女子大有所在；以有远见和忠实爱人形象出现的名妓也为数不少，如常被人谈起的名妓杜十娘、李香君、柳如是等，但这些形象与茶花女相比，远不如后者更能突出地暴露集中在贞节观念上的“情感与

① 章义和、陈春雷著：《贞节史》，上海：上海文艺出版社 1999 年版，第 120 页。

② 高彦颐：《闺塾师：明末清初江南的才女文化》，南京：江苏人民出版社 2005 年版，第 271 页。

道德”“守礼与越轨”等条规的内在矛盾。而且，茶花女的“放纵”和她获得林纾“至贞至洁”评价之间的差距，有力地肯定了林纾的贞节观，即贞节并非指守身如玉，而是指在其内心中，“情感”对象具有专一性，感情在这里居于核心位置。从这个层面讲，《巴黎茶花女遗事》在清末女子“贞节”问题上，所带来的意义，不可小觑。但也正是为此，令“茶花女”成为某些人眼中的“洪水猛兽”。

三、危险的“茶花”

已有的很多研究说明，贞节问题不独与传统礼义问题关联，更重要的是其背后蕴含了社会道德、性别等级和情欲论述等。举例来说，费丝言的《由典范到规范——从明代贞节烈女的辨识与流传看贞节观念的严格化》[①] 一书提出，对传统社会的妇女而言，贞节烈女不仅是一种行为模式，更是她们的道德实践，因而这些行为具有道德含义。而且，在费丝言看来，明代贞节烈妇的产生，其背后有一套完善的论述和生产机制。正是因为这套机制的存在，使得人们对贞节烈妇的要求得以延续、巩固。美国学者苏珊·曼（Susan Mann）分析了清代社会的“节妇”论述是如何被建构的，她指出，在清代，“家有‘节妇’成为彰显士人在地方社会身份的新指标。这些地方社会的‘节妇’论述，当然是一种男性精英的论述。但苏珊·曼进一步指出，男性精英的‘节妇’论述，其实又是受到哲学家和学者的影响。……另一方面，清政府为了凸显自己继承了儒家的正统，对忠孝、节烈一类的纲常思想更是不遗余力地提倡。有了政府和士大夫的双重背书，地方精英的‘节妇’论述就更加天经地义了”[②]。以上这些文章虽然没有直接论及《茶花女》文本，但是它们为思考《巴黎茶花女遗事》中有关贞节的翻译提供了启示，

---

① 费丝言：《由典范到规范——从明代贞节烈女的辨识与流传看贞节观念的严格化》，台北：国立台湾大学出版委员会 1998 年版。

② 此段较为精要的概括来自李孝悌：《恋恋红尘：中国的城市、欲望和生活》，上海：上海人民出版社 2007 年版，第 197 页。Susan Mann 的原文见“Widows in the Kinship，Class，and Community Structure of Qing Dynasty China”，*Journal of Asian Study*，1987（46）：pp. 37 –56.

讨论《巴黎茶花女遗事》中的贞节问题，也必须从当时的情欲论述和道德规范领域入手，才能真正窥见文本背后复杂的历史现实。

从现存资料来看，林纾的《巴黎茶花女遗事》得到不少赞许，茶花女的忠贞让不少读者折服，最明显的例子是，阿英《晚清文学丛钞·小说戏曲研究卷》中收录有《巴黎茶花女遗事》的评论诗文，其中几乎每一首都提到“茶花女”的精诚和忠贞：如慧云的《读〈巴黎茶花女遗事〉》写道“强起□□（笔者注：此两字不详）犹把笔，写将心事表坚贞”（1904年）；骨仍的《〈茶花女遗事〉书后》则说“妾愿已平精卫海，郎情不随烂石改”（1909年）等。但同时，我们也应该看到，《巴黎茶花女遗事》在当时也受到了不少批评。在批评者眼里，该书充满了危险。有文章记载，一生坚持穿长衣、留小辫的晚清名士辜鸿铭，在一次宴席上大骂林纾。他说：“如果我有权在手，我定要杀两个人以谢天下。”邻座问杀谁（另一说，他与严、林同桌），他说：“严又陵和林纾。”邻座问为什么，辜说：“严又陵译《天演论》，主张物竞天择，于是国人只知道物竞而不知有公理，以致兵祸连天，民不聊生。林纾译《茶花女》，教青年侈谈恋爱，而不知礼教为何物。假若不杀此二人，天下安得太平？”①

辜鸿铭作为晚清名士，在清末以固守礼教闻名。《巴黎茶花女遗事》鼓励青年男女追求真爱，为此惹他大骂，这不足为怪。但不独辜鸿铭，连追求进步的部分革新派人士如金松岑等，也对《巴黎茶花女遗事》一书心存戒备，认为它为青年人狎妓提供精神支持。此外，1907年《新世界小说月报》第6、7期上登载的《读新小说法》一文，专门告诫读者，读《巴黎茶花女遗事》要“以论读人”，说“《茶花女遗事》出，可令普天下善男子、善女人读；而独不许浪子读，妒妇读，囚首垢面之贩夫读，秤薪量水之富翁读，胸罗‘四书’、‘五经’、腹饱

---

① 张昌华：《曾经风雅：文化名人的背影》，桂林：广西师范大学出版社2007年版，第14页。

‘二十四史’之老先生读”①。作者希望通过对阅读人群的限制来规避《巴黎茶花女遗事》一书可能带来的危害。

以上现象引人思考：《巴黎茶花女遗事》的危险性在哪？被林纾视为“忠贞不贰”的茶花女，为何让这些人觉得威胁重重？有关这个问题，我们还需要回溯到清末民初人们对情感问题及言情小说的看法。

（一）言情之焦虑

清末民初，在文学领域发生的一个影响深远的变化是，小说突然取代诗文而成为最重要的文类。这首先要归功于梁启超倡导的“小说界革命”。尽管革命倡导者都主张小说自身需要一种整体上的革新，都认可通俗小说是教化民智、振兴国家的有效文体，但是他们对不同的小说门类，还是有不同的偏重和喜好。学者陈建华说：“梁启超的小说改革方案以‘群治’‘新民’为核心，把小说提到国家的理想形式或社会运动形式的高度，看到其间的张力，因此更关注小说的政治机制功能及其与国家力量的密切联系，在艺术表现方面，关注智性更甚于关注感性，群体更甚于个体。因此对于‘言情小说’较有戒心。”②

上述情形在《女界钟》的作者、晚清改革志士金松岑身上表现得淋漓尽致。他十分推崇以赞颂爱国之心，揭露社会黑暗为要旨的政治、外交、法律、侦探、社会等译介小说，认为它们“皆必有大影响、潜势力于将来之社会无可以疑焉”③，换句话说，就是能够对社会起开化教育作用。但是《巴黎茶花女遗事》等写情小说却让他忧心忡忡，他说“吾读今之新小说而喜”，“读今之写情小说而惧”，因为在他看来，这些写情小说令青年人变坏、毒化中国社会风气。他说：“曩者少年学生，

---

① 无名氏：《读新小说法》，原载于《新世界小说月报》（1907 年第 6、7 期），集于陈平原、夏晓红编：《二十世纪中国小说理论资料》（第一卷），北京：北京大学出版社 1989 年版，第 278 页。

② 陈建华：《帝制末与世纪末——中国文学文化考论》，上海：上海教育出版社 2006 年版，第 277 ~ 278 页。

③ 金松岑：《论写情小说于新社会之关系》，原载于《新小说》（1905 年第 17 号），集于陈平原、夏晓红编：《二十世纪中国小说理论资料》（第一卷），北京：北京大学出版社 1989 年版，第 155 页。

粗识‘自由’‘平等’之名词，横流滔滔，已至今日，乃复为下多少文明之确证：使男子而狎妓，则曰我亚猛着彭也，而父命可以或梗矣（《茶花女遗事》，今人谓之外国《红楼梦》）；女子而怀春，则曰我迦因赫斯德也，而贞操可以立破矣……”①

唐小兵认为金松岑的这些言论在当时颇有代表性，它突出地反映了“精英改良的社会论述”挥之不去的一种焦虑。他指出：“他（金松岑）对新小说的支持与他对新派言情的极端责难两相傍行，正看出了精英改良的社会论述在无意识中挥之不去的一桩心病或者说是焦虑，正是如何控制由于情感爱欲的自由发展、两性间的浪漫交流可能带来的反社会樊篱，反等级秩序的骚动，因为可想而知的是，在旧的王朝纲纪朝不保夕、新的社会制衡准则空空阙如之际，情欲的放纵必将使满脑子新观念的个人更加难以驾驭，社会秩序更加难以维持整合。”②

在当时的文学刊物上，有关言情小说的评论文章层出不穷。除了金松岑外，署名寅半生（钟骏文）、光翟、铁樵、伯等论者均撰文评论言情小说。比如，“伯”认为，艳情小说具有灌输社会感情之速力，不可轻视。而在《论言情小说撰不如译》一文中，论者“铁樵”引述陈铁生的警策语说：“今青年子弟，多半误于不良小说。学校百日教修身，不敌言情小说数百字。”③ 言辞之中透露出对言情小说功效的担忧。

可是，无论担忧与否，他们都清楚地知道一个事实，那就是言情小说具有其他文类难以比拟的感化力，且在清末民初以不可遏制之势发展起来。据姚公鹤统计，“上海发行之小说，今极盛矣，然按其内容，则十八九为言情之作”④。面对言情小说激增及具有强大感召力的双重现

① 金松岑：《论写情小说于新社会之关系》，原载于《新小说》（1905 年第 17 号），集于陈平原、夏晓红编：《二十世纪中国小说理论资料》（第一卷），北京：北京大学出版社 1989 年版，第 155 页。

② 唐小兵：《英雄与凡人的时代：解读 20 世纪》，上海：上海文艺出版社 2001 年版，第 12 页。

③ 铁樵：《论言情小说撰不如译》，原载于《小说月报》（1915 年第 6 卷 7 号），集于陈平原、夏晓红编：《二十世纪中国小说理论资料》（第一卷），北京：北京大学出版社 1989 年版，第 503 页。

④ 姚公鹤：《上海闲话》，上海：上海古籍出版社 1917 年版，第 124 页，转引自袁进：《近代文学的突围》，上海：上海人民出版社 2001 年版，第 380 页。

实，对于金松岑等提倡社会教育的改革者来说，亟须解决的问题已不是如何禁绝言情小说的写作，而是如何在现行的道德体制下为“言情”之举寻找合法地位，并建立一个规范的标准，使言情小说能趋利避害，发挥应有功效。由此，何为用“情”之道，怎样的“情”才是理想样式，成为他们在言情问题上辩论的核心，也是他们对一部言情作品进行褒贬的依据。自然，理清此依据，才可看出《巴黎茶花女遗事》受人褒贬的缘由。

（二）用“情”之道

其实，如何言情以及“情”为何物的讨论在中国文学历史上由来已久，先秦两汉提出“诗言志”，情与“志”相通。魏晋认为情是人的本性，情与“礼”的冲突常有显现。明中叶以来，特别是晚明的“尚情主义”，将“情”推至极高地位。冯梦龙的《情史》甚至提出，“六经皆以情教也”。但是不可忽略的一点是，在礼法社会中，“情”常常是被抑制的对象。每一次对“情”的宣扬，都面临如何革新旧礼法以安顿新价值，使情礼之间的矛盾得到调和的问题。以晚明为例，冯梦龙极主言情，但他的“情教”宣言，却不得不融合正统的儒家观念和佛教术语，努力将情包容于儒家的道德中：

> 天地若无情，不生一切物。一切物无情，不能环相生。生生而不灭，由情不灭故。四大皆幻设，惟情不虚假。有情疏者亲，无情亲者疏。无情与有情，相去不可量。我欲立情教，教诲诸众生。子有情于父，臣有情于君。推之种种相，俱作如是观。万物如散钱，一情为线索。散钱就索穿，天涯成眷属。①

这些论述揭示了冯梦龙的言情策略，他一方面将男女之情推演为一种源自生命、充塞于宇宙之间的天地万物之“情”，这就为“情”找到了存在依据。所谓“情始于男女，凡民之所必开者，圣人亦因而导之，

① （明）冯梦龙：《情史·序》，长沙：岳麓书社1986年版，第1～2页。

俾勿作于凉，于是流注于君臣、父子、兄弟、朋友之间而汪然有余乎”[①]！另一方面，他提出君臣父子关系的维系和巩固，有赖于“情”，由此依托儒家伦理的两大支柱——君臣和父子关系，赋予“情”合法地位。冯梦龙的做法在一定程度上实现了“情”的伸张，对“礼教”造成冲击，但他将“情”泛化的做法，反倒容易让人看不到爱情在人们生活中的独特意义。

清末民初，旧的礼法规制朝不保夕，新的观念意识正在涌动，情与礼、“言情”与“救世”的争辩尤为突出。在陈平原和夏晓红辑录的1897—1916年《中国小说理论资料》中，论及“情”及言情之度的文章非常丰富，下面笔者以其中最常被人引用的三篇文章作为例证，探讨晚清革新人士如何在新旧交错的道德体制下评说言情作品，建构“言情”之道。

1905年，金松岑发表了《论写情小说于新社会之关系》（《新小说》第17号）一文，他认为，文学并非不能言情，但要注重社会效果。他提出：“人之生而具情之根苗者，东西洋民族之所同；即情之出而占位置于文学界者，亦东西洋民族之所一致也。以两社会之隔绝反对，而乃取小说之力，与夫情之一脉，沟而通之，则文学家不能辞其责矣。吾非必谓‘情’之一字，吾人不当置齿颊，彼福格、苏朗笏之艳伴，苏菲亚、绛灵之情人，固亦儿女英雄之好模范也。若乃逞一时笔墨之雄，取无数高领窄袖花冠长裙之新人物，相与歌泣于情天泪海之世界，此其价值，必为青年社会所欢迎，而其效果则不忍言矣。”[②] 金松岑此话有几层含义：①情乃人生之根苗，它具有沟通效力，文学家不能辞其责而不谈情；②言情对象需为“苏菲亚、绛灵之情人”这类“儿女英雄好模范”；③言情决不可徒有悲歌哭泣，而置社会效果于不顾。

1907年，署名为“伯”之人用《义侠小说与艳情小说具输灌社会

① 《江南詹詹外史述·序》，见（明）冯梦龙：《情史·序》，长沙：岳麓书社1986年版，第3页。

② 金松岑：《论写情小说于新社会之关系》，原载于《新小说》（1905年第17号），集于陈平原、夏晓红编：《二十世纪中国小说理论资料》（第一卷），北京：北京大学出版社1989年版，第154页。

感情之速力》一文大赞艳情小说功效。他认为：“艳情小说者，非徒美人香草，柔肝断肠，导国民于脂粉世界中，作冥思寤想之讨生活已也。彼作者，固早挟一至情之主宰，借笔墨而形容之、流露之，以寄托其固结之爱情而已。盖天下有无名之英雄，决无无情之英雄。古往今来之伟大事业，孰非本其‘情’之一字造去。然则小说家之注意一女子，极写其缠绵恻怛之意者，是诚默体社会之情，而主动其无形之输灌力也。……降而《金瓶梅》也，《桃花影》也，人骂为诲淫之书，然苟如其情以善用之，虽家国之大，民族之繁，无不可以以情通达者，即无不可以情结合者。以今日小说界上大放光明，多有借男女之浓情，曲喻英雄之怀抱者，中国近事，东、西洋译本，无以异也。又岂惟读苏菲亚、罗兰夫人遗传，始足生人爱国之心也哉。”①伯的观点与金松岑谈论的内容看似不同，其实殊途同归，都将“情”的含义普泛化，将情看作是与生俱来、充塞于天地之间的各类情感总和。而且，言情，并不以写“男女浓情”为归旨，必须借“男女之浓情，曲喻英雄之怀抱”，实现社会功效才行。

1908年，署名为“光翟”之人发表的《淫词惑世与艳情感人之界线》，明确提出要对言“情”文字作良莠分辨。他指出，由于不少文人学士假托“奇传”“才子”之名，大写淫词，但读者却颠倒识见，一意追捧，由此，亟须对“淫词”和“艳情”的界线予以分辨。他认为，同为言“情”文字，淫词会引来“人心之患，风俗之忧”，艳情的文字因为“范以用情之道”，所以可以“恺切其情缘、柔妮其情态，备人间不可思议之密切关系”。光翟提出，淫词与艳情，虽然从表面上可以看出它们在行文上的不同，如，淫词一般“穿凿其附会”“荡泆其文藻”，艳情一般“因缘其寄托”“婉肖其机致”等，但最重要的区别在于它们的“精神”。但对于此“精神”有何不同，光翟却无法详细说明，只是强调“吾所谓淫词之惑世，艳情之感人，在在与社会相关系，即在在与

---

① 伯（署名）：《义侠小说与艳情小说具输灌社会感情之速力》，原载于《中外小说林》（1907年第7期），集于陈平原、夏晓红编：《二十世纪中国小说理论资料》（第一卷），北京：北京大学出版社1989年版，第209页。

社会相转移"[①] 而已。

不难看出，虽然作者与发表年代均不相同，但以上文章都传递出比较一致的信息，即其一，"情"是与人共生、存在于天地之间的"本然"之物，不可将它拘泥于男女之间，而应为它赋予更广的指向。其二，"言情"的准绳不在于是否感人，而在于是否对社会有益。对"情"的这番解释，强调了小说与群治的关系，有效地规避了书写男女之情可能带来的"反等级秩序的骚动"，不失为处理"言情"焦虑的有效途径。但这种做法，并未对传统的两性行为规范和情感关系造成挑战，反而为日后中国言情小说的发展埋下不良影响，使得私人感情常常要受制于国家或民族的宏伟叙事。

(三)《茶花女》的意义

以上述言情之"道"检视《茶花女》，两者的不切合之处水落石出。金松岑等人认为言情小说要跳出男女局限，要有更大的归旨，以达到教化世俗、启蒙励志的作用。林译《茶花女》则浓彩重墨描写亚猛和马克之间的柔情蜜意，并借用"礼教"之名处处为两人的爱情辩护。在这里，值得重视的是围绕着"茶花女""贞"与"不贞"的描述。如果对照小说原文，就会发现，受原文既有的情节和人物角色限制，林纾的翻译难以完全掩盖"茶花女"不贞的事实，但正是林纾在译文中进行的"难以掩盖却尽力掩盖"的行为，暴露出《茶花女》中隐含的情欲和道德之间难以调和的矛盾。

这一矛盾，并非为《茶花女》小说独有。清末民初的言情作品无不面临着如何处理伦理规则和情欲诱惑的难题。根据王德威的分析，狎邪小说采取了"溢情"和"溢欲"的极致做法，这当然是一种应对[②]。上述革新派推崇的言情之"道"也不失为一种解决方式，但林纾走的

---

① 光翟：《淫词惑世与艳情感人之界线》原载于《中外小说林》（1908 年第 17 期），集于陈平原、夏晓红编：《二十世纪中国小说理论资料》（第一卷），北京：北京大学出版社 1989 年版，第 288 页。

② 王德威在这方面的论述，可参见［美］王德威著，宋伟杰译：《被压抑的现代性——晚清小说新论》，北京：北京大学出版社 2005 年版，第 84 ~ 102 页。

却是另一路，他正视男女交往中难免出现的违礼行为，并将“忠于情”作为他们行为的救赎①。很明显，“至情”和“至贞”的并置，在一定程度上调和了个人欲求和道德礼法之间的矛盾。林纾对生死相许爱情的推崇和对“茶花女”忠贞品质的辩护，其最终意旨在于将浪漫之情和性欲之情包容于儒家道德中，但他未必想到，此包容颇具颠覆意义。

儒家道德对女子情感最严明的约束就是“贞节”。以晚清流行的“女教”范本——《女四书》为例，可以看到“贞节”不仅是女子行为举止的准绳，还是女子自身德行的基石②。如费丝言所说：“对传统社会的妇女而言，贞节烈女不仅只是一种行为的模式，同时更是她们的道德实践；亦即，这些行为是具有道德意涵的。”③ 林纾在《茶花女》中对贞节概念的演绎，明显改写了它的传统含义，他将是否忠于“爱情”当作贞节判断的首义，将情与道德相连。为此，李欧梵在其《中国现代作家的浪漫一代》一书中，将林纾列为第一位作家进行介绍，他认为，林纾在《巴黎茶花女遗事》中的做法超越了传统的规范，并改写了旧道德：“林纾这个着重道德观念的儒家弟子，尝试以自己对道德操守的认真态度来对待感情事，填补道德观和感情观之间的空隙。对林纾来说，‘情’并不仅如《论语》中所规定的那样，是‘礼’的内在反映；

---

① 除《茶花女》外，《红礁画桨录·序》中林纾的言论也可成为他正视男女交往中难以避免的越轨行为的佐证：“欧西开化几三百年，而其中犹有守旧之士，不以女权为可。若哈葛德之书，论说往往斥弃其国中之骄妇人，如书中所述婀娜利亚是也。婀娜利亚之谯让其夫，词气清鲠，不宁为贤助？顾乃恐失一身之富贵，至以下堂要胁，语语离叛，宜其夫之不能甘而有外遇也。而其外遇者，又为才媛，深于情而格于礼，爱而弗乱，情极势逼，至强死而自明。……坝以防水之出，而水之濡出者，非司闸者之责，防不胜防也。……”（林纾：《红礁画桨录·序》，集于陈平原、夏晓红编：《二十世纪中国小说理论资料》（第一卷），北京：北京大学出版社 1989 年版，第 165 页）

② 《女四书》所指为：《女诫》《女论语》《内训》和《女范捷录》。《女诫》所言：“清闲贞静，守节整齐，行己有耻，动静有法，是谓妇德。……《礼》，夫有再娶之义。妇无二适之文，故曰夫者天也。天固不可逃，夫固不可离也。”《女论语》亦有同论：“凡为女子，先学立身。立身之法，惟务清贞。清则身洁，贞则身荣。……古来贤妇，九烈三贞。……第一贞节，神鬼皆钦。……一行有失，百行无成。”《内训》则言：“贞静幽闲端庄诚一，女子之德性也。……妇人美德，柔顺贞静温良庄敬。”《女范捷录》：“忠臣不事二国，烈女不更二夫。故一与之醮，终身不移。男可重婚，女无再适。是故艰难苦节谓之贞，慷慨捐生谓之烈”。（张福清编注：《中国传统训诲劝诫辑要》，北京：中央民族大学出版社 1996 年版，第 1 ~ 37 页）

③ 费丝言：《由典范到规范——从明代贞节烈女的辨识与流传看贞节观念的严格化》，台北：国立台湾大学出版委员会 1998 年版，第 9 页。

情就是道德”[①]。

当然，以往有不少言情作品，特别是晚明的言情作品，也曾从不同角度对传统儒家道德进行挑战。但如此集中暴露贞节道德与爱情之矛盾，如此巧妙地改写其内涵的，林纾的《巴黎茶花女遗事》可算作一种典范。将《巴黎茶花女遗事》与同时期同样以“言情”和“贞节”问题引人关注的作品——吴趼人的《恨海》（1906）相比，可明显看出两者差异。虽然不少学者，包括阿英，都认为《恨海》开了现代“写情小说”的先河，但是《恨海》所表现的情爱观念，非但没有挑战传统，反而比以往有过之而无不及。首先是关于“情”的理解。陈建华认为，《恨海》不是“写情”而是“反情”。因为在小说中，作者把“儿女之情”叫作“痴”或“魔”，而把“忠节大孝”叫作“与生俱来的情”，即所谓的“真情”。这样做，其实把“情”和“理”颠倒，抽掉了言情文学的内核。[②] 林纾的《巴黎茶花女遗事》却十分推崇男女之情，甚至将“情”置于“理”之上，以扩张“情”之内涵来修正“理”的规限，为男女之情的发展编制“合法”理据。正因为此，难怪其后的不少文艺作品里青年人在爱情上有不当之举时，常从《茶花女》中得到精神支持。

其次，是关于贞节行为，《恨海》女主角张棣华偏执的守节行为，堪称愚昧。张棣华与未婚夫从小被指腹为婚，她对未婚夫虽有好感，却恪守礼规，从不敢示爱。例如，她与母亲及未婚夫一同逃难，有一晚，因乱兵追赶，他们三人不得不同住一室。看着未婚夫，张的心中虽有爱怜的心意浮动，却深感大逆不道，不肯三人同住。尽管张棣华母亲不断要求棣华不必拘泥礼节，但是张棣华还是坚持起炕独坐一夜，以示清白。还有，尽管未婚夫出入妓院、沾染鸦片，张棣华却执意不另嫁他

---

① 在王德威的《被压抑的现代性——晚清小说新论》一书中也有对李欧梵此话的翻译，译文比上述引用的更为贴切，此处附录如下：“作为一名卫道的儒士，林纾试图缝合道德与情感之间的裂缝，因此对情感投之以对道德行为同等的严肃性。对他来说，情还不只是如《论语》所说，是理的内在反映；情根本就是道德。”见［美］王德威著，宋伟杰译：《被压抑的现代性——晚清小说新论》，北京：北京大学出版社2005年版，第63页。

② 陈建华：《帝制末与世纪末——中国文学文化考论》，上海：上海教育出版社2006年版，第289页。

人，为其守节。王德威客观地指出：“女主角张棣华虽然明白她的未婚夫其实根本配不上她，却仍然矢志不移。她所表现的痴情的对象，与其说是她的未婚夫，还不如说是她自己的道德感；而她凛然的道德感，与其说是贞节，又不如说是偏执，并且最后为她周围的每个人都带来了不幸。……她的自我牺牲未必没有悲剧自觉的成分，不过，更多的是一种一意孤行的节妇心态。对所有周遭的人而言，她的道德感已经不合时宜；所有阅读该小说的人，可能也会觉得不忍与不解。”① 从上可见，《恨海》的“忠贞”宣扬的是盲目恪守非理性的贞节条规。男女之间，不敢言爱、甚至不敢有爱的念头，这样的“忠贞”，所强调的不是发自内心的情爱，是一种由外强制的禁欲状态；马克的“忠贞”却强调双方真挚的爱情，以爱作为“忠贞”的核心，其进步性不言而喻。

《巴黎茶花女遗事》的意义不仅如此。陈建华在他的《林纾与现代“小说”观念的形成》一文中，对《巴黎茶花女遗事》给予了高度评价：“夏志清先生就把林译《茶花女》看作中国源远流长的‘言情文学’的接绪。更确切地说，起始于《茶花女》的林译言情小说，不仅促成了这一文类的现代兴起，并促成了它的现代转换。”② 按陈建华的分析，《巴黎茶花女遗事》对言情小说“现代”转换的贡献，至少包括以下几个方面：①它在言情小说的形式上带来了启发，如打破了以往言情作品的大团圆结局；②林译小说涉及的西洋恋爱文化，为中国的言情传统增加了新的东西。但将《巴黎茶花女遗事》和同时期其他作品比较，还可看出，《巴黎茶花女遗事》中表现的两性交往情态虽未足以贴上“现代”标签，但已间接预示了现代“浪漫爱情”的萌芽姿态。英国学者安东尼·吉登斯仔细辨识了现代“浪漫爱情”的几个显著特征，

---

① ［美］王德威著，宋伟杰译：《被压抑的现代性——晚清小说新论》，北京：北京大学出版社 2005 年版，第 53 ~ 54 页。

② 陈建华：《帝制末与世纪末——中国文学文化考论》，上海：上海教育出版社 2006 年版，第 285 页。

他提出“浪漫爱情”强调“情人”之间的交流和体认[①]，“浪漫爱情”能促进个体的自我认同等[②]。以此对照，看《巴黎茶花女遗事》，吉登斯所提的“浪漫爱情”特征在马克和亚猛的情爱关系描写中都有所闪现。比如，马克和亚猛一见钟情，几番互述衷肠，并在恋爱过程中对自身不断内省等，都是“浪漫爱情”的经典表现。

无可否认，《巴黎茶花女遗事》在两性情爱关系描写方面，并非无可指摘。周蕾指出的种种不足也显而易见，在她看来，林纾把亚尔芒（笔者注：即亚猛）和玛格丽特（马克）关系重要的性爱本质转化了——有关肉体接触的段落不断被缩减、删除或重写，而且，省略了亚尔芒乐此不疲地占有一名高级妓女的那些详细的心理活动，以致最后，呈现在中国读者眼前的文本，只是一个除去肉欲的情感活动记录，目的是在争取读者对玛格丽特的同情。[③] 除了周蕾所列举的这些问题外，在林纾译本中，男女两性关系还是有明显的等级差别，女子仍然是被固定在温和顺从、被征服的位置。但这些，相比它所具有的意义，仍是瑕不掩瑜。

四、忠贞的“摆荡”

以上分析的是林纾译介《茶花女》的方式、对贞节观念的演绎以

---

① 安东尼·吉登斯在《亲密关系的变革——现代社会中的性、爱与爱欲》一书提出，“浪漫之爱一贯都是一见钟情，‘一见’是交流的姿势，对他人性格的直觉把握，正是这样对他人的吸引过程，人们才使他的生命，如人所言，显得‘十分完美’”。另外，“浪漫爱情”两性之间存在“一种心灵的交流，一种在性格上修复着灵魂的交会”。（［英］安东尼·吉登斯著，陈永国、汪民安译：《亲密关系的变革——现代社会中的性、爱和爱欲》，北京：社会科学文献出版社2002年版，第54、60页）

② 安东尼·吉登斯提出：“浪漫的爱情以难以言表的方式包含通向自我认同的钥匙，通向发现自身和自我内在的钥匙。”“浪漫之爱设想了某种自我审视的方式。如我觉得别人怎样？别人觉得我怎样？我们的感情是否足够‘深厚’……”，“浪漫之爱”依存于投射性认同。“投射在此创造了一种与他人共命的一体感，……伴侣的每一方都在互为反题的意义上得以定位。他人的特性是根据直觉而得以‘认识’的”。（［英］安东尼·吉登斯著，陈永国、汪民安译：《亲密关系的变革——现代社会中的性、爱和爱欲》，北京：社会科学文献出版社2002年版，第60、81页）

③ 周蕾：《妇女与中国现代性：东西方之间阅读记》，台北：麦田出版有限公司1995年版，第138～139页。

及社会评论反响，本节将分析林纾本人对《茶花女》的读解、译书的起因以及他本人的忠贞观念。

与《巴黎茶花女遗事》译文中出现的种种吊诡的现象相仿，译者林纾翻译《茶花女》的动机也有很多让人不解，甚至前后矛盾、混沌不清之处。首先是对小说《茶花女》的倾倒，林纾一生自诩清贞坚白，他为何会从一个妓女的身上读出“忠贞”，而且，还被感动得数度流泪？其次，是翻译《茶花女》的起因，他一面陈述译书的首义在于启发民智①，这让他的译书活动显得庄严肃重；但另一面，他又在与友人的书信中极力强调《茶花女》只是游戏笔墨②，不足挂齿。还有就是林纾的忠贞观念，他时时以忠贞自制，但所译作品却常常违逆礼教；他在小说中鼓动大胆追求真情挚爱，但自身的举止却十分封建固执。

这种种情态，让林纾在对《茶花女》翻译过程中所做的一切如谜一般引人注目，而围绕着此谜的，或许已不是单纯的口述与翻译技巧，而是晚清文人对“情”与“忠”的两难处置，对游戏文字和政治道义的调和以及对忠贞道义的依循和摆荡。

（一）复杂的“哭泣”

林纾为什么会从小仲马的《茶花女》中读出“忠贞”，这个问题，可以从他那常被人传说的“哭泣”谈起。每每有学者描述林纾的译书过程，都会谈及他和王寿昌的哭泣③。

周蕾说：“相传林纾和王寿昌合译《茶花女》时，两人经常为某些

---

① 见林纾在《译林·序》中所言：“吾谓欲开民智，必立学堂；学堂功缓，不如立会演说；演说又不易举，终之唯有译书。……时余方客杭州，与二君别，此议遂辍。其经余渲染成书者，只《茶花女遗事》二卷而已。呜呼！今日神京不守，二圣西行，此吾曹衔羞蒙耻，呼天抢地之日，即尽译西人之书，岂足为补？虽然，大涧垂枯，而泉眼未涸，吾不敢不导之；燎原垂灭，而星火犹爝，吾不能不然之。”（见陈平原、夏晓红编：《二十世纪中国小说理论资料》（第一卷），北京：北京大学出版社 1989 年版，第 26 页）

② 见林纾和汪康年商谈《茶花女》小说的版费的书信，信中说：“昨阅《中外日报》，有以巨资购来云云。在弟，游戏笔墨，本无足轻重，唯书中虽隐名，而冷红生三字颇有识者，似微有不便。”（见曾宪辉：《林纾》，福州：福建教育出版社 1993 年版，第 92 页）

③ 对此，王德威和周蕾都有提及，见［美］王德威著，宋伟杰译：《被压抑的现代性——晚清小说新论》，北京：北京大学出版社 2005 年版，第 43 页；周蕾：《妇女与中国现代性：东西东方之间阅读记》，台北：麦田出版有限公司 1995 年版，第 235 页。

情节大哭起来，声闻屋外，而每当我引述这个故事时，听者莫不大笑，屡试不爽。”[①] 至于林纾为什么会哭，周蕾认为他们俩是被玛格丽特“自我牺牲”的美德感动，而这种感动很大程度上就是一种受苦的感觉。周蕾的理解固然有一定的合理性[②]，但联系林纾自己对译书时哭泣的描述，会发现，将他哭泣的心境，归为对“自我牺牲”美德的感动未必周全。

对于他的哭泣，林纾自己的描述如下：

> 余既译《茶花女遗事》掷笔哭者三数，以为天下女子性情，坚于士夫，而士夫中必若龙逢、比干之挚忠极义，百死不可挠折，方足与马克竞。盖马克之事亚猛，即龙、比之事桀与纣，桀、纣杀龙、比而龙、比不悔，则亚猛之杀马克，马克又安得悔？吾故曰：天下必若龙、比者始足以竞马克。[③]

从这段描述看，林纾是为马克的忠贞而哭泣，而且他在论述中为马克的忠贞做了一个有趣的比喻[④]。通过这个比喻，马克“可以说是堕落的巴黎生活的具体代表，在此却成为了至高‘忠义’的象征，与最忠

---

① 周蕾：《妇女与中国现代性：东西方之间阅读记》，台北：麦田出版有限公司 1995 年版，第 235 页。

② 周蕾认为，小说翻译者林纾、王寿昌被小说感动的原因，不在别的，而在于女主角的“自我牺牲”：“究竟林、王二人被什么感动？根据林纾在第二章所示，那该是女主角玛格丽特所拥有的‘美德’。再引述迪德洛的定义：什么是美德……那就是……一种自我牺牲（self-sacrifice）。林、王一掬同情之泪与玛格丽特的自我牺牲在这种汇流中，衍生一个非常复杂的现象。”从这段引语看，周蕾将西方学者迪德洛对“美德”的理解直接套用在林纾的小说上，将女主角玛格丽特的美德直接等同于“自我牺牲”，并认定林纾被小说感动也就在于“自我牺牲”。这样的推断未免有些过于简单。

③ 林纾：《〈露漱格兰小传〉序》（1901），集于阿英编：《晚清文学丛钞·小说戏曲研究卷》，北京：中华书局 1960 年版，第 198 页。

④ 涛园居士在《埃司兰情侠传》中甚至用“奇诡骇众”来形容林纾的这个比喻：“征君昔曾译《茶花女》，严几道以为支那浪子之魂，咸为所荡，而征君自言，则谓茶花用心，盖如古龙之比抵死不变，议论颇奇诡骇众。”（见陈平原、夏晓红编：《二十世纪中国小说理论资料》（第一卷），北京：北京大学出版社 1989 年版，第 120 页）

诚的大臣相提并论”[1]。这个比喻让我们看到，林纾在译文中极力赞颂马克之“忠贞”，其实别有寓意。

胡缨认为，在中国古典诗歌中，大臣对其君主的忠诚经常被比作女子对其恋人的忠贞。但林纾这个比喻的奇怪之处在于，它颠倒了这个比喻的关系，“不再是以臣子的忠诚为本体、女性的爱恋为喻体，在林纾的表述中，女子的爱恋成为了本体，也即这一比喻的意旨所在，而臣子的忠诚则变成了喻体”[2]。胡缨指出，这个比喻是译者的一个策略，通过这个比喻，林纾能够占据马克忠贞对象的位置，取代阿尔芒和第一人称叙述者，给予马克“认同”，林纾的泪水正是“移情的表现”[3]。

胡缨从“忠贞”和“认同”的角度解读林纾译书过程的哭泣，让我们看到了林纾在文本中是如何与写作对象展开情绪交流的，她的分析颇有见地。但无论是周蕾还是胡缨，都未能跳出《巴黎茶花女遗事》文本，回到林纾身处的现实世界来理解他眼中的“马克”和“马克之忠”。

林纾将马克与比干等忠臣相比，看似有些奇怪，其实却是他心中隐藏最深的情志的表达。联系上下文，可以看到，林纾的悲泣，不在马克以坚贞之举待亚猛，而在于马克践行忠贞信条后面临的悲惨结局——杀而不悔。按常理，忠贞是美德，美德理应换取的是荣耀和赞誉，但是马克和龙、比践行忠贞，换来的却是杀身惨剧。林纾强说“亚猛杀马克”，目的不在于杜撰亚猛之罪，而在于凸显马克行为的悲剧性。林纾一生以忠义立身，但龙、比和马克的事例反映的却是践行忠义而落得悲惨的触目现实。以此联想林纾翻译《茶花女》之际，正是大清国事蜩螗，民生凋敝之时，他虽有救世之心，但朝廷无望、报国无门。但林纾对晚清帝国的赤胆忠心却毫不更改，“十谒崇陵数，匍匐流涕，逢岁祭，虽风雪勿为阻”[4]。不难看出，他极力塑造马克之贞，无异于“借他人

① 胡缨著，彭姗姗、龙瑜宬译：《翻译的传说：中国新女性的形成（1898—1918）》，南京：江苏人民出版社2009年版，第99～100页。

② 同上。

③ 同上。

④ 《清史稿·列传二百七十三》，见中山大学图书馆“中国古籍数据库”。

酒杯，浇胸中块垒”，目的在于抒发自己的忠贞之心。马克之忠，对林纾来说，其实是他纾解内心焦虑和心灵危机的一种途径，是他应对离乱的世事、无望的君权却独意恪守坚贞心志的一种曲喻表达。所以他会将马克和比干相比，当他作比时，“马克”这一意符在他眼里，早已跳出了男女、私情的轻浮之境，而跃至君国、臣民的厚重层面上；只可惜这番心意并没有几人能懂。那些听林纾译书哭泣而大笑不解的人，如果能联想到这一层，对林纾译书时的心情会有更深的体会。因为马克之哀、之痛、之亡，无不是他自己的替代，他不仅仅是在看一个素不相识之虚拟人物的周转命途，更是在看自己的飘零无依、忠心无报的凄凉半生。回首如此，母亡妻逝，自己功名无处可觅，忠心才智没有明主、伯乐赏识，如何能不哭？

（二）译书起因

尽管对《茶花女》的翻译起因有众多不同解释，但是它们都说明一个问题，那就是，让《茶花女》成为挑战礼教的文本，并不是林纾翻译的本意。那林纾译书起因的真实状态如何？对《茶花女》译书成因的种种说法，该如何解读？

从目前流传的对《茶花女》翻译起因的解释中，可以梳理出三种不同版本。第一种版本认为林纾译书是为了“纾解悼亡心情”。按杨荫深描述，林纾丧妻后，郁郁寡欢，他的朋友王寿昌为了让他纾解哀愁，提议两人合作翻译小说：“吾请与子译一书，子可以破岑寂，吾亦得以介绍一名著于我国，不胜于蹙额对坐耶！”[①]从这种版本看，林纾译书的最初目的是“破岑寂”，疏解悼亡之情，为国人介绍名著只是附带的成效。

第二类版本，认为林纾译书，是为了顺应朋友之意、博取石鼓山一

① 与杨荫深的说法如出一辙的还有“曼殊”（非苏曼殊）对林纾译书起因所做的解释（见1911年3月23日《每周评论》），“曼殊”的解释与杨不同的是，他将劝解林纾一同译书的人，改为了“陈季同”。《每周评论》上所写文字如下：“林氏所译之《茶花女遗事》约在甲午、乙未间，当时林氏悼亡在沪上，寓陈季同家。陈见其郁郁寡欢，因语之曰：‘吾请与子译一书，子可以破岑寂，吾亦得以介绍一名著于我国，不胜于愁眉对坐耶！’此即《茶花女》译本之所由来也。”

游。林纾的福建同乡黄濬在《花随人圣盦摭忆》中记载：“魏季渚（瀚）主马江船政工程处，与畏庐狎；一日告以法国小说甚佳，欲使之译，畏庐谢不能。再三强，乃曰：‘须请我游石鼓山乃可。’季渚慨诺，买舟载王子仁同往，强使口授《茶花女》……书出而众哗悦，林亦欣欣。”① 这一说法，凸显的是译书所带有的“游玩”之意，强调译书具有的娱乐功效。

第三类版本，提出译书的目的是为了传译名著。这种解释见于《巴黎茶花女遗事》的小引，引文如下：

> 晓斋主人归自巴黎，与冷红生谈巴黎小说家均出自名手。生请述之。主人因道，仲马父子文字，于巴黎最知名，《茶花女马克格尼尔遗事》尤为小仲马极笔，暇则述以授冷红生，冷红生涉笔记之。

与前面两种版本不同，这段小引是林纾自己所做，需要注意的是，这段小引并非林纾译书之前所作，而是在完成《茶花女》的译作后，因为魏瀚要出资为他们出版，林纾才写此小引附在书前。与前两种版本的解释相比，林纾在小引中对小说和译者的形象都做了修改，首先，将一部消愁解闷的作品夸为“极笔的巴黎小说”，前面两类描述所表现的悼亡之情和游戏之意在林纾所写的小引中不见踪影；其次，一改前两类描述中林纾作为被动译者姿态，极力塑造一个主动的译书者形象，如胡缨所说，通过这个序言，林纾“同时树立起一部可敬的文学作品，以及一位可敬的译者的形象，二者相互确保了对方的价值，可谓一举而两得”②。

林纾为什么要在引言中对自己的译书成因作这般修改？如此修改说明了什么？对这个问题，除胡缨外，甚少有学者做过思考。客观来说，

① 此一说法转引自钱钟书《林纾的翻译》一文（见钱钟书等著：《林纾的翻译》，北京：商务印书馆 1981 年版，第 34 页）。与此说法相同的表述还有林薇的《林纾选集·林纾传》（林薇选注：《林纾选集》（小说卷上），成都：四川人民出版社 1985 年版，第 303 页）。

② 胡缨著，彭姗姗、龙瑜宬译：《翻译的传说：中国新女性的形成（1898—1918）》，南京：江苏人民出版社 2009 年版，第 87 页。

胡缨对林纾译书成因所做的甄别比较出彩，但稍有遗憾的是，她并未对差异的原因做更为深入的分析：

这三个版本，尤其是它们的相异之处，显示了这一翻译活动之启动的多重面貌，并暗示它未来的功效。林纾自己的解释版本将最初的主动权归于自身，并追溯性地将此次翻译活动提升到“将西方文学引介到中国的先锋”这样一个地位。而其他的两个版本则显示了与翻译此书之最初构想有关的林纾个人生活、机遇等因素。正如林纾的翻译生涯所充分说明的，在晚清译者的生涯中，清高学者与通俗作家二者的形象之间，总是存在令人烦恼的矛盾。[①]

胡缨将林纾译书起因三种描述的差异解读为“清高学者”和“通俗作家”形象之间的矛盾，这个结论，没有解答为何林纾译书的起因会出现矛盾不一的说法。而要回答这个问题，必须回到当时的情境。

细看上述三种描述，前两类的描述都不约而同地陈述了林纾译书被动的表现，说明译书的起因无非是消愁娱乐而已。事实上，将小说看作是消遣解闷的工具，这个看法与“小说革命”前晚清文人对小说的普遍认识也是相吻合的。但如果预设林纾译书只有一个单一的目的，只有单一的情态，可能会一叶障目。联系林纾亡妻的事实以及他在《〈迦茵小传〉题词叙》中提及他与王子仁荡舟波上，惬意译书[②]的情节，可以知道，上面第一、二类的描述未必有假。第三类描述是林纾亲笔所为，更是真切。在笔者看来，这三种不同的描述，其实都是林纾译书起初的真实情态，将三种版本贯通，我们可以推测，林纾译书之初，其实是将其当作闲暇解闷的游戏之作，所以书中的言论多率性而出，真情而致，根本不考虑社会反响和可能起到的功效。但之后因为要出版，“出版”

① 胡缨著，彭姗姗、龙瑜宬译：《翻译的传说：中国新女性的形成（1898—1918）》，南京：江苏人民出版社2009年版，第87页。

② 林纾在《〈迦茵小传〉题词叙》提到：“回念身客马江，与王子仁译《茶花女遗事》时，则莲叶被水，画艇接窗，临楮叹喟，犹且弗怿。”（引自阿英《关于〈巴黎茶花女遗事〉》，收录于薛绥之、张俊才编：《林纾研究资料》，福州：福建人民出版社1982年版，第275页。）

行为改变了林纾对《茶花女》小说的功能预设，林纾明白，一旦出版，所译小说将由一种私密的游戏文字变为公共的教化文书，这之间的角色转变使得林纾不得不为他的译书披上一层美丽的外衣，涂上庄严之色，以促使它在公共领域获得认可。由此，他在《巴黎茶花女遗事·引》中对自己译书给出一种堂皇、正当的解释。而这种解释，使原本游戏文字的行为变得可敬、严肃。正是对小说功能的不同预设，让林纾的译书起因出现了不同的陈述。

除此，对译书起因的不同叙述，还可以作更深入的解读。它们的差异，显示了林纾译书活动的多重面貌。值得注意的是，这多重面貌指向了两个不同的领域：一个是率性而为、略带游戏性质的“真情”世界，一个是由小说教化功能所钳定的道德世界。正是这两个世界交叠砥砺，使林纾的译介行为常常前后不协、自相矛盾。

即使在林纾身上，我们也可以看到这两个“世界”的交互作用。林纾是一个率性之人，情感充沛，他的生活举止常常透着率真的本性，举例说，他曾为了得一知己而在闹市长哭狂醉，被人当作怪事传诵。①但另一方面，他又固守成规，极力维护他心中的道德世界。寒光在《林琴南》一文中说他“太守着旧礼教，把礼字看得很重，不但他自己的言论和作品，就是翻译中稍有越出范围的，他也动言‘礼防’，几于无书不然”②。“真情”与“道德”，两个世界的矛盾共存，使林纾的性格具有多面性，正是这多面性格的转变使他的所作所为常常出人意表。

（三）林纾的“摆荡”

正如前面所说，林纾时时以忠贞自制，但所译作品却常常违逆礼教；他在小说中鼓动大胆追求真情挚爱，但自身的举止却十分封建固执。如果说忠贞观念有进步和保守两极区分，那林纾的行为和言论则常

---

① 林薇的《林纾传》记载，林纾和林述庵两人一见如故，惊喜若狂。“当时林纾正在抑郁不可自聊之际，一旦得遇风尘知己，不禁慷慨恣情一哭，长跪于地不起，片言相契，定为金石之交，于是取巨斛各尽三大杯。当时水榭中的满堂座客见了他们这番举动，无不瞠目结舌！”（林薇选注：《林纾选集》（小说卷上），成都：四川人民出版社1985年版，第293页）

② 寒光：《林琴南》，见薛绥之、张俊才编：《林纾研究资料》，福州：福建人民出版社1982年版，第196页。

在这两极之间“摆荡”。他时而肯定情色，时而又强作寡欲；一方面正视女子的越礼，甚至认可女子未婚有孕（《迦茵小传》），另一方面又鼓励通过繁重的礼制使妇女制情遏欲（《读〈列女传〉》。这样的“摆荡”说明了什么？它意味着林纾观念的落后，还是意味着某种时代特色？我们可从林纾的一篇传记入手，进一步探究。

林纾在译《茶花女》前后，为自己写过一篇传记，这恐怕是他一生唯一一篇自传。该传名为《冷红生传》，集于1910年出版的《畏庐文集（一卷）》。传记描写了他对于情色诱惑和女子的态度，并表明自己在情感问题上的忠贞意志。传文写道：

> 少时见妇人，辄踧踖隅匿，尝力拒奔女，严关自捍，嗣相见，奔者恒恨之。迨长，以文章名于时，读书苍霞洲上。洲左右皆妓寮，有庄氏者，色技绝一时，夤缘求见，生卒不许。邻妓谢氏笑之，侦生他出，潜投珍饵。馆童聚食之尽，生漠然不闻知。一日群饮江楼，座客皆谢旧昵，谢亦自以为生既受饵矣，或当有情，逼尔见之。生逡巡遁去。客咸骇笑，以为诡僻不可近。生闻而叹曰：“吾非反情为仇也！顾吾偏狭善妒，一有所狎，至死不易志，人又未必能谅之，故宁早自脱也。”……生好著书，所译《巴黎茶花女遗事》，尤凄惋有情致，尝自读而笑曰：“吾能状物态至此，宁谓木强之人，果与情为仇也耶？”①

传文的特别之处在于，它详细描写了林纾面对情色诱惑时的心境。按林纾所说，他并非是与情为仇之人，相反，他是饱含深情且以情为重的人。他甚至以自己能在《巴黎茶花女遗事》中将男女情事写得“凄惋有情致”作为他并非木强之人的佐证。事实上，他在《巴黎茶花女遗事》中也确实提出了悖逆礼教、尊崇爱情的言论。从这点看，他的忠贞观念似乎比强调清心寡欲的愚昧的道德礼教要进步很多。但随着时间的迁移和时世的变化，林纾日后在情爱问题上的观念又开始出现了保守

---

① 林纾：《冷红生传》，见许桂亭选注：《林纾文选》，天津：百花文艺出版社2002年版，第141页。

的倾向。以他年老所写的一首诗为例，在这首诗中，他提出为了礼义，应隔绝言爱，保守之态显而易见："不留宿孽累儿孙，不向情田种爱根。绮语早除名士习，画楼宁负美人恩。"[①]

此外，1916 年，林纾还对《巴黎茶花女遗事》中男女主角违抗父命、悖逆礼教的行为进行了"修正"。他发表了名为《柳亭亭》[②] 的短篇小说。在这篇小说里，林纾重新设想了一个新的妓女爱情故事的结局。小说的女主角柳亭亭，爱上了官宦子弟姜瑰，姜瑰的父亲获知此事后，非但没有责怪他们，反倒亲自约见柳亭亭。柳亭亭则在见到姜父后，主动提出自己愿意屈居妾氏的位置而希望姜父成全他们的爱情。姜父则因亭亭通达情理、才艺出众而接纳了她。在这个故事里，恋人为了爱情而反抗权威的情节被消弭殆尽，故事里有的，只是对慈祥的父亲权威的"礼赞"。

还可以举出很多例子说明林纾在忠贞观念上的"摆荡"，比如在婚姻关系上，他赞同婚姻自由，要求女子对于"婚约"要执守和坚持："婚姻自由，仁政也，苟从之，女子终身无菀枯之叹矣！——律之以礼，必先济之以学。"（《红樵画桨录序》）但他在日常生活中，并不依循此法。他自己的婚姻就是依"父母之命、媒妁之言"安排而成。而且，他口口声声对妻子矢志不渝，但是在妻子去世刚满一年，他就在杭州续娶杨氏为妾。

不独忠贞观念，在其他观念意识上，林纾也常常在依循和悖逆之间"摆荡"。林纾崇尚程朱理学，读程朱二氏之书"笃嗜如饫粱肉"（《答徐敏书》），却能揭露"宋儒嗜两庑之冷肉，凝拘挛曲局其身，尽日作礼容，虽心中私念美女颜色，亦不敢少动"的虚伪性（《〈橡湖仙影〉序》）。他维护封建礼教，声称女子必须"深于情格于礼"，却又敢把未婚生子的、与封建礼教不相容的《迦茵小传》整部译出。

可以看到，在林纾身上有很多的矛盾，他的态度在旧观念与新思想之间"摆荡"。这"摆荡"的状态，恰恰反映了那个时代各种道德成规

---

① 曾宪辉：《林纾》，福州：福建教育出版社 1993 年版，第 66 页。

② 林薇选注：《林纾选集》（小说卷上），成都：四川人民出版社 1985 年版，第 67 ~ 74 页。

的不合理之处。林纾是性情中人，他率性真挚，很多文章都是随情而来、任性而发、一气呵成的。但他每每吐露内心真情的文字，总与道德成规相抵触。但这也正说明了那个时期道德成规对人们自然情感的束缚。

像林纾这样，一方面挑战礼教、鼓吹男女之爱的进步理念，另一方面却约束自身、因循守旧的文人，在晚清还有很多。举例说，晚清新思潮的启蒙大师梁启超在情感、贞节问题上，也与林纾的态度类似。梁启超历来抨击加于女子身上的礼教束缚，提倡一夫一妻制，鼓吹妇女解放，但是在自己的婚恋问题上，却遇到红颜知己不敢言爱；他甚至秉承传统，由妻子安排，找了一个与他毫无感情基础的乡村女子做妾①。在他们的时代，旧的观念意识已经明显露出腐态，但是新的思想观念，又还没有成熟。这些文人表现出的种种矛盾，并不能简单用落后、缺憾来评判，因为混沌和摆荡，或许就是那个时代的特色。

林纾在翻译《茶花女》小说时，虽然对忠贞问题有所触及，但是仍然以“礼”为尚，他没有对贞节烈女的行为范畴本身予以批评。尽管受西方情爱观念影响，林纾对传统的忠贞观念有新的演绎，但是，他所挑战的，不是“贞节烈女的生产系统，而只是道德评鉴的标准”②。而且，对贞节问题所涵盖的女子在情感、交往和性方面的种种话题，他未曾深入论述。林纾对《茶花女》文本，进行的更多的是“中国化道德的误读”。他用传统的道德范畴，如“礼”“贞”等，去解读西方具有现代特点的情爱状态，如激越的情感、张扬的爱欲等等。严格来说，这样的误读，很难全面呈现原文的精神，甚至常常显得前后矛盾。但不可否认，在那个时代，敢于借“忠贞”之名，肯定爱情的合理性，这样的误读已颇有价值。正如杨联芬所说，“林纾充满传统中国道德意味的误读，不啻为一道过渡的桥梁，悄然将中国读者引领到传统道德规范

① 张朋园：《知识分子与及近代中国的现代化》，南昌：百花洲文艺出版社 2002 年版，第 123 ~ 139 页。

② 费丝言：《由典范到规范——从明代贞节烈女的辨识与流传看贞节观念的严格化》，台北：国立台湾大学出版委员会 1998 年版，第 305 页。

的边缘”[①]。而且，更有意义的是，“不论林纾的理解有多少误读和‘异延’，它们自身所具有的现代文化信息与价值内涵，却与在新学堂学习西方语言文化而成长的年轻一代所接受的西方文化知识相吻合，构成他们现代话语的基本语汇。所以，说到底，林译小说话语之内存在的‘重构空间’，为现代中国新思想、新道德的产生提供了温床”[②]。

事实也证明，那些熟读林纾译书的五四青年才子最先接过林纾演绎忠贞观念的“接力棒”，敏锐地将“贞节观”作为炮轰旧礼制和妇女解放的突破口，对贞操观念进行前所未有的剖析、贬斥、改革。

1915 年 11 月，周作人率先发难，以日本与谢野晶子的《贞操论》一文（《新青年》第 4 卷 5 号）拉开了五四贞操辩论的序幕。与谢野晶子提出，贞操是矛盾的道德，不应作我们生活的自制律。她指出，如果将贞操当作一种道德，则应该男女都要遵循；道德的本质应该是让人自由、平等的，但“无论什么时地，要把贞操道德一律实践起来，便生出许多矛盾，与实际的生活相矛盾，岂不便是这贞操算不得道德；基本不曾完固，不能来调节现代生活的证据么？……这样看来，这贞操道德的内容可算是最不纯、不正、不幸、不自由的了，同旧时那妨害我们的生活，逼迫我们到不幸里去的压制道德，一点都没有差别。我们不愿信任这矛盾的道德，来当作我们生活的自制律”[③]。

与谢野晶子之后，胡适在《新青年》（第 5 卷 1 号）上发表《贞操问题》，一方面回应与谢野晶子提出的贞操在男女之间有不同标准的问题，提出“贞操不是个人的事，乃是人对人的事；不是一方面的事，乃是双方面的事。女子尊重男子的爱情，心思专一，不肯再爱别人，这就是贞操。贞操是一个‘人’对别一个‘人’的一种态度。因为如此，男子对于女子，也该有同等的态度”[④]；另一方面，他还将爱情与贞操

---

① 杨联芬：《晚清至五四：中国文学现代性的发生》，北京：北京大学出版社 2003 年版，第 103 页。

② 杨联芬：《晚清至五四：中国文学现代性的发生》，北京：北京大学出版社 2003 年版，第 113 页。

③ ［日］与谢野晶子著，周作人译：《贞操论》，《新青年》，1915 年第 4 卷 5 号，第 393 页。

④ 胡适：《贞操问题》，《新青年》，1918 年第 5 卷 1 号，第 7 页。

相连，认为“贞操乃是夫妇相待的一种态度。夫妇之间爱情深了，恩谊厚了，无论谁生谁死，无论生时死后，都不忍把这爱情移于别人，这便是贞操”[①]。如果说与谢野晶子对贞操和道德的关系做了梳理，那胡适则将贞操和爱情的关系给予肯定。

不到一个月，鲁迅以“唐俟”署名，在《新青年》（第5卷2号）上发表了《我之节烈观》，再次将贞操问题的讨论推向高潮。他认可贞操不能作为道德的观念，也认为男女在贞操问题上是平等的。《我之节烈观》一文的意义在于揭露了旌表贞节烈女一事的政治目的，并彻底否定了贞操的存在价值：“我依据以上的事实和理由，要断定节烈这事：是极难，极苦，不愿身受，然而不利自他，无益社会国家，于人生将来又毫无意义的行为，现在已经失了存在的生命和价值。”[②]

此外，五四时期还有很多论著对贞操问题屡有辩论，其后，1920年中期甚至到1933年，贞操话题的辩论仍弦歌不绝。但林纾在《巴黎茶花女遗事》上对该问题所做的探索，在某种程度上，可以说起到了某种“启蒙”的作用。

---

① 胡适：《贞操问题》，《新青年》，1918年第5卷1号，第10页。

② 唐俟：《我之节烈观》，《新青年》，1918年第5卷2号，第100页。

第二章　言情的“政治化”改造：钟心青的《新茶花》分析

《新茶花》是第一部系统改写茶花女故事的中国小说，它有上、下两编，分别出版于1907年和1909年。该作与原著及林译《巴黎茶花女遗事》不同，在这部小说里，茶花女故事固有的“浪漫言情”开始呈现出政治化的色彩。这部小说讲述了上海名妓武林林的爱情故事，更大量使用政治隐喻展现清末十年海上新党各事，它也因此被柳亚子称作“七八年前之社会史”[①]。

借小说议政，避免为言情而言情，这是晚清小说家常见的做法。可是，《茶花女》原著讲述的爱情，与政治话语毫无关联，如何能将这样一段情事“中国化”，使之成为抒情议政并重的“社会史”呢？

其实，《新茶花》出版后，曾受到不少质疑。最常被让人引用的评价是侗生的意见，他认为《新茶花》“多袭《茶花女》原意，且袭其辞，毫无足取”[②]。此外，林纾也批评《新茶花》说：“近人摹仿其事为《新茶花》，尤煞人间风景，吾至不满其所为。”[③]无论是侗生还是林纾，都是以小仲马笔下的《茶花女》原有内容来评判《新茶花》得失的，他们对其改写的故事不感兴趣。与侗生和林纾相比，笔名“觉我”的作者和柳亚子则肯定了《新茶花》的尝试。“觉我”在《小说管窥录》

---

① 柳亚子：《新茶花》（上、下篇），集于郭长海、金菊贞编：《柳亚子文集补编》，北京：社会科学文献出版社2004年版，第80页。

② 侗生：《小说丛话》，原载于《小说月报》，转引自陈平原、夏晓红编：《二十世纪中国小说理论资料》（第一卷），北京：北京大学出版社1989年版，第363页。

③ 这段话是林纾在其1916年创作《茶花女》仿作《柳亭亭》时，所写的附记中说的，原话是“亚猛之父不善于理家，所以使马克抑抑而死，此千古之恨事也。近人摹仿其事为《新茶花》，尤煞人间风景，吾至不满其所为。”（见杨义：《中国现代小说史》（第一卷），北京：人民文学出版社1986年版，第41页）

(1907）一文中评论道："茶花女马克格尼尔与亚猛着彭一段情天佳话，早脍炙人口。是书以名妓杭州武林林与项庆如为主，兼叙近十年海上新党各事。语皆征实，可按图索焉。东鳞西爪，颇多轶闻，笔墨亦极倩丽。"[①] 1912年，柳亚子在《新刊介绍》一文中也说道："是书为章回体小说，与坊间发行之《二十世纪新茶花》剧本各别。中述，甲乙间海上寓公美人、名士之轶事，亦七八年前社会史也。著者不知姓名，当亦个中人物，故叙事颇翔实，无传闻繁简之弊，文笔亦修整不俗，洵佳构也。"[②]（注：着重号为笔者所加）

对比林译《茶花女》及小仲马原作，便可发现一个重要的改变：《新茶花》所遵循的不是翻译原作，而是利用原作的流行因素。作者的目的不在传递原文，而在发展新的故事，表现新的主题。因此，"茶花女"故事完全脱离了19世纪法国的历史语境，它被"嫁接"到中国的生活场景，呼应中国的时事风云，衍生出中国化的人物形象。这是考察《新茶花》类作品必须注意的前提。

那么《新茶花》文本是怎样开展这一政治改造呢？本章将围绕以下问题展开论述：第一，钟心青的创作源自怎样的历史文化语境？第二，这朵嫁接过来的"新茶花"，其故事、人物和叙事有哪些新意？第三，相比林译的"侈谈儿女情"，"新茶花"的爱情观传达了什么样的时代信息？

一、移植"茶花女"

《新茶花》分上、下两编，上编十五回，光绪三十三年（1907）三月由上海申江小说社印行；下编十五回，同年十二月由上海明明学社印行。此后，宣统元年（1909）上海时中书局和上海明明学社各出了两册三十回的刊本。20世纪90年代，国内百花洲文艺出版社等出版社将

---

① 觉我（疑）：《小说管窥录》，原载于《小说林》（第一卷），集于阿英编：《晚清文学丛钞·小说戏曲研究卷》，北京：中华书局1960年版，第508～509页。

② 柳亚子：《新茶花》（上、下篇），集于郭长海，金菊贞编：《柳亚子文集补编》，北京：社会科学文献出版社2004年版，第80页。

该书重印出版。

小说记述了上海名妓武林林与留学生项庆如等人的故事，其中影射了清末新党的名人政要，评述了晚清十余年间的社会政治生活和官场丑闻。留学生项庆如是上海县长的侄子，在动荡的时世中，他与一帮青年才俊不愿意趋炎附势，因此郁郁不得志。他自称“东方亚猛”，到青楼欢场寻找知己，经友人介绍，遇上了妓女武林林。林林喜读《巴黎茶花女遗事》，胸佩茶花，以“马克”自命，号称“茶花第二楼”。项庆如和武林林相见恨晚，情投意合，相约厮守。不料洋行买办华中茂看上武林林，被她严词拒绝后，心生恶念。华中茂勾结京中权贵王尚书，诬陷项庆如为革命党，要治他死罪。武林林为了救项庆如，甘愿牺牲自己，她同意嫁给王尚书做妾，饮恨离开项庆如。

学界普遍认为钟心青是《新茶花》的作者，但其性别、生平却没有留下线索。这里为行文方便，笔者依惯例以“他”指代。他的名字在小说封面上出现时为“心青”，而在上编内页则署名为“著者钟情 心青”，下编署名为“著者钟心青”。目前，笔者所见《新茶花》创作缘起的资料，来自蔡祝青的论文，她引述了菊屏《三十年来上海戏剧变迁之一斑》一文，该文作者在评述《二十世纪新茶花》一剧时提到小说《新茶花》：“时冷红生译法国小说《茶花女遗事》，风行全国，有书商王某（姑隐其名）昵一妓，因以‘新茶花’名之，且为作小说两册，概述其身世，一时称韵事。”[①]《新茶花》的女主角是一名妓女，男主角项庆如最后以开书店糊口，这说明《新茶花》小说可能与作者的亲身经历有一定关系。与同时期的狎邪小说不同的是，这部小说虽然也写妓院男女，主旨却并非风花雪月。小说篇首有一首词《右调 齐乐天》，这应该是钟心青的自述，其中表达了作者的创作意图：

春申十里繁华地，数得巴黎第二。群玉坊头，恩谈街上，一样花魂游戏。湘帘斐几，有白袷才人，青楼妙伎，一段风流尽教播入管弦里。沧桑几番阅遍，叹离奇社会。情场转变，马克无双，武林绝艳，散出自

① 菊屏：《三十年来上海戏剧变迁之一斑》，《申报》，1925 年 2 月 13 日。

由种子。

莺花小史，却吸收文明，包罗政见。无限伤心，认美人血泪。①

由此可见，作者虽然写的是“莺花小史”，却要在其中表达“文明”“政见”。结合钟心青的另一著作《二十世纪女界文明灯弹词》(1911) 看，会发现改良俚俗作品，表达“进步”言论，是这位作者的突出特点。在《二十世纪女界文明灯弹词》中，钟心青将晚清流行的“批茶女士”改造成具有英雄性质的“批茶女士精魂”，她不忍看二万万中国女子受苦，遂到中国寻求解救之道。后发现《二十四纪女界文明灯弹词》“专为改良女子社会起见”，可“发人深省，或者可挽回大局，扭转乾坤”②，于是就派“修文使者”在中国大地传播该书。平权阁主人评价说，钟心青“改良弹词，不啻编一女学教科书，……其益处较女学教科书尤大，小说界诸君当知其所事”③。

改良小说、戏曲以开通民智，启世救国，这是晚清文学创作的重要潮流。据阿英介绍，“两性私生活描写的小说，在此时期不为社会所重，……杂志《新小说》《绣像小说》，所刊载作品，几乎无不与社会有关”④。然而，对钟心青来说，在表现儿女私生活的故事里，要加入众多的社会政治事件，在叙事手法上，必须有所调整。而且，“茶花女”故事包含的西式新元素，如何与中国传统文化调谐，也是钟心青需要解决的问题。

针对上述问题，钟心青的做法是，一方面，将当时流行的谴责小说写法融入“茶花女”言情故事，以穿插众多的人物和事件。《新茶花》

---

① 本文所提及的《新茶花》引文，主要来自郑福田、王槐茂、杨飞云主编：《名家藏书·花柳深情传·莲子瓶演义·新茶花》(第50卷)，呼和浩特：远方出版社、内蒙古大学出版社2000年版。据该书的“版本源流”介绍，该书“据清朝光绪三十三年 (1907) 上海申江小说社、明明学社分别印行的上下编刻印。原书今藏浙江图书馆”。但笔者发现，该书在刻印时也有不少纰漏，由此，在某些部分，本文也会采用光绪三十四年 (1908) 三月时中书局再版的《新茶花》的文稿内容。

② 钟心青：《二十世纪女界文明灯弹词》，集于阿英编：《晚清文学丛钞·说唱文学卷》，北京：中华书局1960年版，第177页。

③ 同上，第173~174页。

④ 阿英：《晚清小说史》，北京：人民文学出版社1980年版，第5页。

小说故事结构松散，虽说全书的主角是武林林和项庆如，但在故事展开的过程中，作者的聚焦不断转移到其他人物，不时“节外生枝”，让新的人物成为故事焦点。如小说的第一至第四回，讲的是荀鹏、姜季霞、紫人等一班文士应对维新运动，此后他们就不再出现。第四回到第九回，男主角项庆如出场，而到第十回至第十二回，小说又撇开庆如，写陈元戚和妓女谢珊珊的故事。全书三十回，直到第十四回女主角武林林才出现。这种一段一段、头绪繁杂的写法，按阿英介绍，是晚清谴责小说最普遍采用的形式，所谓“头绪既繁，脚色复夥，其记事遂率与一人俱起，亦即与其人俱讫，若断若续，与《儒林外史》略同”①。小说各章穿插了近二十桩社会政治事件，包括庚子事变、清廷的“立宪”“新政”、戊戌变法、六君子被杀、康梁潜逃日本、孙中山组建秘密会社、苏报案、日俄战争、行刺清廷五大臣、汉口起义等。而且，书中提及的数十位人物均不同程度地影射了当时社会的名流政要。如小说中“办洋务的李润书”明显影射李鸿章，“时务报馆的王让卿”与汪穰卿谐音；“协办的大学士龚同和”说的是翁同龢；“名伶汪小农”指的是戏曲演员汪笑侬……

《新茶花》的另一特点是，将《茶花女》中的西方技法和中国传统小说的手法相结合，形成一种半土半洋、新旧混杂的叙事样式。林纾所译的《巴黎茶花女遗事》为中国传统小说带来了新技法，包括采用第一人称叙事，在叙事中加入了日记体、书信体，打破言情小说才子佳人团圆式的结局等。钟心青的《新茶花》也借鉴了上述技法。女主人公武林林在离开男主角项庆如时，也像《巴黎茶花女遗事》中的马克那样，给男主角留下了书信，陈述原委，叙说离愁。但小说也采用了中国古典小说传统的笔法，如小说第一回的篇头是一首《右调 齐天乐》，紧接着是一段人情世故的说教，随后又有“看官”“做书说的”等缀词，这些特点近于“三言两拍”类话本小说。又比如小说第一回介绍“新茶花”故事来由，用的却是《红楼梦》“梦入虚境，偶得天书”的桥段，说“我”偶然吃了几杯酒，醺醺睡去，不料梦入虚境，捡到《新

① 阿英：《晚清小说史》，北京：人民文学出版社1980年版，第6页。

茶花》手稿。梦醒后，便将故事铺叙出来。可见，在《新茶花》中，既有来自西方的书信体技法，又有话本小说的传统笔法，可谓中西并蓄、新旧混杂。

除此之外，出版者“包装”这部作品的手段也值得一提。出版者调用中国传统文化资源，通过人物小影、名人题词及广告等推介《新茶花》，为新旧“茶花女”建立了关联。例如，《新茶花》篇首有武林林小影图①：

图1　武林林小影图

图后还附有汪傑（汪笑侬）的题诗，名为《题茶花第二楼武林林小影》：

珠帘不卷冷金钩，清绝茶花第二楼。卿是几生修得到，将来福慧定双收。无金代筑藏娇屋，买石补成离恨天。翠羽明珰敢平视，拼教危坐罚磨砖。心中有妓目中无，我已十年枯木枯。一点情根铲不去，为他人

① 钟心青：《新茶花》，上海：明明学社光绪三十四年（1908）版，扉页。

作鸳鸯图。一切有情成眷属，无须再赋白头吟。茶花不是巴黎种，净土移根到武林。[①]（注：着重号为笔者所加，着重号的文字所指均为中国文学、文化传统意象）

在这首诗中，作者调用众多中国传统文学、文化意象来介绍“新茶花”主角——“茶花第二楼”武林林，比如“珠帘”和“冷金钩”，是中国古典诗词中描述饱受情伤的闺中少妇的意象；又比如“藏娇屋”，说的是金屋藏娇故事；修补“离恨天”的女娲，则常被文人用作超乎寻常的献身和忠贞的象征；“罚磨砖”，源于唐朝怀让法师“磨砖成镜”的典故；《白头吟》，表达了卓文君的凄离心境。这种种为国人熟悉的故事和意象，消解了“茶花女”的异域性，勾画出一个东方化的幽怨、坚贞、爱情受挫的女子形象，由此，“茶花不是巴黎种，净土移根到武林”便显得顺理成章。

《新茶花》的广告也暗藏端倪。举例说，1908 年 5 月 1 日的《时报》上，《新茶花》的广告[②]内容如下：

拍手！拍手！！拍手！！！欢迎！欢迎！！欢迎！！！艳情小说新茶花初二集现出。是集以上海唯一之名妓茶花第二楼武林林为主，而又以近十年来新社会之怪现状穿插之，汪洋曼衍，风流月韵，真不数（按：应为输）冷红生所译巴黎茶花女遗事也。著者心青系亚猛至交，悉其颠末，乃以倩丽之笔写之，读之令人之魂也消　并插武林林小影　初二集每本定价四角。

这则广告不仅提示了《新茶花》故事内容，更有意思的是，它还刻意介绍“著者心青系亚猛至交，悉其颠末，乃以倩丽之笔写之”。“亚猛”本是林纾《巴黎茶花女遗事》中男主角之名，此处，“亚猛”竟被坐实为《新茶花》的男主角项庆如，形成《新茶花》与“旧茶花”

---

① 钟心青：《新茶花》，上海：明明学社光绪三十四年（1908）版，扉页。

② 该广告转引自蔡祝青：《译文外的文本：清末民初中国阅读视域下的〈巴黎茶花女遗事〉》，辅仁大学博士学位论文，2009 年，第 190 页。

人物的相互指涉。同时，著者“心青”和书中人“亚猛”是至交的说辞，让虚构的书中人“亚猛”获得真实世界的身份，使《新茶花》一书带上了实录的色彩，为读者平添追踪秘事的兴味。

这些包装手段，将“新茶花”与中国文学乃至现实中人物进行牵连比附，为读者想象“新茶花”提供了熟悉的底本，并为东西方人物形象之间的融合沟通潜在地打开了新的空间。

二、新妓女、新男子与“新”爱情观

《新茶花》的男女主角项庆如、武林林在小说中分别自称“东方亚猛”和“茶花第二楼”，作者钟心青刻意模仿《茶花女》中的亚猛和马克，塑造了他们的形象；但由于不同的文化背景，《新茶花》的两位主角有着不同的个性特点，他们的爱情观念也有所不同。

如前所述，林纾译《巴黎茶花女遗事》，其中的女主角马克就和小仲马原著不同。林纾在描绘马克的外貌、服饰甚至观念时，都在一定程度上进行了中国化的处理，以至于马克张口便以“贱妾”自称，并不时用礼法观念约束自己。钟心青塑造的“新茶花”武林林，在外貌服饰上，仍是一副古典装扮，作者写她脸若朝霞，身着衫裙，胸前佩戴茶花。与中国传统妓女形象相比，她的特别之处不在外貌服饰，而在所谓“思想”上。

钟心青描写武林林时，多次借小说人物之语评述其“思想”。先是在第十三回，男主人公项庆如的朋友陈元戚向他介绍武林林的情况时，评价她“比以前更觉生得风流，那思想也高尚了许多”[①]（注：引文的着重号为笔者所加，下同）。紧接着第十四回，项庆如终于得见佳人，与朋友们一起宴饮时，作者又写道：“武林林也插在中间，高谈阔论，思想很高尚，议论很透辟。那些座客大半从日本留学回来，也没有他的

① 钟心青：《新茶花》，集于郑福田、王槐茂、杨飞云主编：《名家藏书·花柳深情传·莲子瓶演义·新茶花》（第50卷），呼和浩特：远方出版社、内蒙古大学出版社2000年版，第56页。

见解，都惊服起来，也有羡慕的，也有妒忌的。”① 第十五回，项庆如与武林林因误会闹分手，他的朋友季留劝说庆如道：“如果林林是一个寻常女子，此次庆如与之决绝，我亦赞成。但我知道林林实系出奇的人，他的程度思想高出我们几倍，……”②

从上述引文可见，钟心青描写武林林，除了她的美貌外，他特别强调的就是她的“思想”。晚清时期，“思想”可说是一个颇有现代色彩的词汇，它代表的是西方的、进步的理念，因此很受革新派人士看重。梁启超就曾提出：“思想者事实之母也，要建造何等之事实，必先养成何等之思想。”③ 钟心青将它用于对武林林的评价，相比用美貌、德行和才艺来衡量女子的传统标准，这是一个新的因素。这个因素所指涉的观念与林纾推崇的“忠贞”不同。从武林林的言论及小说人物对她的评论来看，她的“思想”其实包含两个方面：一方面是对真挚爱情的追求，她认定“直要等到有真爱我、真敬我的，我方肯把真爱情报之呢”④；另一方面，则是对现代事物和文明行为的接纳。小说写出，她在家里，最爱干的事情不是一般的唱曲狎游，反倒是读小说。她“最喜欢看的是巴黎茶花女遗事，常说青楼中爱情最深的，要算是马克格尼尔姑娘……他立志要学马克，一本小说书，从头到尾，背都背得出”⑤。此外，她反对缠足，待到和庆如同居后，就改妆、放足，还颇有见地地评判女学，主动学西方的琴歌，要项庆如搬一张批阿拿（笔者注：piano，钢琴）来教她。⑥

以上新茶花的“新”特色，其实也不是钟心青自己的凭空独造。

---

① 钟心青：《新茶花》，集于郑福田、王槐茂、杨飞云主编：《名家藏书·花柳深情传·莲子瓶演义·新茶花》（第50卷），呼和浩特：远方出版社、内蒙古大学出版社2000年版，第62页。

② 同上，第67页。

③ 梁启超：《国家思想变迁异同论》，集于陈飞、徐国利主编：《回读百年20世纪中国社会人文论争 第1卷（上）》，郑州：大象出版社2009年版，第243页。

④ 钟心青：《新茶花》，集于郑福田、王槐茂、杨飞云主编：《名家藏书·花柳深情传·莲子瓶演义·新茶花》（第50卷），呼和浩特：远方出版社、内蒙古大学出版社2000年版，第42页。

⑤ 同上，第56页。

⑥ 同上，第98~99页。

举一例子，《新茶花》写武林林热衷坐着马车到张园游玩，到丹桂里看戏，在叶凯蒂所做的清末上海妓女研究中有迹可循。当时上海妓女的活动空间确实包含这些场所，她们坐着马车到张园游玩，到戏园听戏，“在上海繁华的街道上，到处都可以看见高坐在敞篷马车中的妓女，在大胆华丽的装饰的后面，上海妓女逐渐演变成为一种新型的人物”①。这些妓女“一方面装点着上海的繁华，同时在传统文化和西方技术革新之间做调和者，潜移默化地代表着西方现代文化与文明的创新”②。从这个层面上说，《新茶花》的武林林成为这部分女性的生活写照。

不独女主角，《新茶花》男主角的形象也反映出当时文人阶层的变化。男主角项庆如是一名官宦子弟，同时又是留日学生。他有中国传统文人学士的气质，另一方面又受到新知识、新文化的影响，属于晚清新式知识分子群体的一员。这个形象既不同于《巴黎茶花女遗事》的亚猛，更不同于中国传统青楼故事中的文人。他吟诗作赋，却推崇西方文明；游乐欢场，但不忘家国大业。项庆如在《新茶花》中的首次出场，就由小说人物紫人介绍道：“（现任上海县项大令）他侄儿项庆如是个绝世英雄，当今才子。他怀着盖代才华，却生在这黑暗世界，因忿生愁，因愁成恨，便有屣视功名，尘视躯壳的意思。而且生性多情，温存体贴……”③ 他和一帮同仁知己，怀抱救国之心，文中写道：“那时庆如在日本学的是政法速成科，寄宿在外，看见本国的学生不多，很盼望多来些人，学些技艺回去，好帮助国家，……”④当他学成归国，却发现官场昏暗，不愿阿谀奉承，于是隐遁度日、寄情青楼。

项庆如这种掌握西方知识、追崇新文化的男子，代表了晚清文人阶层中出现的新人。不少学者在研究中都提到这个群体，胡缨研究晚清新女性形象时，将这些人命名为“新男子”，她提出“旧男人们受传统教

---

① ［德］叶凯蒂：《清末上海妓女服饰、家具与西洋物质文明的引进》，《学人》（第九辑），南京：江苏文艺出版社 1996 年版，第 394 页。

② 同上，第 384 ~ 385 页。

③ 钟心青：《新茶花》，集于郑福田、王槐茂、杨飞云主编：《名家藏书 · 花柳深情传 · 莲子瓶演义 · 新茶花》（第 50 卷），呼和浩特：远方出版社、内蒙古大学出版社 2000 年版，第 21 页。

④ 同上，第 37 页。

养，不能适应新的环境以及随之而来的机遇和风险，最终不能成为现代中国历史演变中的有效能动者。新男子们不再在科举考试的阶梯上孜孜以求，因为1905年科举制度被取消了。他们通过留学，通常是留学日本来掌握多数新学”①。邹小站则用具体的数据说明了这一点，他发现，自晚清1905年废除科举制度之后，士大夫们纷纷改变求知的方向，他们进入新学堂，或者负笈东洋。数年间就形成了新式的知识分子群体。据1907年，也就是《新茶花》发表当年的数据，京城及全国有学堂及教育处所共计37 888所，其中专门以上学堂计79所，学生达到14 117人。留日成为一时风气，1907年的留日学生有6 979人。1906—1911年，留日学生总数达32 051人。② 学者谢冕也提出：“在19世纪与20世纪的交会点上，中国文人结构出现了非常巨大的变化：一批与旧文人迥异的，直接面对、并且一定程度上还直接掌握西方文化的知识分子已经出现。他们的出现不仅改变了中国知识分子的构成和素质，而且还导致了文化思想的深刻变革。”③

《新茶花》在一定程度上展示了这批“新男子”的情色生活，但它只是一个翻版的爱情故事，它没能提供更广阔的空间展现谢冕所说的更深的“文化思想的变革”。而且，男主角项庆如虽是“新男子”，也有“新知识”，但他不像梁启超、邹容等知识分子那样致力于救国大业。他反对维新，也不赞同革命，空有报国志，终日埋首青楼和武林林厮守。可能也正因为如此，《新茶花》在文学史上不受重视。但这部作品提供了一个有趣的窗口，让我们看到项庆如这样的“新男子”在爱情方面的新观念。

在项庆如看来，异性相互吸引，趋美避丑，这是天性所致；只不过圣贤豪杰的爱情格外真挚。但他又把好色与爱情区分开来，前者涉及外表躯壳，属于较低的层级；后者属于精神世界，自然是更高一级的。作为爱情对象的女子，如果仅有外表的美，那是不够的。爱情需要精神交流，他使用了“神经”“正负电”等新词汇，来形容平等交流的重要性：

---

① 胡缨著，彭姗姗、龙瑜宬译：《翻译的传说：中国新女性的形成（1898—1918）》，南京：江苏人民出版社2009年版，第170～171页。

② 邹小站：《西学东渐：迎拒与选择》，成都：四川人民出版社2008年版，第423页。

③ 谢冕：《1898：百年忧患》，济南：山东教育出版社1998年版，第161页。

一个人有了神经，就有了一种爱好的性质，天地间形形色色，优而美的，就大家欢喜他，恶而丑的，就大家厌恶他，谁也不能逃这个公例。所以好色一桩事，真是天地间的公性，无论什么人都不能免的，不过圣贤豪杰，爱情真挚格外重些罢了。……只是好色和爱情却还有些分别，好色是躯壳上的事，爱情是精神上的事，两相比较，自然是精神更重了。所以一个女子虽是姿色可观，思想却十分腐败，那种色就不足好了。如果那女子的性质高尚，富于爱情，就算不是天姿国色，他的丰韵也必与庸脂俗粉不同，岂不能消受我一番眷恋呢？不过爱情总要彼施此受，两得其平，假如我爱他，他不爱我，或者我不爱他，他却爱我，这叫做有正电没有负电，有阳电没有阴电，断无摄引的一日了。①

与冯梦龙、吴趼人等人主张的爱情论相比，这里表达了新派文人的爱情观。旧派爱情论将爱情与天地万物及君臣人伦挂钩，对女子的评价仍不离贞节、贤淑等传统标准。项庆如所看重的爱情却是以女性兼有“精神”上的吸引力，这种特点，甚至比姿色更重要。强调爱人间要有精神交流。从这一点来说，项庆如的爱情观已经有了现代人推崇个性的意味。

项庆如还根据自己读《巴黎茶花女遗事》的体会，分析中西文化的优劣，他认为，两者的分别在妓女方面也十分明显。他提出，马克对亚猛的爱如此真挚，一方面自然来自天性，另一方面却是因为“欧洲的教育本好”。于是他要在妓院中提倡一种“花丛教育”，“以人人有完全真爱情为目的，倒也是改良社会的一分子”。② 在妓女中提倡爱的教育，将她们培养成为社会改良者，这种设想也代表了“新男人”对待妓女的一种不同的态度。

在项庆如这样的“新男人”看来，充沛的感情是人的天性，而它也是成就男性大业的积极动力。换言之，爱人与爱国，没有对立关系，其实是一脉相承，互为激励的。他对友人平君说：

---

① 钟心青：《新茶花》，集于郑福田、王槐茂、杨飞云主编：《名家藏书 · 花柳深情传 · 莲子瓶演义 · 新茶花》（第50卷），呼和浩特：远方出版社、内蒙古大学出版社2000年版，第21页。

② 同上，第23页。

> 你看自古英雄谁不好色，难道他是忘了职任么？怎么他又做出天大的事业呢？正因他爱国的心热到极处，旁隘出来，借着女色发挥一个尽致，他这个爱情一定是无论什么不可动摇的，将来移爱国家，决不像那些朝秦暮楚的人。你想想一个美人在人群中自然是最可爱的东西，然而我四万万同胞的祖国自然更可爱些了。爱美人既经竭尽我的爱情，爱国家岂有不竭我的爱情么？这个正比例是确切不移的，所以我说惟有真爱国的方能好色，不好色的必不是真爱国。①

英雄唯有好色才是真爱国，这样的论断其实只是文康《儿女英雄传》论述的新阐释而已。《儿女英雄传》的《缘起首回》提出，“殊不知有了英雄至性，才成就得儿女心肠；有了儿女真情，才作得出英雄事业”②。钟心青通过项庆如的好色论发挥了这些观点，英雄和爱国的话题就这样进入爱情小说中。这个爱情与爱国并重的主题在后来的《二十世纪新茶花》作品中被进一步放大。我们可以在《茶花女》其他改写版中，看到男女主角献身救国的故事。

从上述例子可见，项庆如用他的“新知识”编织了一套陈述，为自己情色生活做出辩解。用小说人物平君的话来说，是为他们“吃花酒作个护身符”③。

尽管如此，我们依然可以通过这个人物，看到当时的新知识分子群体中与革命保持距离者的生活状态。这些人有新知识，却不愿付诸行动。他们不属于历史上的风云人物，但仍然代表了一种过渡时期的文人类型。这也是《新茶花》描写这类人物的意义所在，它提供了一个例证，让我们可以通过这些形象进入情感话语变迁的讨论。

---

① 钟心青：《新茶花》，集于郑福田、王槐茂、杨飞云主编：《名家藏书·花柳深情传·莲子瓶演义·新茶花》（第50卷），呼和浩特：远方出版社、内蒙古大学出版社2000年版，第26页。

② 文康：《儿女英雄传》，长春：吉林文史出版社1995年版，第3页。

③ 钟心青：《新茶花》，集于郑福田、王槐茂、杨飞云主编：《名家藏书·花柳深情传·莲子瓶演义·新茶花》（第50卷），呼和浩特：远方出版社、内蒙古大学出版社2000年版，第26页。

三、从家庭到政治

陈平原研究《茶花女》等域外文学作品在清末民初的接受状况时，发现“新小说家们更感兴趣的是作为小说人物的茶花女，作为一种情节类型的‘茶花女’故事，而不是作为小说作品的《茶花女》”①。他认为，晚清的新小说家接受域外的侦探小说和言情小说，更多着眼于其“情节性”，把它当“故事”而不是“小说”读。这表明，较之小说的叙事方式、风格和艺术特点，茶花女的人物性格和故事叙事艺术更容易得到认同。以上，笔者已论及小说中的人物形象，那么，题为《新茶花》的作品，在情节结构上又有哪些传承和改变呢？

“茶花女”故事的情节要素大体包含以下几点：男女主角一见钟情—父母干涉、爱情受阻—制造误解、女主角蒙冤（一般来说，这个误解是人物主动制造的，并具有可拆解性）—误解及阻力消除（误解及阻力的消除，一般建立在女主角的自我牺牲基础之上，并需要辅以某些外力的作用）—爱情升华（所谓升华，对于女主角来说，是认识到牺牲的价值，从而将爱情作为绝对的理想而不惜生命代价；对于男主角来说则是对女性爱情的价值有了新的体认，从而将女性供奉于心灵的祭坛）。

《新茶花》的情节，与上述“茶花女”故事模式十分相似。女主角和男主角的爱情故事基本按照上述步骤展开：相遇且一见钟情—恋人间横生误会—经友人劝解和好—另觅居所与爱人相守—恶人陷害令爱情受阻—女主角自我牺牲以保护男主角—男主角获救恋情告终。

《新茶花》的情节与《茶花女》原作的关联十分明显，在当时的评论者看来新意不多。但笔者认为《新茶花》在一个核心环节上做出了重要改动。这个环节就是“父母干涉、爱情受阻”。此处是全书的小高潮，也是展现小说意旨的关节点，所以，无论是小仲马的《茶花女》原著，还是林纾翻译的《巴黎茶花女遗事》，都会浓墨重彩加强描述。

① 陈平原：《二十世纪中国小说史》（第一卷），北京：北京大学出版社 1989 年版，第 11 页。

但是《新茶花》在这里则将情节的主要矛盾，从家庭引向了政治。也就是说，无论是小仲马原著还是林纾的译作，其中男女主角爱情的障碍都是来自家长干涉。家长权威或者说阶级障碍是一个主要因素。但在《新茶花》中，两位主角爱情的障碍却不是来自家庭。当武林林向项庆如提出要找个地方两人厮守时，他们的对话如下：

庆如道：“你要享这种清福，却也不难，只消过了节，除去牌子，或是新闸，或是爱文牛路，或是仁寿里，租几间房子，住上几个月，岂不同匏止坪一样，我又没有什么事，可以一天到晚陪你的。”林林笑道：“只要你没有家庭的阻挡，这末后一着是不怕的。”庆如道：“我家里倒不要紧，只怕什么公爵、伯爵，要来缠扰呢？”①

此后文中还叙述，林林为自己嫁庆如做妾细作打算，并获得庆如的同意。她说：“你家中已有家眷，我将来嫁了你，虽说是个妾，但我是不到你家乡去的。一来不愿做那两重的奴隶，二来自由惯了，不能受这拘束。好在你总在上海做些事业，你可拿我当作一个外室，就住在上海寻一个幽僻所在，享些清福。你往来两处，既不寂寞了正室，又遂了我的自由，你道好么?”庆如答应了。②

在这里我们可以看到，作者对于性爱的观念已是相当的开放。他让这种自由的恋爱关系与中国传统的妻妾制度作了一个调和，使之可以与婚姻共存并不加害于正室。这样的恋爱关系并不挑战社会制度对女子地位和生活方式的限制；换言之，女性除了作为男性的妻室或者恋爱对象而存在，她们是否可能有其他的出路，这些都不在作者的思考范围里。就此而言，小说作者的视角显然是男性中心的。

就此而言，在这个变化里，作者不可能走得更远。他也采用了传统中正邪对立、善恶交锋的做法，让官僚恶霸作为恶势力的一方破坏两人

---

① 钟心青：《新茶花》，集于郑福田、王槐茂、杨飞云主编：《名家藏书·花柳深情传·莲子瓶演义·新茶花》（第50卷），呼和浩特：远方出版社、内蒙古大学出版社2000年版，第63页。

② 同上，第86页。

爱情。官场走狗华中茂看上武林林，被武林林严词拒绝后恼羞成怒。在其主子王尚书要娶侧夫人时，他险恶地推荐了武林林，并和王尚书一起设计，诬陷项庆如私通会党，将他投入死牢。武林林为了救庆如，不得不答应了王尚书纳妾的要求。如此，两人的爱情就此夭折。经过这一改写，“茶花女”的主要矛盾由原作的“家庭阻挠”变成带有政治陷害性质的结局。

钟心青的改动，符合他的创作意图。正如他在小说篇首《右调 齐乐天》一词所表露的，“莺花小史，却吸收文明，包罗政见”[①]。即他所写的，虽然是青楼故事，但是，却会包含政治意味。小说中，作者常常借人物之语表达对官场的厌恶，对腐败官员的鄙夷。例如，武林林劝项庆如要上进，做一番事业，庆如大笑道：“你如何沾了《红楼梦》中薛宝钗的习气呢？出洋留学为的是求些文明学问，岂是为了做官才去么？自有那些卑鄙恶劣的人，拿留学头衔当做加捐，八成尽先补用花样一般，就把留学界污秽了。”[②] 他又说：“现在一班得意的留学生，都是从舔舐吮痈中得功名，难怪我但愿作青楼的狎客，不愿为朱门的走狗也。”[③]

如果我们联系史实考察，更有理由说明钟心青设置“王尚书娶武林林”这一结局与当时轰动京城的“杨翠喜案”相似，它有可能是影射这一政治事件。“杨翠喜案”发生在钟心青《新茶花》出版的前一年，即1906年。当时，清廷预备改东北为行省制，派农工商部尚书载振等人出关考察。载振路过天津时，由袁世凯党人、天津巡警总办段芝贵负责接待。一次，载振在天津大观园戏园看戏，见到天津女伶杨翠喜并为之倾倒，段芝贵为巴结他，遂以一万两千元将杨翠喜买下，献给载振。载振大喜，在清廷改革官制时，帮段芝贵谋上了巡抚之位。不料，1907年3月，汪康年的《京报》载文披露此事，轰动京城。此后，慈禧太后命人彻查此事，不少官员因此免职，清朝官场震动，形成“丁未政

① 钟心青：《新茶花》，集于郑福田、王槐茂、杨飞云主编：《名家藏书·花柳深情传·莲子瓶演义·新茶花》（第50卷），呼和浩特：远方出版社、内蒙古大学出版社2000年版，第10页。

② 同上，第82页。

③ 同上，第83页。

潮”。“杨翠喜案”成了这一政治风波的导火索。[①]

将“杨翠喜案”与“王尚书娶武林林”故事对比，有很多相似之处。“杨翠喜案”的主角载振，是清末农工商部尚书，《新茶花》的王某，也是尚书，只不过在文中被写为“六部尚书”。据《中国近代大案》介绍，载振是庆亲王奕劻长子，生于光绪二年（1876）三月，“杨翠喜案”发生时不过三十岁左右，他身世显赫、少年得志、光绪十五年（1889）得到头品顶戴赏赐，光绪二十年（1894）晋封为二等镇国将军，光绪二十七年（1901）又被赏加贝子衔。而且在光绪二十八年（1902），他还赴英参加了英皇加冕典礼，并到法、比、美、日四国进行访问。次年他又赴日本考察第五届劝业博览会[②]。再看《新茶花》对“王尚书”的介绍：“这王大人年纪很轻，不过二十几岁，相貌生得十全，也曾出过洋，却已做到六部尚书的地位，是当今老佛爷最信用的人，不久就要封王拜相，真是一人之下万人之上，普天下那一个及得他来？”[③] 王尚书“年轻”“出过洋”“做过尚书”“封王拜相”这些特征与载振的情况都暗合。而且，段芝贵将杨翠喜献给载振，这也与小说结局吻合，官场走狗华中茂同样将武林林献给王尚书。还有资料显示，杨翠喜和“茶花女”话剧的中国首演者李叔同交情颇深[④]，这也可能为小说作者的想象带来灵感。

回到小说文本，上述情节改动，也带来了小说主题的变化，而这些

---

① 著名历史学家邓之诚先生曾对“杨翠喜案”进行过分析，并写有《书杨翠喜案》一文对此事进行了介绍。（该文集于中国人民政治协商会议北京市委员会文史资料研究委员会编：《文史资料选编22辑》，北京：北京出版社1984年版，第72～73页）有关“杨翠喜案”，在《清代史料笔记丛刊 异辞录》（刘体智著，刘笃龄点校，北京：中华书局1988年版，第200～203页）、《中国近代大案》（华尔嘉编著，北京：群众出版社2005年版，第295～311页）、《中国中大文史公案》（夏日新、易学金主编，李红等编纂，武汉：长江文艺出版社2004年版，第682～684页）等著作中都有介绍。

② 华尔嘉编著：《杨翠喜与丁未政潮》，集于《中国近代大案》，北京：群众出版社2005年版，第297页。

③ 钟心青：《新茶花》，集于郑福田、王槐茂、杨飞云主编：《名家藏书·花柳深情传·莲子瓶演义·新茶花》（第50卷），呼和浩特：远方出版社、内蒙古大学出版社2000年版，第96页。

④ 据介绍，李叔同不但极力追求杨翠喜，而且，还根据自己对戏剧的理解，指导杨翠喜唱戏身段和唱腔，他写给杨翠喜的两首诗词《菩萨蛮》至今还留存。（见徐宪江主编：《中国历代未解之谜·清·民国卷》，北京：中国长安出版社2009年版，第167页）

特点或多或少地出现在其后“茶花女”改写故事中。首先，由于小说中家庭矛盾的变化，同时，也为了让人物更能体现中国生活的特点，《新茶花》为男女主人公重写了其社会身份和家世。比较来说，林纾所译的《巴黎茶花女遗事》与小仲马所写的原作一样，没有着力于描述男主人公的社会身份，读者仅能得知他被父亲安排到巴黎学做律师：“余本非巨家，老父处人银行为收发。”[①] 林译也没有描述女主角马克的身世，只知道她是巴黎名妓，有一个姐姐在乡间。《新茶花》中，作者为女主角武林林设置了详细的身世，文中说：“她本是杭州人氏，本姓石，她父亲也是一个秀才，平日训蒙度日，只因一病身亡，她母女在家，存身不住，到杭州来投亲，遭了诓骗，以致堕落烟花，转徙到沪。……”[②]“出身诗书人家，遭人诓骗流落风尘”，对比看《今古奇观》等小说就可知道，这是中国传统小说中描写妓女沦落最为常见的模板。钟心青这样设置人物虽说落入窠臼，但是在读者眼里，却属已有的文学印象，易于接受。

而且，从《新茶花》之后产生的“新茶花”类作品来看，女主角的情形基本如此。由此可见，有关情节故事的改变，主要是围绕着男主人公展开的。这个新的群体，带着留学回来的个性意识和自由观，他们对爱情的重视有了新的依据，传统的婚姻关系对他们不构成任何障碍。与传统作品相比，这种重爱情、轻婚姻的做法显示为一种新的做派，带上了现代色彩。其中的现代性因素在于，爱情自由成为精神生活的重要内容，被爱恋的女性因为满足了这种精神的需求，因而受到尊崇。它相对于传统的歧视女性，在一定程度上提升了女性的位置，女性在这种关系中被看作超乎色情的性对象，爱显然成为比性的满足更为高尚的一种情感态度。

---

① ［法］小仲马著，晓斋主人（王寿昌）述，冷红生（林纾）译：《巴黎茶花女遗事》，素隐书屋托昌言报馆代印，己亥（1899）夏，北京图书馆古籍馆藏本，第24页。从王振孙所译的小仲马《茶花女》小说中可以看到，阿尔芒曾向小说叙述者简单介绍他自己的家庭：“我父亲过去和现在都是C城的总税务员。”（［法］小仲马著，王振孙译，《茶花女》，北京：外国文学出版社1980年版，第150页）林纾的翻译，虽然将税务员译成“银行代发”，但他和小仲马《茶花女》一样，并没有过多地介绍阿尔芒的家庭和身世。

② 钟心青：《新茶花》，集于郑福田、王槐茂、杨飞云主编：《名家藏书·花柳深情传·莲子瓶演义·新茶花》（第50卷），呼和浩特：远方出版社、内蒙古大学出版社2000年版，第56页。

其次，由于这些情节改变，爱情小说“茶花女”中增加了更多的社会性因素。对比原著，小仲马的“茶花女”故事，主要波澜来自相爱双方的情感变化，虽说林纾的译著将之更单一化，特别加重了对茶花女忠贞情操的强调，但这条恋爱主线没有改变。而在钟心青笔下，中国社会时政内容被植入故事，进而干扰两位主角。这样的改写，为“茶花女故事”向“革命+恋爱”发展埋下伏笔。

我们还可以看到，从1909年的《二十世纪新茶花》到1912年的《玉梨魂》，“茶花女”的改写都联系上了国族、政治的大主题。在《二十世纪新茶花》中，新茶花冒险偷取敌帅的地图，助夫打赢胜仗，保家卫国。在《玉梨魂》中，何梦霞东渡日本，回国参加武昌起义，壮烈牺牲。“茶花女”由恋爱悲剧转向政治牺牲，究其根源，钟心青《新茶花》可谓开风气之先的作品。

以上笔者主要阐述了钟心青《新茶花》作品在小说叙事、人物角色及情节设置方面的新变化。这些变化，既有作者的主观因素，也离不开当时社会政治文化因素的影响。就中国言情小说从古典向现代转化的脉络看，它对《茶花女》的模仿，它在上述方面的改造，为之后的言情小说内容革新提供了经验。将言情与时政相结合，也显露了言情小说向“革命+恋爱”模式发展的端倪。

相比林纾翻译的《茶花女》，钟心青的改写更多地考虑到中国的现实以及读者的接受程度。《新茶花》的名气不如《巴黎茶花女遗事》，而且小说结构松散、文辞粗糙，但从它开始，我们的确可以了解《茶花女》在中国生长的另一条不同路径。第一，从钟心青开始，“茶花女”中男女主角的社会身份开始改变或者被置换。第二，男女主角爱情受阻的原因开始由阶级差异和家长介入变换为社会上的权贵恶势力的干预。中国传统通俗作品中的善恶观在这方面影响也制约了作者，我们看到其中的矛盾更多地表现为权贵与文人道德品质之高下的分野。第三，钟心青将“茶花女”故事与政治时事关联，这一点对后来几部改写作品尤其有影响，“茶花女”故事因此不单是围绕着爱情展开，而且也成为作家用以评说时政，表达道德判断的工具。最后，钟心青将“茶花女”故事情节与中国的时政要闻拼贴，在打造两位以“爱情”为生活中心，以自由的思想交流为交往原则的情侣新形象的同时，还在一定层面上引起了人们对浪漫爱情与社会政治之间难以分割的现状的思考。

第三章　戏曲改良、“茶花女英雄”与“家国爱情”：时事新戏《二十世纪新茶花》研究

继钟心青的《新茶花》之后，另一部值得关注的“新茶花”类作品是时事新戏《二十世纪新茶花》。在中国戏剧史上，最接近话剧形式的第一次演出就是《茶花女》（东京春柳社的《茶花女》选幕）。但鲜有人提及的另一个事实是：在中国传统京剧向现代戏曲发展的过程中，最受观众欢迎的改良京剧讲的也是“茶花女”的故事，这出戏叫《二十世纪新茶花》[①]。

如果说钟心青的《新茶花》开始将政治话语引入“茶花女”的故事，那《二十世纪新茶花》则更进一步，它将《茶花女》发展成一部讲述“爱情 + 救国”故事的时事新戏。所谓时事新戏，也称作“改良新戏”或“时装新戏”。与传统的京剧相比，时事新戏形式上不遵从旧制，演员改穿时装演出，所搬演的故事大多源于时事[②]。《二十世纪新茶花》一共有二十本，最初的第一、二两本由上海环球学生会编述，1909 年 6 月 12 日在上海新舞台首演。剧情的主要内容如下：妓女新茶花与留学军官陈少美相恋，受到对方家庭的阻挠，于是她施计偷地图、助夫杀敌救国，最终赢得爱情并功成名就。至此，女主角从妓女变作“巾帼雄杰”。

根据上海环球社编辑的《二十世纪新茶花》的剧情绘图本介绍，

---

① 《二十世纪新茶花》一剧，其名实为《新茶花》，但由于众多作品都以《新茶花》为名，为了以示区别，本书将起于新舞台首演的《新茶花》一剧，按环球社编辑部辑录的《新茶花》剧照图集的命名，称为“二十世纪新茶花”。但在引用材料中，本书会保留引文原文对该剧的命名，不做任何修改。该剧也常被称作《新茶花》，虽其名字与钟心青的《新茶花》等作品一样，但两者的故事内容和文类都截然不同。

② 苏移：《京剧二百年概观》，北京：北京燕山出版社 1989 年版，第 174 页。

该剧“乃摹日俄战争时，某日妓代夫作侦探，不惜牺牲一身，深入敌营，盗窃地图，归献本国统帅，卒获胜利故事。……中间演说男女之平权，军备之良窳尤足唤起国民尚武之精神，振起女界自新之思想，意旨新颖，声容茂美，诚改良社会之新剧也”[①]。

由此可见，该剧虽以“茶花”为名，但故事主旨与《茶花女》原作相去甚远，《茶花女》讲的是爱情，《二十世纪新茶花》却是讲“爱情＋救国”的故事。该剧用日妓偷地图之事改写“茶花女”，这看起来似乎有些牵强；但结果表明，这样的拼接深受当时观众的欢迎。开演即日，热闹非凡，时人记载：“是日虽雨，而观者甚众，闻售卷至一千三四百张之多，男女学生之来观者颇伙，鼓掌之声，有如雷动，志士淑媛交口称誉，颇足以感触青年之脑筋也。”[②] 不仅如此，从首演起近十年间，它一直是各大新式舞台的流行剧目，据李孝悌提供的数据，清末民初以来，《二十世纪新茶花》在上海新舞台与大舞台上演了近七百场[③]，堪称清末民初最受欢迎的改良新剧[④]。

与之形成对比的是，《二十世纪新茶花》开演后，春柳剧场也按照《茶花女》小说编排《巴黎茶花女》，此剧基本上依照小说原作情节改编，可是观众寥寥，最惨淡时，“台底下拢总只有三位来宾”[⑤]，以至于演员比观众还多。两相对比，使人不得不思考，《二十世纪新茶花》在人物、剧情、舞台演出等方面到底做了何种“改良”，从而使其胜过依原作改编的话剧而在当时舞台上激起热烈反响？它又是如何在京剧艺术形式中载入“国民尚武之精神，女界自新之思想”等现代信息，并致

---

① 上海环球社编辑部：《二十世纪新茶花》，宣统元年（1909）10 月，藏于上海图书馆，第一节。

② 秋星：《记环球中国学生会所演“二十世纪新茶花”新戏》，《时报》，1909 年 6 月 13 日第 4 版。转引自蔡祝青：《译本外的文本：清末民初中国阅读视域下的〈巴黎茶花女遗事〉》，辅仁大学博士学位论文，2009 年，第 135 页。

③ 蔡祝青在其博士论文《译本外的文本：清末民初中国阅读视域下的〈巴黎茶花女遗事〉》一文对李孝悌提供的演出数据进行统计，得出七百场之数。

④ 该作品多年来未引起研究界足够的关注，除了台湾学者蔡祝青的文章及个别学者讨论清末民初戏曲改良话题时对该剧偶有提及外，几乎看不到其他对该作品的详细研究。

⑤ 欧阳予倩：《春柳剧场》，集于《自我演戏以来（1907—1928）》，北京：中国戏剧出版社 1959 年版，第 48 页。

力于改良社会之目标的？最后，在演绎救国主题时，它是如何处理原作中的浪漫言情因素的？

一、清末舞台上的“茶花女”

“茶花女”故事在中国戏剧由传统到现代的发展过程中，发挥着重要的作用。自戏剧改良运动起，无论是京剧的改良，还是现代文明戏的诞生，都与“茶花女”故事有着不同形式的关联。戏剧改良运动以改造社会、振兴国家为宗旨，受此影响，艺术家将“茶花女”故事搬上舞台，也在其中注入启蒙救国的话题，它因此变成宣讲革命、振奋民心的重要剧目。

1902 年，刊登于《大公报》的《编戏曲以代演说说》一文，算是戏曲改良的“先声”。作者提出：戏曲“可以现身说法，感人最易”；“今不欲开化同胞则已，如欲开化，舍编戏曲外几无他术”[①]。同年，欧榘甲的《观戏记》更是指出：“为此戏者，其激发国民爱国之精神，乃如斯其速哉？胜于千万演说台多矣！胜于千万报章多矣！”[②] 正是在这些观念的指引下，晚清的新剧以及新剧演员无不将启蒙社会、革命救国当作第一要义。伶人与文士开始编演新剧，创造新的戏剧样式，投身到“灌输文明改良风俗之事业”[③]。“茶花女”的戏剧演出也在这一时期应运而生。

翻看中国戏剧史可以知道，“茶花女”故事不仅深受中国戏曲改良运动者的喜爱，而且也是现代中国话剧的催生剂。1907 年 2 月，李叔同等人组成的春柳社在日本东京编演《茶花女》选幕，这是中国戏剧

---

① 《编戏曲以代演说说》，载于《大公报》，1902 年 11 月 11 日，转引自蔡祝青：《译本外的文本：清末民初中国阅读视域下的〈巴黎茶花女遗事〉》，辅仁大学博士学位论文，2009 年，第 46 ~ 47 页。

② 欧榘甲：《观戏记》，集于阿英编：《晚清文学丛钞 · 小说戏曲研究卷》，北京：中华书局 1960 年版，第 68 页。

③ 亚父认为“新剧为灌输文明改良风俗之事业，其他不文明伤风败俗之举则非所问”。（见亚父：《启民社同人复风君昔醉书》，《繁华杂志》，1914 年第 3 期。转引自袁国兴：《“文明戏”的样态与话剧的发生：兼及对“文明戏体系”说的质疑》，集于田本相、董健主编：《中国话剧研究》（第十一辑），北京：中国传媒大学出版社 2008 年版，第 24 页）

史上新兴话剧的第一次正式演出。自此以后，《茶花女》成为晚清改良新戏的重要剧目，那时的各大新兴剧团，如春柳社、春阳社、进化团等无不各编剧本，上演“茶花女”。也正是这些改编和表演，为《二十世纪新茶花》的剧情改写及演出打下了基础。

让中国人有机会在舞台上演出“茶花女”，这首先还不是缘起于艺术，而是出于公益目的。1906 年秋冬，长江、淮河流域出现大水灾，国内各界纷纷筹款赈灾，文艺界更掀起“演剧助赈”之风。看到国内形势如此，日本留学生们也纷纷组织募捐活动，举办赈灾游艺会。1906 年冬刚成立的春柳社，便以赈灾为目的编写了《茶花女》话剧选幕，并在游艺会上演出。对这次演出情况，欧阳予倩、胡适等人都曾有过简单的描述，但他们没有清楚地说明当时的演出内容、演员等具体情况。记载此次演出的最早且最有价值的文献，是蔡祝青发现的《留日救济音乐会次序》(《时报》1907 年 2 月 19 日第 3 版)，这是我们了解当时演出情况不可多得的文献，其中有如下记载：

茶花女一戏为学界组织，颇具文明程度，其戏中串插如下

新派演艺茶花女一幕

匏止坪诀别之场

巴黎某伯爵深春（眷）名妓马克，然马克所属意实在亚猛，嗣亚之父为保己之家产名誉计，密诣马克，许勉以大义，使绝其子，马慨然从命，乃与某伯爵佯为恋爱，而终以身殉亚猛，时人咸以义烈称之。(按：此处着重号为笔者所加)

扮装人名

马克：息霜

配唐：菊乃

亚猛之父：存吴

小使：可盦

亚猛：企林

御者：无公

傻伯爵：志申

乞儿：存吴（按：标点为蔡祝青所加）①

由这个人物表可见，李叔同等人表演《茶花女》之《匏止坪诀别之场》，与《茶花女》原作的情节基本一致。欧阳予倩在《回忆春柳》一文中也说到，他们演的是小仲马《茶花女》话剧第三幕中的一幕。根据《中国近现代话剧图志》介绍，这次演出，摒弃了中国传统戏剧的唱、念、做、打等艺术手段，全部用对白和日常动作演出，赢得了观众的赞赏。从现今留存的两幅剧照（见图2、3）可见，剧中人物的化妆、舞台布景和服饰已经完全现代化。为了追求戏剧的真实效果，演出用实物做道具；不仅如此，李叔同为了排演好女主角这一角色，还特意自费购置了西洋女装（其扮相见图4、5）。

图2　1907年2月，春柳社在东京上演《茶花女》演出剧照

① 《留日救济音乐会次序》，载于《时报》，1907年2月19日。转引自蔡祝青：《译本外的文本：清末民初中国阅读视域下的〈巴黎茶花女遗事〉》，辅仁大学博士学位论文，2009年，第86页。

图3　1907年2月，春柳社在东京上演《茶花女》演出剧照①

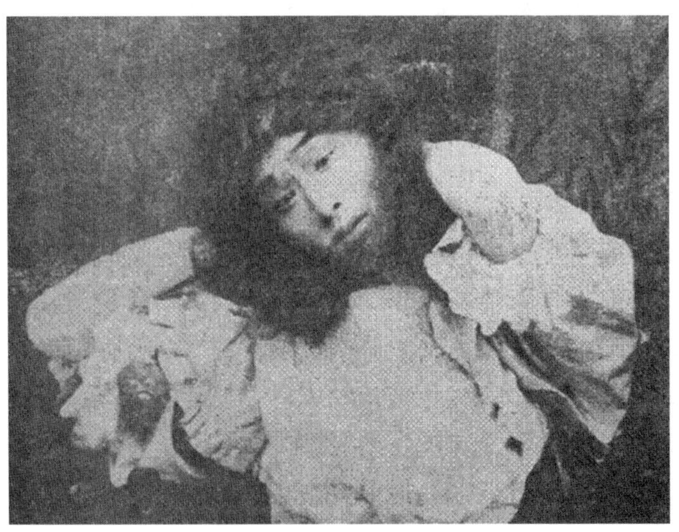

图4　1907年，李叔同在《茶花女·匏止坪诀别之场》中的扮相②

① 图2、3来自上海图书馆编：《中国近现代话剧图志》，上海：上海科学技术文献出版社2008年版，第104页。

② 该图引自蔡祝青：《译本外的文本：清末民初中国阅读视域下的〈巴黎茶花女遗事〉》，辅仁大学博士学位论文，2009年，第84页。在黄爱华：《中国早期话剧与日本》，长沙：岳麓书社2001年版，扉页附图中有该扮相的全身照。

图5　李叔同与曾孝谷在《茶花女·匏止坪诀别之场》的演出扮相①

除了上述资料外，《时报》1907年3月20日在第5版还发表了《记东京留学界演剧助赈事》的报道，对演出的细节及反响有更详细的记载（报道内容见附录三）。值得重视的是，这出剧成功再现了“茶花女”的形象，为中国戏曲改革带来了积极的影响。

上述《留日救济音乐会次序》报道提及，观众盛赞“茶花女”的“义烈”。这样的印象，应该是来自李叔同等人对《茶花女》故事的截取，即他们抹去了“茶花女”纵情声色的内容，而独独保留她为爱牺牲的情节②。更为重要的是，这出剧打造的“茶花女”与国内林纾笔下忠贞的“马克”、钟心青笔下舍身救爱的“茶花第二楼”形成了呼应，“茶花女”这位异国女性再次以勇敢义烈的“美德”打动了观众。虽然现今已无法查证春柳社为什么会选择“茶花女”故事作为赈灾演出剧目，但《匏止坪诀别之场》恰恰呈现了“茶花女”决定要放弃对阿尔

---

①　上海图书馆编：《中国近现代话剧图志》，上海：上海科学技术文献出版社2008年版，第102页。

②　对“义烈”一说的关注，受到了蔡祝青相应论述的启发，在此予以说明。

芒的爱，并独自承担悲剧后果的情景，演出强化了“茶花女”自我奉献的精神特点。她的牺牲与艺术家对观众的期待合流，在呼吁人们投身到救济社会、拯救国家和民族的话语中，这一女性形象再次成为备受青睐的典型符号。

《匏止坪诀别之场》的成功演出，启发了晚清的文士对传统戏剧进行革新。其中，王钟声是重要代表。鸿年在《二十年来之新剧变迁史》中称他为“新剧的鼻祖”①。王钟声将演剧当成改革事业的一部分，他不但兴办“通鉴学校”教人演剧，还组建了新剧团体——春阳社。只可惜武昌起义后没多久，他就因参加革命军起义惨遭杀害。他和他创建的春阳社，率先在国内排演新剧，通过上演《黑奴吁天录》（1907 年秋）等戏，将西方话剧的重要元素，如分幕、灯光布景、口语对白等，第一次展现在中国观众的面前②。在他所排演的新剧中，《新茶花》是重要的剧目之一。据《近代上海戏曲系年初编》介绍，1908 年 3 月，王钟声“以法国小仲马的小说《茶花女》为蓝本改编成文明戏《新茶花》，由新剧团体春阳社上演”③。这应该是《茶花女》戏剧在中国境内的第一次公开编演。由于剧本资料无存，王钟声《新茶花》剧情内容和演出情况不详。朱双云的《新剧史》对此也只有寥寥数句记载：“《新茶花》原名《缘外缘》，王钟声节取《巴黎茶花女遗事》，而参以己意，编为是剧，演于春阳社，颇为社会激赏。”④ 虽然目前没有更多关于王钟声编演《新茶花》一剧的史料，但有两点可以肯定：其一，自春柳社在日本东京编演“茶花女”戏剧后，王钟声是第一个将“茶花女”故事搬上中国舞台的人。他根据自己的想法对原作进行了修改；其二，王钟声学习西方话剧，并对中国传统戏曲进行革新，通过表演

---

① 此句原话为“王钟声来沪创办新剧团体固为新剧之鼻祖”。见鸿年：《二十年来之新剧变迁史》，载于《戏杂志》（1922—1923 年尝试号、创始号、第 3 ~ 5、7 ~ 9 号），集于梁淑安编：《中国近代文学论文集（1919—1949）·戏剧卷》，北京：中国社会科学出版社 1988 年版，第 230 页。

② 上海图书馆编：《中国近现代话剧图志》，上海：上海科学技术文献出版社 2008 年版，第 112 页。

③ 赵山林、田根胜等编：《近代上海戏曲系年初编》，上海：上海教育出版社 2003 年版，第 215 页。

④ 朱双云：《新剧史》，上海：新剧小说社 1914 年版，第 2 页。

《新茶花》，实验了分幕、舞台布景、唱白等新的演出形式，这些为日后《二十世纪新茶花》的舞台创新打下重要基础。

有了上述两种“茶花女”的戏剧演出经验，上海环球学生会组织编撰了《二十世纪新茶花》一剧，于1909年6月12日在新舞台首演，该剧从此盛行一时。除新舞台外，这一时期其他“茶花女”的演出活动也很多，其中包括1910年任天知的进化团演出《新茶花》一剧；1914年，欧阳予倩等人又组建了“春柳剧场”，他们参照小仲马原作编演《巴黎茶花女遗事》新剧。其他还有地方戏，如闽剧也在1916年前后开始改编和排演《新茶花》。在这些剧目中，《二十世纪新茶花》成为晚清改良新剧的重要代表作。

二、《二十世纪新茶花》的“改良”始末

清末民初文化名人黄远庸在其《远生遗著》中这样评说《新茶花》：“以新事编造，亦带唱白，但以普通之说白为主，又复分幕，此乃新旧各半之剧，为过渡时代所必有，如新茶花者是也。”[①] 可见该剧在传统戏曲向新剧发展过程中所占据的地位。然而，对于这出开启戏剧现代化转变的作品，国内至今少有专门研究，我们仅能从个别戏剧史论著中看到片段性描述。笔者在这一节先就《二十世纪新茶花》的剧本改编、舞台表演、角色设置及故事情节来展开分析，看该剧如何体现出“过渡时代”的特点，同时又是如何被打造成为“爱情+救国”的剧目的。

《二十世纪新茶花》属于连台本戏，所谓连台本戏，顾名思义，指的是分成多本，需要连台演出的戏。1909年在新舞台首演的是该剧的第一、二本。从那时起，众多演出团队（包括新舞台及当时的文明大舞台等）对这个剧目进行了补缀、扩充。到1912年前后，它的戏目扩展到二十本[②]。曾演出过该剧的演员和剧院不胜枚举，甚至在同一时期有

---

① 黄远庸：《新茶花一瞥》，集于《远生遗著》，中国科学公司1938年版，第376页。

② 蔡祝青的学位论文《译本外的文本：清末民初中国阅读视域下的〈巴黎茶花女遗事〉》第136~159页有该剧第一至四本，第十五、十六本剧情的全面介绍。

不同的舞台同时上演这出戏，形成激烈的商业竞争①。该剧的剧本无存，除了三幅剧照外，没有留下其他资料，我们仅可以根据当时的演出广告、剧评及刊登于报纸杂志的剧情绘图等资料，大体勾勒出其剧情。在现存所有史料中，最有价值的资料是《图画日报》连载的《二十世纪新茶花》剧情绘图，基于这些绘图，我们可以看出改编后的剧情。

《图画日报》杂志从1909年8月16日起至1910年7月22日，共刊登了75幅绘图，其中详细描摹了《二十世纪新茶花》第一至第四本的剧情。前四本的故事梗概如下：“新茶花”辛耐冬被表母舅卖入青楼，闻此信后，母死弟散。其弟辛卓然误入歧途，被恶妇强迫做盗贼。孰料遇到乡绅陈成美，辗转获救，被陈成美收为义子。陈成美之子陈少美海外归来后，投戎救国，结识“新茶花”，两人私订终身，结为夫妇。陈成美闻讯用计逼走“新茶花”，“新茶花”无奈投奔敌帅，最终偷出敌军地图，助陈少美立功建业，得到陈成美的赞赏；两人破镜重圆，且姐弟相认，终获团圆。其后，敌军再犯，陈少美贪恋美妻，不愿再次出征，“新茶花”晓之以大义，他勉强答应从军，却半路出逃。“新茶花”之弟辛卓然代姐夫出征，战死沙场。众人误以为是陈少美战死，遂大肆祭奠。少美羞愧，又有“新茶花”以死相逼，他终于省悟回到战场，后英勇杀敌，再立大业。

上海环球社编辑部将《图画日报》刊登的前38幅绘图结集出版，成为目前留存下来的宝贵史料。此书开篇写道：

新茶花一剧，为上海环球学生会诸君编述，久已脍炙人口，风行伶界。其寓意乃摹日俄战争时，某日妓代夫作侦探，不惜牺牲一身，深入敌营，盗窃地图，归献本国统帅，卒获胜利故事。非沪上书肆中所售武林林之新茶花也。倩沪南新舞台名伶七盏灯、小连生夏月珊等会演。全剧分三十余节，中叙新茶花堕劫、佚嫁、诓敌、剖冤、受辱、窃图、嘲夫、认弟诸事，描绘入神，形容尽致，能令阅者忽喜、忽怒、忽悲、忽

① 有关新舞台和文明大舞台等剧院在演出《新茶花》一剧时的竞争情况，李孝悌在其《上海近代城市文化中的传统与现代——1880年代至1930年代》一文中有介绍。

乐，而中间演说男女之平权，军备之良窳尤足唤起国民尚武之精神，振起女界自新之思想，意旨新颖，声容茂美，诚改良社会之新剧也。[①]

以上文字提供了不少信息：有关该剧《二十世纪新茶花》的由来、(第一、二本）剧情、演出舞台、演员、表演方式和社会效果等。与春柳社的《茶花女·匏止坪诀别》及王钟声的《新茶花》相比，该剧的突出变化不仅在故事情节方面，更在它的表演及社会效果上。它演说男女平等思想，唤起国民尚武精神，实践改良社会的意愿。《茶花女》本是一个单纯的爱情故事，《二十世纪新茶花》的编演者是如何将其变作一“演说男女平权”“唤起国民尚武精神”的“改良新剧”的？我们先从该剧的编演过程说起。

《二十世纪新茶花》一剧的编述者为上海环球学生会，据蔡祝青考证，它的正确名称为“环球中国学生会”。1905 年 7 月 1 日，李登辉创设了这个学生社团，它的主要活动是“招待留学生出洋，及介绍回国留学生应聘等事”[②]。环球中国学生会成立之后，曾刊行中英文合编月报，创设学校，邀请名人演讲，举行英语辩论会及音乐会[③]，也常为鼓吹革命、启迪民众而编演戏剧。

据记载，1906 年，环球中国学生会为了抗议华人在租界内受歧视而编演《十年后之中国》，宣传推翻帝制，改建民国。1907 年，环球中国学生会又编演新剧《光绪四十二年之中国》。蔡祝青发现，1907 年 1 月 7 日《大公报》第 6 版上，刊登有《环球中国学生会演剧之宗旨》一文，其中清楚表明了演剧目的：“本会欲以欧西之文化顺流而东，特组织此演剧大会，登场者皆为有学问、有职业之人，俾国民皆知演剧为

① 上海环球社编辑部：《二十世纪新茶花》，宣统元年（1909）10 月，藏于上海图书馆，第一节。

② 上述信息见胡怀琛：《上海的学艺团体》，转引自蔡祝青：《译本外的文本：清末民初中国阅读视域下的〈巴黎茶花女遗事〉》，辅仁大学博士学位论文，2009 年，第 104 页。

③ 季英伯：《我所崇拜的李老校长》，收于《李登辉先生哀思录》，转引自蔡祝青：《译本外的文本：清末民初中国阅读视域下的〈巴黎茶花女遗事〉》，辅仁大学博士学位论文，2009 年，第 109 页。

教育界最显活泼之现象，即为社会界最可尊贵之事业。”①

由此可见，环球中国学生会将演剧视为“教育界最显活泼之现象”，是“社会界最可尊贵的事业”。他们编演《二十世纪新茶花》，正是以教育启蒙为宗旨。因此，《二十世纪新茶花》的戏剧情节在小说原作基础上有较大的改动，从爱情故事演变为“爱情＋救国”的故事。

从当时的演出广告也可以看出这一点，它突出了该剧的爱国主题和哀情特点：

环球中国学生会为筹款起见，特请新舞台伶人演唱新戏剧，名《二十世纪新茶花》，准于星期六即二十五日一时开演，是剧由最新小说中纂辑而成，具有爱国、哀情两种性质，足使观者兴起。（笔者注：此处所指的二十五日，其实就是 1909 年 6 月 12 日，当日的农历为廿五）②

前面谈到，《二十世纪新茶花》图册开篇介绍，《二十世纪新茶花》（第一至第二本）“全剧分三十余节，中叙新茶花堕劫、侠嫁、诓敌、剖冤、受辱、窃图、嘲夫、认弟诸事”，这里除了剖冤、受辱等情节与《茶花女》小说相似外，其余的情节均为“节外生枝”。根据朱双云《新剧史》的《新茶花》条目，我们可以看到更详细的解释：

新茶花（笔者注：指《二十世纪新茶花》）原名缘外缘，王钟声节取巴黎茶花女遗事，而参以己意，编为是剧，演于春阳社，颇为社会激赏，后有某氏赠诸新舞台，乃易今名。原剧仅两本，都凡三十六幕。自被骗起至结婚止，嗣该台以其剧之足资号召也。因窃汪笑侬所编之武士魂改头换面编为三四本之新茶花（原本系仆代主战，新舞台改为卓然代战）张冠李戴，识者讥之，乃犹画蛇添足，都至二十本，牵强成之，去题远甚，或谓七八本之新茶花，实窃自牺牲剧云。③

---

① 《环球中国学生会演剧之宗旨》，载于《大公报》，1907 年 1 月 7 日第 6 版。

② 《申报》，1909 年 6 月 11 日，转引自蔡祝青：《译本外的文本：清末民初中国阅读视域下的〈巴黎茶花女遗事〉》，辅仁大学博士学位论文，2009 年，第 133 页。

③ 朱双云：《新剧史》，上海：新剧小说社 1914 年版，第 2 页。

从以上记载可见，虽然环球中国学生会是《二十世纪新茶花》的编述者，但它第一、二本的内容则为王钟声的《新茶花》[1]，其后不断被加入新的情节，如《武士魂》的"他人代战"等，使其故事增殖衍生，从一两本发展到二十本。鉴于"茶花女"已然是一个流行形象，对观众有足够的吸引力，因此，后来的编者都愿意围绕着女主角生发出新的故事，同时，将自己关注的时事注入剧情。这种边演边改、借题发挥的做法，也是该戏被称为时事新戏代表作的重要原因。

时事新戏是清末民初戏曲改良的产物，在当时很受观众欢迎。朱双云《新剧史·春秋》记载，1911 年秋，徐半梅的社会教育团在上海谋得利戏园演出，"社会教育团就谋得利开演，近二星期，演《镜中影》《猛回头》诸剧，卖座寥寥，及演上海时事剧《徐仲鲁》则观者拥挤"[2]。对于时事新戏为何得到观众的喜爱的原因，陈龙认为，近代中国处于历史转折期，动荡的社会促使人们关心时事，但是近代中国的大众传播事业欠发达，所以当时能满足人们获取信息需求的就是戏剧了。时事新戏"成功的关键在'时事'两字上，是新闻性诱导了观众的审美欲望，唤起并保持了观众的审美热情"[3]。陈龙对时事新戏所做出的判断从《二十世纪新茶花》中得到了印证，除第一、二本中加入中俄战争、日妓偷地图等时事情节外，1912 年还上演第十五、十六本，题名"电气党打破专制国、火烧压力城"（笔者找到此本的两张绘图，见图 6、7），这都让观众联想到孙中山领导的革命党颠覆清专制统治的活动，"与时事相连"成为《二十世纪新茶花》的重要特色。

---

① 王钟声的《新茶花》剧演变为新舞台《二十世纪新茶花》，西医王培元起了重要的作用。据资料介绍，他既参加了环球中国学生会，同时也与王钟声的通鉴学校和春阳社关系密切，他帮助王钟声组织通鉴学校开演新剧。后来待新舞台开办后，王培元便连通环球中国学生会、春阳社和新舞台，以王钟声的《新茶花》为基础，通过环球中国学生会诸君的编述，由新舞台的主人夏氏兄弟排演《二十世纪新茶花》。

② 朱双云：《新剧史》，上海：新剧小说社 1914 年版，第 17 页。

③ 陈龙：《近代戏剧对戏剧性问题的最初感悟》，见南京大学戏剧影视研究所编：《弦歌一堂论戏剧》，南京：南京大学出版社 2005 年版，第 347 页。

图6　《新茶花》第十五、十六本“谒公使时”剧情图①

图7　《新茶花》第十五本“电气党打破专制国、火烧压力城”之布景图②

---

① 该图登在1912年《图画剧报》，第41期，笔者从“超星读秀”上找到该图。［OL/DB］http：//read. ludrs. com/n/JMag. do? mn = 28744532&ep = 2&sp = 2&tp = templateqk&bt = 2011 － 04 － 24&um = ludrs&et = 2011 － 04 － 26&fid = &k = 1D131AD6BA67B665D111F5B570C17384&startpage = 22011. 04. 23。

② 该图登在1913年《图画剧报》，第82期。笔者从“超星读秀”上找到该图。［OL/DB］http：//read. ludrs. com/n/JMag. do? mn = 28744540&ep = 2&sp = 2&tp = templateqk&bt = 2011 － 04 － 24&um = ludrs&et = 2011 － 04 － 26&fid = &k = 3DFF031BF4EA91D118183C090ABDE88F&startpage = 2 2011. 04. 23。

此外，《二十世纪新茶花》一剧的主旨由爱情变为爱国，也顺应了当时剧本改良的要求。《中外小说林》1908 年第 2 期的《改良剧本与改良小说关系于社会之重轻》一文细数了当时戏剧剧本改良的要求："今日之所谓改良剧本，不必在夫新奇……但使去其锢习而导以新风，如其政治之改革，种族之分限，风俗之转移，以是为初级之改良，即足以开国民之脑慧。"① 鼓吹妇人助夫、抗敌救国，这正是移风俗的绝佳表现。《二十世纪新茶花》一剧剧情的改变，日俄战争、列强入侵等情节的加入，为该剧赋予了崭新的时代含义，在饱受内忧外患的晚清，确实能激起民众的爱国主义和民族主义的情怀。从这一点看，国内春柳剧场，根据《茶花女》原作编演的《巴黎茶花女遗事》一剧，剧情并未因时顺势进行"改良"，脱离观众的现实生活，故此敌不过《二十世纪新茶花》，得不到观众的欢迎。

通过对此剧编演过程的梳理，可以让我们认识到，虽说《茶花女》原作是单纯的爱情故事，但是对于中国演剧界来说，"茶花女"的演出，自东京春柳社起，就被赋予了文艺娱乐之外的功能期待，它或是被用于赈灾捐款、筹款办会，或是被用于呼吁改革图新等，这些期待都表现在剧情变迁里。事实也证明，从东京春柳社起，中国舞台上的"茶花女"故事越变越中国化，越演越与政治时事关联紧密。从王钟声改编时的"参以己意"到《二十世纪新茶花》被加入征讨番兵、偷地图等情节，"新茶花"戏已成功地融合了娱乐和启蒙的功能，成为改革人士开通民智、曲喻胸怀的政治舞台。

追溯了《二十世纪新茶花》的由来，我们可以进一步分析该剧在表演方面的"改良"。要实现娱乐与启蒙之目的，《二十世纪新茶花》一剧在表演方面自有成功之处（当前留存下来的《二十世纪新茶花》剧照图有 4 张，见图 8 ~ 11）。首先，最为人称道的是它的舞台布景。旧戏推崇虚拟化表演，按胡适的话来说，"跳过桌子便是跳墙，站在桌

---

① 棣：《改良剧本与改良小说关系于社会之重轻》，载于《中外小说林》（1908 年第 2 期），集于陈平原、夏晓红编：《二十世纪中国小说理论资料》（第一卷），北京：北京大学出版社 1989 年版，第 295 页。

上便是登山……”①，并不太注重道具和舞台的布景。新戏则开始讲究表演的真实性，十分注重舞台和道具的设计、布局。《二十世纪新茶花》在上海的新舞台首演，新舞台的前身为丹桂茶园，1903 年后由夏月珊、夏月润兄弟经营。它是中国第一个大规模采用布景的新式舞台。按照欧阳予倩回忆，夏氏兄弟“派人到日本去，由市川左团次的介绍，聘了一个布景师和一个木匠，又照日本造了转台，因此演戏的形式也就跟着变化了”②。具体说，就是渐渐淡化了传统京剧强调虚拟和程式化的表演，而开始注重舞台的写实性，各式各样的新式道具开始登场。《二十世纪新茶花》演出期间，为了吸引观众，创造新奇的舞台效果，新舞台更是在布景方面竭尽心思。《二十世纪新茶花》首演前一日的广告已经指出，“新舞台演剧员之善于演唱，并另绘新奇彩景，特别转台景致尤为三大特色”③。根据李孝悌的研究，自 1911 年起，面对同业界竞争的压力，《二十世纪新茶花》开始使用风声、雪景和枪林弹雨等魔幻布景、道具吸引观众，最后一幕还出现了炮击铁甲兵船的实景。此后，在其竞争对手文明大舞台的紧逼下，他们还“引进一项中国剧场史上前所未有的设施：在舞台上设置了五万吨的真水来显示中俄海战的场景”④。

---

① 胡适：《文学进化观念与戏剧改良》，载于《新青年》（1918 年第 5 卷 4 号），集于周靖波编：《中国现代戏剧论・建设民族戏剧之路》（上卷），北京：北京广播学院出版社 2003 年版，第 40 页。

② 欧阳予倩：《作京戏演员的时期》，集于《自我演戏以来（1907—1928）》，北京：中国戏剧出版社 1959 年版，第 67 页。

③ 该广告是蔡祝青发现的，《时报》《新闻报》《神州日报》从 1906 年 6 月 6 日起刊登，《民呼日报》则从 1906 年 6 月 7 日开始刊登。广告全文见蔡祝青：《译本外的文本：清末民初中国阅读视域下的〈巴黎茶花女遗事〉》，辅仁大学博士学位论文，2009 年，第132 页。

④ 李孝悌：《恋恋红尘：中国的城市、欲望和生活》，上海：上海人民出版社 2007 年版，第 301 页。

图8　新舞台上演的《新茶花》第二十四节《受辱》剧照。新茶花假意投怀于敌国元帅后，到前夫陈少美家说明原委，被陈少美冷嘲热讽，甚至掌掴，新茶花忍辱离去。从右至左为夏月润（饰陈少美）、七盏灯（名毛韵珂，饰新茶花），薛瑶卿（饰佣妇）①

图9　新舞台上演的《新茶花》第三十五节《问病》剧照。陈少美得新茶花偷地图之助，得立大功，为表感谢，专门与陈成美一起前往医院探视患病的新茶花。从右二至左为七盏灯（名毛韵珂，饰新茶花）、薛瑶卿（饰佣妇）、夏月润（饰陈少美）、潘月樵（饰陈成美）（此图在《中国近现代话剧图志》中被误认作《新茶花》第二十五节《定策》）

---

① 图8~10来自上海图书馆编：《中国近现代话剧图志》，上海：上海科学技术文献出版社2008年版，第63~64页。

图 10　新舞台上演的《新茶花》第三十七节《嘲夫》剧照。在新茶花的帮助下，功成名就的陈少美跪求新茶花原谅，并求新茶花和他破镜重圆。从右二至左为七盏灯（名毛韵珂，饰新茶花）、潘月樵（饰陈成美）、夏月润（饰陈少美）、薛瑶卿（饰佣妇）。

图 11　1911 年 6 月 21 日《小说月报》第五期上刊登的“二十世纪新剧新茶花摄影”①

① 此图为笔者从“读秀学术搜索”电子图书库中搜索所得，蔡祝青在其论文中也提及此图。

除布景外，为了实现教化的功能，这出戏剧还将“尚武精神”等现代的理念嵌入传统的京剧表演程式中。《二十世纪新茶花》虽仍然唱西皮、二黄，但是却增加了演员的说白，以减少唱工。演员常常在戏中加入大段演说，来表达进步思想。这种做法在文明戏中十分常见，发表言论之人，被称作“言论派正生”。《二十世纪新茶花》的演员潘月樵就常演此角色。由于缺乏史料，我们目前看不到当时演出的台词，但是从《京剧生行艺术家浅论》中对汪笑侬的记载，可以看到剧中插入演说的情景：

> 《新茶花》也是汪笑侬较常演的时装戏。内容是提倡婚姻自由。当时由著名女演员金月梅扮演新茶花，著名老生吕月樵扮演陈少美，苏庭奎扮演陈仁美。汪笑侬则演一贺客，在结婚典礼中充当司仪。
>
> ……
>
> 在《新茶花》里，司仪有一段演说，这是汪笑侬“要菜”（博取观众喝彩）的地方。在这段演说里，他经常临时抓词儿，几乎每场不同。当时的时事新闻，当地的社会新闻，都是他抓词儿的对象。更有时为了冬赈义演，或为了给梨园界贫苦同行募捐，购买义地，他就结合剧情，讲演一通，当场劝捐。①

可见，通过这种方式，时事要闻便进入剧情里。后来，这种表演越来越程式化，观众也渐渐反感。但是在《二十世纪新茶花》一剧中，这对于宣扬进步思想、鼓吹爱国情怀来说，还是效果显著的。

三、从妓女到“英雄”

不少新剧改革者都提出，旧剧最为人指责的三大弊端在于“诲淫、

---

① 《文明大舞台新戏告白》，载于《申报》，辛亥二月初七日（1911 年 3 月 7 日）第 1 张第 7 版，第 245 ~ 246 页。

诲盗和迷信”[①]。“茶花女”故事不同于“诲盗”和“迷信”，但因“茶花女”身为妓女，无论是《茶花女》原书、林纾的译作还是“新茶花”类小说，都常常被人以“诲淫”之名加以指责。故此，要使《二十世纪新茶花》一剧摆脱“诲淫”之嫌，成为一出有益于社会风化的新剧，其角色特点也要有所不同。

据《图画日报》刊载的 75 幅剧情绘图描述，《二十世纪新茶花》主要角色有四位：分别是女主角新茶花（名辛耐冬）、男主角陈少美、男主角的父亲陈成美和新茶花的弟弟辛卓然。与《巴黎茶花女遗事》及钟心青的《新茶花》小说相比，该戏人物角色变化如下：

首先，增加了新茶花的弟弟“辛卓然”一角。《二十世纪新茶花》图册第一节“探病”介绍了新茶花的家世（《图画日报》第 1 号，1909 年 8 月 16 日），其中写道：“新茶花，姓辛名耐冬，北直隶人，父业儒，早故，失牯十余年，家贫无儋石，母老且病，弟卓然，幼弱无能为，僦居乡间，茕茕孑立，饔飧且不继，其困苦之境遇，令人有不忍卒听者。”[②] 辛卓然这个角色在剧中是穿针引线的人物，他被陈成美收为义子，并且代替陈少美出征。也因为他的存在，首先是强化了新茶花家境不幸、命途多舛；其次是增加情节的曲折；但特别重要的一点是，辛卓然再加上陈氏父子，剧中男性角色明显构成大多数。他们代表了一个外在的、风云动荡的世界。这个世界有罪恶、战争和厮杀。新茶花由于和这些男人的关系，也得以出入于家庭和国家政治之间。爱情在这种家国纠葛中，时而是男性投身国家利益的障碍，时而又是女性激励夫君斗志的手段。其次，剧中的男主角陈少美，被设置为一名军人。文中介绍他“曾出洋留学”[③]，这一点与钟心青小说中的项庆如相似，但是“习武备，为陆军毕业生”[④]，这一身份为《茶花女》展开了新的剧情空间。

---

① 如冯叔鸾在《啸虹轩剧谈》中提到：“更深究夫旧剧之所以讥于人者，凡三大端：一曰迷信，二曰诲淫，三曰诲盗。”（见冯叔鸾：《啸虹轩剧谈（选录）》，邬国平、黄霖编著：《中国文论选近代卷（下）》，南京：江苏文艺出版社 1996 年版，第 611 页。

② 上海环球社编辑部：《二十世纪新茶花》，宣统元年（1909）10 月，藏于上海图书馆，第一节。

③ 同上，第六节。

④ 同上。

此外，男主角的父亲陈成美一角，虽然与《巴黎茶花女遗事》中亚猛的父亲一样，都充当了新茶花爱情的阻挠者，但这位中国父亲的态度前后截然不同。新茶花帮助陈少美建功立业后，陈父已不再是爱情矛盾中的对立面，耽溺享受还是精忠报国成为主要矛盾。也就是说，戏剧性从内在的情人之间的理解和误解转向爱的对象是指向个人还是国家。

伴随着这些改变，《二十世纪新茶花》的女主角辛耐冬从妓女变身为“英雄”。身为青楼妓女，辛耐冬本无缘进入国家民族的大叙事中，但在这出戏中，偷地图助夫抗敌成为一大看点。从这个情节，我们可以看到改编上的两个特点：第一是随意性。既然是时事新戏，这些参与其中的演员们同时也在试探，看在剧情演绎方面能走多远。他们并不在乎《茶花女》的原作如何，只是要借这个形象的名称，以其流行魅力来吸引观众。第二，窃图故事是从日俄战争中的传奇嫁接而来，它表达了自由爱情和国家利益的一种联系。基于爱，辛耐冬和陈少美的姻缘是可能的。而偷地图则达到了一箭双雕的目的：一是表明女性有辅佐夫君成就大业的能力；二是赢得家长的认同，克服婚姻障碍；三是就前面两点而言，也可以说，这出时事新剧在性别观念上是恪守传统的。爱情这个符号，其意义主要是以男性的作为来实现的。爱情可以是辅佐男性的动力，但过度的爱，又会损害男性献身事业的意志；而在国家需要男儿的关键时刻，女性为爱情的奋不顾身，又可以成为一个参照物；它很容易被转化为一种精神上的联系，国家对好男儿的要求，相当于女性追求爱情时不惜一切的付出。因此，对爱情的讴歌也就有助于完成另一项建构，将国家利益建构成绝对的目标，女性、爱情和献身于国家利益，在这个坐标系里处于同一个位置。

《二十世纪新茶花》剧情绘图所附文字，多次将新茶花夸为“女将军”“巾帼雄杰”。《诓敌》一节，新茶花投奔敌帅时写道：“番帅闻言乐甚，遂推心置腹以待焉而，孰知貂蝉献媚，贼卓堕其术中，异日馘番帅者，即今日忘形尔我之女将军哉。”①《定策》中，新茶花被陈少美误

① 上海环球社编辑部：《二十世纪新茶花》，宣统元年（1909）10月，藏于上海图书馆，第二十一节。

解，急于寻死。仆妇献计时，也以成为巾帼英雄这个目标来鼓励新茶花：“（仆妇）遂竭力劝新茶花勿轻生，且言际此女权伸张时代，必留此身以为大用，作一惊心动魄事勿令人谓巾帼中无英雄，若悻悻然以自经沟渎，则鸿毛耳，何足道。……”①《窃图》一节，新茶花身临险境、偷图成功，作者更是感叹：“新茶花诚巾帼雄杰哉。”②（注：以上引文的着重号为笔者所加）

将日妓偷地图之事安插到“新茶花”身上，使“新茶花”化身“女英雄”，尤其是这里还强调了这个时代是“女权伸张时代”，应属惊人之语。结合当时戏剧改良的主张，我们可以理解这种戏剧处理的时代原因。首先是戏剧改良的倡导者强调，戏剧应该表现尚武精神。晚清评论人陈去病在《论戏剧之有益》中就指出，无论编演何种时事和人物，只有用尚武精神和民族主义加以发挥，才可起到振奋民心的作用：“或编《明季稗史》而演《汉族灭亡记》；或采欧、美近事，而演维新活历史，随俗嗜好，徐为转移，而潜以尚武精神、民族主义一一振起而发挥之，以表厥目的：夫如是，而谓民情不感动，士气不奋发者，吾不信也。”③当代学者陈国华在《京剧艺术论》中非常重视海派京剧爱情剧目这种变化，他指出，这一时期“海派京剧中侠义情肠的爱情故事增多了，这意味着传统的尚文的状元美女式爱情故事在向尚武的方向转变”④。查看当时上演的新剧剧目，确实弥漫着“尚武”的风气，大部分作品都以描写革命、歌颂英雄志士，激发人们爱国斗志为目的，如《潘烈士投海》《明末遗恨》等。

在清末民初的新剧界，台上演出尚武之剧，台下饰演新剧的演员也有投身革命的实际行动。就《二十世纪新茶花》一剧来说，其主要演员潘月樵、夏氏兄弟在辛亥革命的武昌起义后，还带领着新舞台全体演

---

① 上海环球社编辑部：《二十世纪新茶花》，宣统元年（1909）10月，藏于上海图书馆，第二十五节。

② 同上，第二十六节。

③ 陈佩忍（陈去病）：《论戏剧之有益》，原载于光绪三十年（1904）《二十世纪大舞台》（第一期），集于阿英编：《晚清文学丛钞·小说戏曲研究卷》，北京：中华书局1960年版，第66页。

④ 陈国华：《京剧艺术论》，长春：吉林人民出版社2007年版，第207页。

员一起攻打江南制造局，为光复上海立下军功。梅兰芳专门撰有《戏剧界参加辛亥革命的几件事》一文，其中详细记载了新剧演员的英勇事迹。

其次，晚清知识分子的救国论述中，常常鼓励妇女投身革命。这也是“女权时代”的含义所在。他们认为，面对民族危机，妇女不应置身事外，而应学习古今豪杰，承担起救国的义务和责任。以杂志《女子世界》为例，其1904年第1至第12期，几乎每一期都会谈到女子救国的话题。杂志还将秦良玉、聂隐娘等传统女侠命名为“女军人”，并连载《中国民族主义女军人梁红玉传》《中国女剑侠红线聂隐娘传》等文章。作者将这些女性等同于女革命者，以说明女子自古就有投身报国的传统。

王德威认为，将女革命者的形象和侠女等同起来，显示出晚清文士以抬举妇女作为历史意识转变的象征，但问题在于“也不免暴露出中国男性在政治上一筹莫展时，对中国女性的狂想”①。他们这种狂想的表现之一，就是奋力鼓动女子成为英雄豪杰。举例来说，金天翮撰写的《女学生入学歌》便倡导女学生学习中外巾帼雄杰：“缇萦、木兰真可儿，班昭我所师。罗兰、若安梦见之，批茶相与期。东西女杰益驾驰，愿巾帼，凌须眉。”② 柳亚子在《论女界之前途》一文中同样提出“与其以贤母良妻望女界，不如以英雄豪杰望女界”的观点。他还寄语女子“献身应作苏菲亚，夺取民权与自由”③。“卧虎浪士”在《〈女娲石〉叙》中更是清楚地道出让妇女具有武侠思想的社会意义：“《水浒》以武侠胜，于我国国民气，大有关系，今社会中，尚有余赐焉。人民思想，多以妇女为中心。故社会改革，以男子难，而以妇女易。妇女一变，而全国皆变矣。虽然，欲求妇女之改革，则不得不输其武侠之思

① ［美］王德威著，宋伟杰译：《被压抑的现代性——晚清小说新论》，北京：北京大学出版社2005年版，第186页。

② 金天翮：《女学生入学歌》，原载于《江苏》（1904年3月9、10合期），转引自夏晓虹：《英雌女杰勤揣摩：晚清女性的人格理想》，载于《文艺研究》，1995年第6期，第88页。

③ 柳亚子：《论女界之前途及读孟广德韩女士平卿慰义女之作和其原韵》，载于《女子世界》（1904年第11期），转引自夏晓虹：《晚清文人妇女观》，北京：作家出版社1995年版，第110页。

想，增其最新之智识。此二者节小说操其能事，而以戏曲歌本为之后殿，庶几其普及乎？”①

在社会的号召下，许多进步女子纷纷舍身救国、投身革命，陈东原的《中国妇女生活史》记载：“辛亥革命以前，为革命而死的女子的确很多。民国前十二年，拳乱起时，唐才常谋起革命于汉口，事泄被杀，女士周福祯、毛芷香、刘蕙芳亦是时殉难。……”② 此外，民国前五年(1907)，徐锡麟刺杀皖巡抚恩铭事败后，秋瑾被害轩亭口；宣统三年(1911)，广东起义失败，吴炎娘、吴二娘被杀；辛亥革命前数日，革命党人龙韵兰在武昌被杀③等。不独上述女革命者，当时连上海的爱国妓女也组织了“中华女子侦探团”，为革命事业作奉献。这一幕幕在现实中上演的女子爱国的壮烈图景，无疑也投射在“新茶花”里。“新茶花”由妓女化身为“英雄”，必然使这出戏剧增添了改良社会的功效，这或许也是该剧在当时受到热捧的一个不可忽略的原因。

然而，将“新茶花”的英雄事迹与上述救国女子的故事相比，会发现“新茶花”的英雄形象更加耐人寻味，它展现了在救国论述下，妇女对自身身体和性的“另类牺牲”。“新茶花”委身敌帅、偷取地图的“英勇”之举，使她与传统的巾帼女杰，如穆桂英、花木兰等，截然有别。因为传统的侠女、英雄，都是通过高强的武艺、技能来成就功业，但这出戏所塑造的“新茶花”却是通过性、通过身体的“牺牲”来达到目的的。

且看剧中情节，新茶花被陈成美逼走后，无处可去，她和佣妇商议，与其沦落街头成为乞人妇，“曷若权往敌营，于番邦元帅处设辞求贷，屈身以诳之，或可苟延数日，济此眉急”④。于是，她们投身敌营，且不论她们的诓敌之计成败如何，新茶花“屈身”的行为却在剧中表现得淋漓尽致。

---

① 卧虎浪士：《〈女娲石〉叙》，集于阿英编：《晚清文学丛钞·小说戏曲研究卷》，北京：中华书局 1960 年版，第 189 ~ 190 页。

② 陈东原：《中国妇女生活史》，北京：商务印书馆 1998 年影印版，第 352 ~ 353 页。

③ 同上。

④ 上海环球社编辑部：《二十世纪新茶花》，宣统元年（1909）10 月，藏于上海图书馆，第二十一节。

《诓敌》一节写到，她到番营时，“番帅大悦之，握手欢迎。新茶花则现温蔼柔顺之色，嫣然启齿曰：‘如不以贱质见弃，愿侍元帅巾栉。’”①其后，《园观》一节，更是写出，番帅和新茶花相携游园，“携手狎亵种种龌龊之状态，令旁观者见之，莫不为丽若天人之新茶花横生妒心”②。这一幕恰又被陈少美看到，误解新茶花，对她恨之入骨，新茶花前往陈宅剖冤，陈少美对她倍加羞辱。新茶花欲觅死，被佣妇劝下，献计说只要新茶花从番帅中偷出地图交给陈少美，就可使少美“功可成，官可复”，也可得到陈成美的谅解和器重。最重要的是，“少奶之不白冤，亦从此可以昭雪。……不然，今日即死，少爷终必谓少奶与番帅有瓜葛，恼羞成怒，以一死以洗污垢也。少奶之蒙冤，少奶之贞洁，恐无表见之一日”③。新茶花采纳了此计，最终偷得地图，归献少美，少美官复原职，我军也借助地图大败敌军。新茶花更由此得到陈成美赞赏，一家人和美大团圆。

为成就功业，新茶花委身敌帅，偷出地图，可谓舍“身”取义。这种行为一般会让女英雄们陷入无可挽回的矛盾境地，研究者胡缨发现，“在塑造这种女性形象时，基本的矛盾就在于她的性：她需要被描绘得既具有性方面的诱惑力，同时又必须是不可染指的。这一矛盾总是难以解决——因为贞节是女性美德的基本要求——所以，这类女性的最终结局往往是自杀或者准自杀，从而在叙事的层面解决了矛盾，并为巾帼英雄的越轨行为脱罪”④。比如，最为晚清人赞赏的女英雄之一——俄国虚无主义者夏雅丽，在用美色诱骗了敌人之后，最终以自杀向所有人证明她内心不可亵渎的“忠贞”。

然而，《新茶花》一剧却没有如此设计，新茶花非但不用为她的行为付出代价，更通过色诱敌帅、献“身”偷地图挽救了爱情，得到了一个完满的结局。大团圆的结局固然是中国戏剧故事中惯常的设计，但

---

① 上海环球社编辑部：《二十世纪新茶花》，宣统元年（1909）10月，藏于上海图书馆，第二十一节。

② 同上，第二十二节。

③ 同上，第二十五节。

④ 胡缨著，彭姗姗、龙瑜宬译：《翻译的传说：中国新女性的形成（1898—1918）》，南京：江苏人民出版社2009年版，第58页。

这样设计所产生的作用在于，它肯定了妇女身体与国家大业之间的联系，鼓动妇女通过无私牺牲（包括身体与性）来完成政治奉献。

关于文学作品对女性身体和革命意识的书写，学者刘剑梅曾做过深入的研究，她提出，晚清新小说对女性的革命想象是“现代意识”与“传统身体”的结合体，“这些‘新女性’接受不同的革命理念，但是还保持着传统道德意义上的美德；思想变得现代了，可是身体还很传统，还保持着‘冰清玉洁’的身体，天然地排斥‘性’。爱情在这些小说中好似英雄事迹的装饰品，它其实只是民族主义的一种表现形式”[①]。

如果说刘剑梅总结的是一种普泛性的现象，那“新茶花”就是这普泛之中的特殊之例。她称不上是“新女性”，但是她被动地参与了“救国事业”。她的思想算不上现代，但是她开放地运用了自己的情色和身体。她为了挽救自己的爱情，不惜“色诱”敌帅，用身体作为“武器”偷取地图，获取救国事业的胜利。编剧者如此设计“新茶花”的救国故事，无疑挑战了传统文艺作品对女英雄“性”和“情”的定势表达：女英雄不仅可以有“情”有“性”，还可以用“身体”和“性”作为救国工具。这样的表达，不仅在晚清，在其后二十世纪二三十年代“革命＋恋爱”的作品中，更是有不少作品与之共鸣。

蒋光慈号称是“革命＋恋爱”写作的标杆性人物，他的《冲出云围的月亮》讲述的就是女革命者如何把自己的身体当作与旧社会斗争的武器。女战士王曼英在大革命失败后，沦为妓女，她出卖自己的身体，因为“她觉悟到其它的革命的方法失去改造社会的希望的时候，她便利用着自己的女人的肉体来作弄这社会”[②]。刘剑梅认为，《冲出云围的月亮》非常值得关注，因为它将“女革命者的身体包含着多元的、生机勃勃的、有破坏作用的女性本质（female sexuality），这些全都被描述成能与革命并驾齐驱的力量”[③]。如果说蒋光慈的作品让我们看到了女性

① ［美］刘剑梅著，郭冰茹译：《革命与爱情：二十世纪中国小说史中的女性身体与主题重述》，上海：上海三联书店有限公司2009年版，第16页。

② 蒋光慈：《冲出云围的月亮》，长春：时代文艺出版社2004年版，第198页。

③ ［美］刘剑梅著，郭冰茹译：《革命与爱情：二十世纪中国小说史中的女性身体与主题重述》，上海：上海三联书店有限公司2009年版，第66页。

的身体是如何被利用的，它如何具有一种革命所需要的破坏性和建设性；那么也可以说，在二十多年前的《二十世纪新茶花》这出戏剧里，它就拥有了双重性质，女性是男性实现爱情自由的对象，同时也是主动配合国家进行英雄动员的有效工具。由《茶花女》衍生出来的《二十世纪新茶花》让一个风尘女子登堂入室，色诱敌帅且深明大义，它对我们敞开了那个时代有关女性、女性身体以及女性气质的戏剧性演绎。

四、“爱情 + 革命”

《二十世纪新茶花》对传统戏剧和“茶花女”故事的变革之处不仅在上面所讲的舞台、唱白及人物形象方面，还贯穿在它的情节设置中。小仲马笔下的《茶花女》，它的情节围绕着阿尔芒和玛格丽特的爱情展开，但《二十世纪新茶花》号称“时事新戏”，它的情节以“新事编造”为重，在爱情之外，添加了大量“战争”“救国”剧情，如偷敌军地图、战场杀敌等。这些“新事”是如何嵌入旧的故事底本，而这样的嵌入，使剧情结构发生了什么变化，对该戏的日后发展是否有影响？同时，从言情的脉络看，这些改变有什么值得关注之处？

先来看该剧的情节有哪些变化。前面已提过，《二十世纪新茶花》现今剧本无存，已无法找全二十本的剧情内容，只有《图画日报》上的 75 幅剧情绘图较为完整地记录下了该剧前四本的情节。其中，《图画日报》第 1 至 38 号（1909 年 8 月 16 日—1909 年 9 月 22 日）以《新茶花》为名，连载了《新茶花》的前一、二本的剧情绘图（此 38 张绘图被环球编辑部收集，汇成《二十世纪新茶花》一书出版）；时隔数月，该刊第 301 号至 341 号（1910 年 6 月 12 日—1910 年 7 月 22 日）上连载了以《续新茶花》为名的第三、四本剧情内容①。以上剧情的篇目标题如下，从这些标题中，我们能大概看出该戏的情节脉络：

① 笔者对《图画日报》刊登《二十世纪新茶花》一剧剧情绘图的信息查询得到了蔡祝青研究的提示，蔡祝青的博士论文《译本外的文本：清末民初中国阅读视域下的〈巴黎茶花女遗事〉》第 138 ~ 139 页有对该刊的剧情绘图刊登情况的详细列表，但其中有两个错别字，第 138 页“赎金”应为“赠金”，第 139 页“司归”应为“思归”，特此说明。

《新茶花》：探病、拐卖、盗救、恶报、逼乞、探友、赠金、勒赎、下穽、报恩、歼盗、投书、酬义、征调、游院、遇美、侠嫁、规夫、逼走、训子、诓敌、园观、剖冤、受辱、定策、窃图、修函、谒兄、献图、哭柬、宣战、失机、复职、凯旋、问病、认姊、嘲夫、团圆。

《续新茶花》：戡逆、再寇、规夫、玩兵、却征、诲子、尼夫、明义、别家、引疾、潜代、蹈机、探敌、阵亡、敌庆、讹耗、设奠、悼将、进谗、慰媳、思归、哭灵、窥艳、斥马、突遇、诫夫、感义、帅困、伏暗、遇救、疑问、奉檄、释疑、获捷、奖功、观战、结论。

前面笔者已经陈述了《二十世纪新茶花》的改写特点，这里借题发挥的内容很多，但其中也贯穿着救国主线。这大大冲淡了《茶花女》原作的浪漫情调，也使原作的主题发生了转变。小仲马在创作《茶花女》后，也曾将小说改编为话剧。同是改编，主题没有变化。如袁国兴所说，“《茶花女》写的是‘爱情’，剖析的是人心灵上的痛苦，主旨在于‘哀情’的无以投诉”①。而罗兰·巴特更认为“茶花女”故事，是一个“爱”的神话，他甚至还认为：“茶花女的核心神话并非爱情，而是认同（Reconnaissance）。”② 但《二十世纪新茶花》却在爱情之中加入“国事”，不再深入展现“爱情”“欲望”等冲突，而致力于编造曲折救国的情节，打造声光电气的布景，使故事的主旨从心灵层面转为功利性的说教。

其次，“大团圆结局”让该剧无法向现代“悲剧”发展，它因此失去突破传统戏剧规范的可能。中国传统戏剧的结构模式追求团圆和完满，但清末的戏剧家们已经开始推崇西方的“悲剧”，虽说他们的目的还是为了启蒙救世，但学习西方的悲剧毕竟改变了戏剧家的审美意识，推动他们在中国早期话剧的实践中做出新的尝试。正如袁国兴所说，那一时期的悲剧如《情空》《爱国忏情》等，已“不知不觉挺进到一个少

---

① 袁国兴：《早期中国话剧与西方浪漫派戏剧的影响》，集于田本相、董健主编：《中国话剧研究》（第3辑），北京：文化艺术出版社1991年版，第22页。

② ［法］罗兰·巴特著，许蔷蔷、许绮玲译：《神话：大众文化诠释》，上海：上海人民出版社1999年版，第149页。

为人注意的领域，触及了一些棘手而无法解决的问题……在这类作品题材的审视中，理念社会万古不变的‘秩序’开始紊乱，人生的许多不满足和缺陷开始显露”①。《二十世纪新茶花》以西方悲剧小说为底本，原本有发展成为西方式“悲剧”的潜质，但它因袭传统，生硬添上了“大团圆”的结局，使该剧无法在传统的戏剧结构上有更多的突破。

从戏剧的改编方面看，《二十世纪新茶花》虽说不算是一个完美的范例，但是从另一个角度来看，它对“茶花女”浪漫言情的改造，却真实地展现了晚清言情作品向“爱情+救国”模式发展的趋势。它向上承接了侠义小说及儿女英雄小说对“儿女情”和“英雄义”的探索，向下预示着“革命+恋爱”写情模式的勃兴。

与清代小说家文康的《儿女英雄传》相比，它有更多的现代面向，比如，其中的英雄事业，不再是家族复仇（如安骥和十三娘的英雄事业就是为父报仇），而变成了国家、民族救亡；其中的“儿女之情”开始掺入身体和情色的纠结。但与“革命+恋爱”等作品相比，它又明显带有传统小说的制约，未能展现现代情欲与政治权力的复杂关系。但正是这样的一种“过渡”的情态，为传统的“儿女英雄”论述与20世纪20年代的“革命+恋爱”写作搭上了桥梁。从明清以前侠义小说对“情”的隔绝和排斥，到文康提出将侠义的英雄气和浪漫的儿女情合二为一，再到蒋光慈将革命与浪漫的等同，我们可以整理出言情小说与时代变迁的谱系。浪漫主义张扬个人、个性和情感，这里的动力是追求理想化的极致。蒋光慈自己总结道：“浪漫派？我自己便是浪漫派，凡是革命家也都是浪漫派，不浪漫谁个来革命呢？有理想，有热情，不满足现状而企图创造些更好的甚么的，这种精神便是浪漫主义。具有这种精神的便是浪漫派。”②

以上讨论了清末戏剧舞台上“茶花女”新戏的诞生，主要是《二

---

① 袁国兴：《早期中国话剧与西方浪漫派戏剧的影响》，集于田本相、董健主编：《中国话剧研究》（第3辑），北京：文化艺术出版社1991年版，第28页。

② 转引自李欧梵：《中国现代作家的浪漫一代》，北京：新星出版社2005年版，第275～276页。

十世纪新茶花》一剧的缘起和上演过程，还有该戏中女主角的形象变化以及故事情节的繁衍。从中，我们可以看到，在晚清戏剧改良运动中，戏曲编演实践受到社会政治的强大推动，救国话语渗透到浪漫言情作品中，从而转变了这些作品原有的风貌。《二十世纪新茶花》上演的全盛时期在 1911—1912 年，之后，由于商业竞争及文明戏式微，《二十世纪新茶花》开始凋零。当时的剧评人玄郎 1913 年在《申报》发表短评，文中指出，《新茶花》已被视作“钱树子”，其表演也存在种种漏洞①。

尽管如此，我们不能否认这出戏剧在中国戏曲发展的新旧交替时期所具有的意义。它既包含新的表演形式，又推动了传统京剧向现代戏剧的转变。

这出戏借“新茶花”献“身”救国的故事，突破了传统“儿女英雄”小说的局限，它建立起对女性的“性”和“身体”与救国的关联，在这个主题上凸显了身体/美色的吊诡作用。女主角通过献出“美色”维护了爱情和家国事业；但另一方面，她的献“身”又破坏了民族集体以及男性恋人对妇女身体纯洁的要求。这些剧情的矛盾和暧昧，正是这部新戏至今依然耐人寻味的埋由。

---

① 玄郎发表于《申报》1913 年 5 月 1 日第 10 版“剧谈”栏目的短评写道：“空城计后，为九十本新茶花，是剧为新舞台最得意之新杰作，曾排有二十本至多，每一排演，妇女满座，而卖座上又可收间接之功效，故个中人俱视此剧为钱树子也。惟观前晚所演剧中，尚有矛盾之处，如马标统之妻闻夫已阵亡，特为开丧祭奠，马妻披麻戴孝，号咷大哭而出，逼真一新寡之妇。乃两手之无名指上仍带有二金戒。揆之居丧之礼。殊属刺谬。三麻子饰陈成美，承乏潘职，尚能胜任，于茶花女临产时，惊悸惶急，犹两手合十，口中频喃喃呼，阿弥陀佛，又急急出门，声言欲烧香许愿，竟演成一乡愚无知之老儿。夫成美于前本中得茶花女之提撕警觉，已开通许。”

第四章　“女英雄”的世俗化：戏情小说与福州评话《新茶花》

从前文研究可见，经过时事新戏《二十世纪新茶花》的改写，“茶花女”摇身变做“女英雄”。她“色诱”敌帅、偷取地图，助军队大败番敌。首战告捷后，面对夫婿贪图安逸、甘当逃军，她不惜以自刎激励丈夫，促其沙场报国……这种种英雄事迹的编演，不仅造成轰动，“卖座备极一时之盛”①，还在一定程度上实现了“唤起国民尚武之精神，振起女界自新之思想”② 的作用。

然而，《二十世纪新茶花》为了打造“新茶花”的“巾帼雄杰”形象，不仅套用日俄战争中日妓偷地图的时事故事，而且，按朱双云的《新剧史》记录，该剧还将当时国内流行的《武士魂》及《牺牲》一剧的部分情节拼接入内，这样做带来的一个直接影响是，《二十世纪新茶花》的故事，看似合理，但也有不少令人生疑之处。比如，剧情没有解释，女主人公辛耐冬在中国土生土长，为何就要取名“新茶花”③？而且被卖入妓院后，为何她“别无嗜好，只崇拜西法，终日西装长裙、窄袖革履雉冠，俨一西洋美女”？④ 还有，“新茶花”不懂外语，没有任何与外国人交往的经历，如何能与俄军敌帅自由交谈，且受到俄军将帅青睐？再者，“新茶花”被陈少美之父赶出陈家后，为何不誓死辩解，反

---

① 该评价来自《评沪上之纷演新剧》，原文的语句是：“初演《新茶花》时，甚至有夕照未沉，而客已满座者，其卖座备极一时之盛，股东等靡不利市三倍。”见《申报》，1913 年 3 月 13 日第 10 版，转引自蔡祝青：《译本外的文本：清末民初中国阅读视域下的〈巴黎茶花女遗事〉》，辅仁大学博士学位论文，2009 年，第 156 页。

② 上海环球社编辑部：《二十世纪新茶花》，宣统元年（1909）10 月，藏于上海图书馆，第一节。

③ 同上，第二节。

④ 同上，第十五节。

而主动屈身投靠番帅，甚至还与番帅狎昵游园？……这些令人质疑的细节，暴露了该剧演出在即兴发挥时的牵强附会，但另一方面，它也给更多创作者带来灵感，使其继续补白，续写“新茶花”的故事。

以往，由于史料不足，我们无法对此进行深入探讨。幸运的是，笔者在研究中意外地发现两份甚少有人提及的资料，它们让我们了解到，当时的观众如何再度演绎新“新茶花”。

继戏剧演出之后，有关续写作品，研究者少有探讨。但在笔者的研究中，意外地找到两份重要史料，一是戏情小说《新茶花》，另一是福州评话改编的同名作品。戏情小说《新茶花》现藏于北京图书馆古籍部，该书分上、下两册，封面题字“戏情小说新茶花”，并印有洋装女子的彩图。全书分十二回，作者署名“湘西学者”。这部小说在民国二年（1913）仲夏出版，上海沈鹤记书局发行，书前附有“海陵袁蔚山”所写的《叙》。小说主要对“新茶花”（原名“查花”）名号由来、身世、遇男主角陈少美前的生活际遇进行了独特的诠释，可以说，作者是在《二十世纪新茶花》这部戏剧的基础上发挥想象，补足剧情，扩展了故事。所谓“戏情小说”，也就是这个意思。

作者在篇首表明，他的目的在于“佐戏剧上新茶花之不逮”。他说：“戏剧之新茶花，盛行于世，宗旨尤能激扬社会。内中颇有可登录之处。但其间情理不甚完足，令阅戏者頡起疑团，反失新茶花之精神。在下这番就把旧本的新茶花（笔者注：指钟心青的《新茶花》）丢开，拿戏剧上的新茶花凿凿可据的演出，以饷看官们一个实脚踏地的地步，便可佐戏剧上新茶花之不逮。”①

如果说戏情小说《新茶花》是对戏剧的补充，那福州评话《新茶

① 湘西学者：《戏情小说新茶花》，上海：上海沈鹤记书局民国二年（1913）版，第1页。

花》[①] 便可谓是演绎的“演绎”，它将戏情小说《新茶花》的情节和《二十世纪新茶花》的第三、四本情节拼接，按自己的理解重新诠释了“新茶花”从妓女到英雄的历程。

这个文本的出版年代不详，现收录在黄宽重、李孝悌、吴政上主编的《俗文学丛刊》第4辑卷382，书前备注有这样的说明：“新茶花三集［（福州）集新堂总批发］，又名《昙花劫》《茶花女》。①初集封面书题：新茶花。卷端题：新茶花。版心题：新茶花。②二集封面书题：新茶花，下小字：戏情小说、上海书局石印。③三集封面书题：新茶花，左小字：集新堂总批发处。”[②] 虽说作者和出版年代均不详，材料的来源也十分芜杂，但这个材料的价值在于，它是目前唯一整合了《二十世纪新茶花》和戏情小说《新茶花》情节故事的文学作品。作者用自身的想象去拼贴两部作品，同时又对情节做了扩展，其中包含了很多新的细节。

这一章将逐一分析这两部改写作品，看它们如何演绎故事，如何处理人物和主题。就比较文学的形象研究而言，形象是“对一种文化现实的再现，通过这种再现，创作了它（或赞同、宣传它）的个人或群体揭示出和说明了他们生活于其中的那个意识形态和文化的空间”。[③] 笔者将探讨在这两部作品中，“新茶花”形象有了什么变化；联系当时的文化和历史背景，我希望说明在情爱与家国的双重论述中，情如何被安置，女性的身体和性又被赋予何种意义。

---

① 笔者从蔡祝青的博士论文《译本外的文本：清末民初中国阅读视域下的〈巴黎茶花女遗事〉》中获知此材料的信息。蔡祝青只是在注释中提及该材料，并没有对此进行分析研究。笔者除了找到这份材料外，还找到后人根据前辈回忆整理的福州评话《新茶花》上半部。这是蔡祝青没有提及的，特此说明。《俗文学丛刊》中，《新茶花》被列入福州评话总目中，名为《新茶花》，共分三集。为了将此材料与其他的“新茶花”作品区别，笔者便将此书称为“福州评话《新茶花》”。

② 佚名：《新茶花》（三集），集于黄宽重、李孝悌、吴政上编：《俗文学丛刊》第4辑卷382，台北：中央研究院历史语言研究所，新丰出版股份有限公司2001年版，第456页。

③ ［法］让－马克·莫哈著，孟华译：《试论文学形象学的研究史及方法论》，集于孟华主编：《比较文学形象学》，北京：北京大学出版社2001年版，第24页。

一、“新茶花”的生活化

戏情小说《新茶花》在篇首就已指出，《二十世纪新茶花》“其间情理不甚完足，令阅戏者頡起疑团”①，与之相比，这部基于戏剧再加改写的作品，为“新茶花”这个女性形象增加了丰富的生活经历。虽说作者在篇首强调写作目的是“佐戏剧上新茶花之不逮”②，但小说的着力点不在新茶花的“英雄”事迹，也不在她和男主角的爱情，而在于她成为“英雄”之前的生活。也就是说，对于新茶花能够杀敌立功，作者认为这里留下了强烈的悬念。从小说内容看，他努力让茶花女的神话返回到世俗生活，让人们信服，一个才艺双全的女子，历经生活坎坷，如何能够出淤泥而不染，重新扭转命运，把握自己的前途。换句话说，这部小说差不多可以说是写了那个时代一位妓女的成功故事。

故事按章回小说惯例，顺时序展开。先说新茶花的身世，在戏剧《二十世纪新茶花》中，对女主角的来历有这样的描述：“新茶花，姓辛名耐冬，北直隶人，父业儒，早故，失牯十余年，家贫无儋石，母老且病，弟卓然，幼弱无能为。”③ 这一情节与传统小说中的名妓故事类似，即女子出自书香门第、年幼失怙，辗转沦落。戏情小说《新茶花》保留了这样的人物关系，同时力图使女主角与上战场一事更有现实依据。为此，他先将新茶花的父亲从一介儒生改变为边关武将，小说中写道：“他的父亲查如海，号百川，祖籍直隶北平人氏，幼来读书未成，到了弱冠之年，便弃文从武，初试便得武庠。……”④ 查如海后来获得了千总之职，到俄国的西伯利亚新军中做了营管。这一改变，为新茶花卷入家国战争等事件埋下了伏笔。作者写道，查如海在西伯利亚军营任

① 湘西学者：《戏情小说新茶花》，上海：上海沈鹤记书局民国二年（1913）版，第1页。

② 同上。

③ 上海环球社编辑部：《二十世纪新茶花》，宣统元年（1909）10月，藏于上海图书馆，第一节。

④ 湘西学者：《戏情小说新茶花》，上海：上海沈鹤记书局民国二年（1913）版，第1～2页。

职，他的爱女得以随母亲迁到边境生活。在这片中俄接壤之地，新茶花接触到俄国的将士，学会俄语，以及喜爱西洋服饰也顺理成章。而且，小说中的“父亲”查如海忠于职守，由此幼女耳濡目染，从小就立志报国。这些增补和改写，让戏剧人物新茶花在战争中立下赫赫战功变得更合情合理。

与“身世”相关的另一个细节是人物的命名。女主角的名字如何和茶花女这个名字联系起来，这是改写“茶花女”故事的中国作者首先要考虑的问题。在不同的“茶花女”故事中，女主角的名字很重要，因为这是让读者指认形象的标志。既然要用流行作品的元素，改写作品必须要在真假茶花之间建立联系，从而达到以假乱真的目的。也就是说，假名和真名都要通向茶花女，正是这种互文性让新增文本达到了引人入胜的效果。

戏剧《二十世纪新茶花》在命名女主角时，用“如花似玉”作为比喻，其真名“耐冬”也具有凌霜傲雪的象征意义[①]，文中写道：“如花如玉之辛耐冬，受无赖子拐卖，堕入卖笑地狱，旋即更名曰新茶花。”[②] 这里的更名，即将女主角置于《茶花女》中玛格丽特的位置。在戏情小说《新茶花》中，作者换了一个名字符码的编演，使新、旧茶花的名号水乳交融，更其贴切。作者写道，这位女子姓查名花，她出生后，父亲“喜欢非常，爱之如花，便与他起了乳名，叫做花花。后来亲眷中连他的姓，叫喊为查花”。至于为何会叫“茶花女”，是因为“后来到妓馆里头隐了真姓，才改做茶花两字，他的鸨母视之若女，就喊他个茶花女”[③]。如此一来，作者既抹除了这位中国女子的名号与西方故事原型的关联，得以自由发挥；同时又保留了人们对这个符号熟悉的想象，借以包装新的人物故事。

---

① 其实，“辛耐冬”一名别有含义，可惜戏文没有明说。“耐冬花”，一种山茶科山茶属的植物，在中文中，又名“山茶花”“茶花”等。可见“辛耐冬”一名其实就包含了“茶花”的含义。

② 上海环球社编辑部：《二十世纪新茶花》，宣统元年（1909）10 月，藏于上海图书馆，第二节。

③ 湘西学者：《戏情小说新茶花》，上海：上海沈鹤记书局民国二年（1913）版，第 1 页。

作者讲述女主角的故事也侧重在这两个阶段，首先是未经家庭变故前的"查花"的故事，继而是落入青楼的"茶花"的故事。

在小说的前三回，作者讲述了这个叫查花的小女孩的童年和家境，值得注意的是这里对女子教育的描写。在她七岁时，父亲教她先读《女儿经》，再读《女四书》。一年后，西伯利亚的女校开班，父亲因此送她和小女友结伴进入新式学堂。这里的教员从新式学校毕业，还有些是出洋留学归来。学校设有俄语、日文等课程。小说写道，查花在俄语学习方面表现出很高的天赋，深得俄国教员的赏识，通过四个学期的学习，她熟练地掌握了俄语，并可以与人交流。此外，新茶花还主动向父亲提出学些"武备"知识，目的是在遇到战事时，能派上用场：

茶花道：我们到这西北（现译为"伯"）利亚地方，和俄国接境，将来和俄国的交涉必多，不如学点俄文，后来爹爹有钱，我就到俄国留学一趟，也好帮凑一臂之力。这是我的宗旨。我们女子可惜没得武备学堂，学习将略，我想爹爹到新军内里操法战术是很熟的，我到暑假年假的时候，爹爹到营里也是要放假的，我们无事，就请爹爹教我一些武备，如果有了用，临到战事的时候，能替爹爹担任得些事也未可知。①

这一番女子入学受教育的故事，在小说中的作用不容小觑。它以招生广告、父女之间有关报名、选课的交流，侧面展示了大都市里出现女子学堂的这一新事物，从而为戏剧《二十世纪新茶花》中有关"女权伸张时代"② 的台词提供了解释。不仅如此，作者对待女子教育的立场也是开放和鼓励的，他写道："到了普通学科毕业之时，茶花考得优等文凭。"③ 而茶花的父亲也很尊重女儿，对于她想进入专科学习，他要她先去听取老师的意见，茶花则答曰："这是我们自己的所有权，他们

---

① 湘西学者：《戏情小说新茶花》，上海：上海沈鹤记书局民国二年（1913）版，第22~23页。

② 上海环球社编辑部：《二十世纪新茶花》，宣统元年（1909）10月，藏于上海图书馆，第二十五节。

③ 湘西学者：《戏情小说新茶花》，上海：上海沈鹤记书局民国二年（1913）版，第21页。

也不肯干涉的。”① 这样的说辞甚至表达了有关权利的意识，实在是传达了一种难得的肯定女子自主权的新意识。

作为一部通俗小说，作者也无意展开更多的严肃讨论。尽管如此，我们还是可以看出他力图让戏剧中的茶花女（此处指的是时事新戏《二十世纪新茶花》）中那种能力非凡的“神奇”因素减少，人物的行为显得更有现实依据。或许是改写故事激发了他的灵感，让他觉得这样新旧搭接来编排一个奇女子的命运，是挑战想象力的趣事；又或者是他本人的确感受到旧时代正在发生变化，女子的生活开始有些不同的可能；无论如何，我们从他把剧情搬演为小说人物故事的铺陈里，看到了他让新茶花的英雄行为得到合乎逻辑的解释努力，也可以看到他对代表新文明的那些事物的兴趣。如他设想了查花在俄语学校里学语言，从父亲那里习得军事知识等。

在晚清儿女英雄小说中，女英雄也需要一个成长的历程，这是弱质女子变得不同凡响的必要条件。如在文康所写的《儿女英雄传》中，女主角何玉凤在父亲死后，前往红柳村投奔老前辈邓九公拜师学艺，最终成为一名武艺高强的女侠。而《戏情小说新茶花》中，作者对查花习武语焉不详，却饶有兴致地描写了她上学学文化的情景：“茶花口音很清，记心又好，俄文教习就很赏识。他起初是一位翻译教给他们，过了两学期，俄女士便可直接教授，到了三四学期，便能达得上交涉了。”② 正是良好知识教养使她后来转变命运，独占花魁。

从写作风格来看，这部被冠以“戏情小说”的作品，在一定程度上并不看重戏剧性。作者用于生活场景、人物对话的描写多于对冲突和心理的描绘。假如说《二十世纪新茶花》让观众在舞台上看到奇诡的剧情变化、激昂的时事演说以及热闹喧哗的布景，那么，这部根据戏剧情节改编的小说，则用更多笔墨来讲人物故事。这段故事起于查花带有异国情调的童年，由她父亲的病逝进入转折。查如海在边关带队野操，得了风寒，又积劳成疾，最后深受中日战争中老友阵亡消息的刺激，吐

---

① 湘西学者：《戏情小说新茶花》，上海：上海沈鹤记书局民国二年（1913）版，第22页。

② 同上，第23页。

血身亡。紧接着母亲病故，查花被舅父卖入堂子；也是在这里，她被正式更名为茶花女。

“卖身葬母”的情节，在有关女子沦落风尘的故事中并不少见，《二十世纪新茶花》中也未对此展开描述。但这部戏情小说用了四回的篇幅来详写：查花的母亲死后，舅舅叶厚庵以将其卖身到富人家做女工为由，将她骗去妓院胭脂山庄，以两千银子的价格将她卖予鸨母陆啧香。叶厚庵借故离开后，查花向陆啧香索要葬母之款，陆啧香才跟新茶花道出真相。查花恍然醒悟，但已深陷苦海，无法逃脱。之后，查花为了葬母，忍辱负重，与陆啧香约法三章，并请人作保，将自己的身价提高两百银子。葬母时，查花如何吩咐邻里帮忙，如何为母戴孝守夜等，作品中都有详细的描写。

妓院是色情场所，但这位作者的描写是去情欲化的。他更多地写了这里姑娘们的日常起居，包括梳头、买点心等。除了鸨母在开始时显得比较强势，一众姐妹之间的有关丝弦琴艺和接客出局的交流也显得很有人情味。作者继续把她表现为一个善于学习的女子，在这方面，天性聪慧和已有的教养，使她显得资质不凡；尤其是她在唱功上艺压群芳，成为妓院的当红妓女。之后，她偶然发现了一个商机，于是大胆地联合鸨母等人一起出资盘下一所俱乐部，自己开始经营。经营期间，为了笼络学界上的青年子弟，她巧花心思将自己打造为“文明女子”，为了赢得俄国商人新客源，她开始改穿西式服装，并顺应他们的口味唱俄文歌。小说中有这样的描绘：“茶花见有洋人来听，他的唱工更为出神。他又到俄租界制了一身西装，……又将一把青丝长发，用什么结子，就弄得像了一付金丝发，……临了又把风琴按着，就把俄文的词调唱了一出。那十一二个俄人，一起把帽子拿到手里乱摇，口里高声的唱到，中国一个好字，又爱皮西的的叫了几声。”①

也可以说，用这些场景和细节，作者既描绘也解构了新茶花的推陈出新。它揭示了茶花这个女子把异国风情作为资源加以调度的过程。小

① 湘西学者：《戏情小说新茶花》，上海：上海沈鹤记书局民国二年（1913）版，第55页。

说并没有挑战女子的社会地位和所受限制，在作者看来，她的被拐卖、被骗，与其说是社会压迫，不如说是让她进入一个不寻常的环境，从而使她潜在的才能得到绽放的机会。从对待女性的态度来说，作者在社会压迫和尊重个性方面做了一个调和，即在这种限定女性作为性对象的制度内，肯定女性的才艺，并想象出一条在妓院里可取的成功之路。茶花凭借天性聪慧和经营才能赢得了成功，也吸引了戏剧中那位叫陈少美的男子，完美的婚姻是对她才能的褒赏。小说到这里结束，由此我们也可以看到，有关女子教育那部分内容，在这部作品里并没有占据重要的地位。它更多地显示为一种奇装，或者更确切地说，时代还没有走到那一步，女权的声音还很遥远。但这点奇异的包装，给形象带来的影响却是积极的。我们看到作者努力塑造的是一个能够面对挫折，敢于挑战命运的女子的性格。

不同于狎妓小说，这部作品中描写的妓院生活不仅是去情欲化的，而且是日常化的。作者用了很多琐屑的细节，将其他改写本中与众不同的“新茶花”置于凡人的处境。包括戏剧《二十世纪新茶花》在内的大多数中文改写作品，其女主角都以清高、孤傲著称，但湘西学者笔下的新茶花却是接受现实、平易近人的。戏剧中的新茶花行为大胆、屡有壮举，在这部小说中回到世俗生活。

将戏剧原作《二十世纪新茶花》与这部戏情小说《新茶花》比较，我们看到，小说的主题也不再是单纯的爱情，围绕着女主角展开的，更多的是世俗的生活故事和场景。由此新茶花形象的“英雄性”被削弱，而异国情调被打造成一种具有现代意味的女性气质。这种现代意味，表现为积极的入世态度，对西式服装和气质的模仿，还有以“文明女子”的气派进行的表演，“仿佛就是白种中的绝色美人”。在这一点上，所谓新茶花，就是指这种由西装包装了的改良女性。她以“西装”伴西式风琴，同时演唱西文/俄文歌曲吸引西人/俄国客人。这样的形象达到了与原作中茶花女的形似。

综上所述，我们也可以看得很明白，这样的改写早已脱离了的原作的轨道，原作中的形象，只是一个出发点、一个想象的参照物、一个灵感的来源，或者说一场文学对话的起兴声部。值得我们思考的是，围绕着女主角展开的故事，调动了这么多文人墨客，而从《新茶花》中的欢场生活可见，现代都市的休闲娱乐始终是以男性为主的。作者并不质疑这个劳动分工，但他正面肯定了女性在这个娱乐圈里的出人头地。对男性来说，这意味着文明的新奇，“一时学界政界商界都尽传遍、尽晓得他是个文明女子”①；而对女性来说，似乎又意味着一种新的主体性是可能的，即从受压迫者变为掌握自己命运的人。在这里，具有西方色彩的人物故事刺激了观众对女性和文明关系的想象，或许这正是所谓“二十世纪新茶花”特殊的魅力。

二、修正英雄形象

福州评话《新茶花》是韵文唱本，它分三集，收录在李孝悌等人主编的《俗文学丛刊》“说唱”类福州评话总目下。福州评话，又名“清书”，是福建省影响较大的一种传统曲艺。它与弹词相类，深得闺阁妇人和下层劳动群众的欢迎。在叙述形式上，福州评话的唱句上下成对，一般为七、八字句，但也不拘束，有时会分解为三、三字句，有时也会扩展至十来个字。评话话本一般为刻本，多由集新堂和益闻书局承印。福州评话的表演，虽然也连说带唱，但是没有严格的曲谱，只以铙钹伴奏，表演者随唱词和自己的感情自由吟诵。

《俗文学丛刊》所收录的这份福州评话《新茶花》文稿，出版年月不详，《丛刊》只写出该作品的时代背景是清代。但从文稿的故事内容和分集情况看，笔者推断该书的出版年月应该在戏情小说《新茶花》之后。这一推断的依据是评话的故事情节，它将《二十世纪新茶花》和戏情小说《新茶花》内容杂糅。由此可见，记录文稿的作者想必事先接触过戏情小说文本，而且该小说的第一、三集封面的书题均为《新茶花》，但第二集的书题加有一行小号字，即“戏情小说二集、上海书局石印”。有鉴于此，笔者认为它应该是在戏情小说《新茶花》之后集

---

① 湘西学者：《戏情小说新茶花》，上海：上海沈鹤记书局民国二年（1913）版，第54页。

印成册的。

福州评话《新茶花》的故事情节大致如下：初集将《二十世纪新茶花》和戏情小说《新茶花》的故事拼接在一起，包括新茶花随父迁至西伯利亚，后父亡母丧，舅舅叶厚庵将她蒙骗卖入妓院，其弟也被卖入戏园。新茶花之弟虽然被迫加入强盗的行列，但他仗义救出被劫持的陈少美，陈成美将他收为义子。新茶花和鸨母商量，将身价加卖银两，得以葬母。

第二集从新茶花在胭脂山庄学习琴艺开始，较之戏情小说《新茶花》，这里的主要唱词是关于新茶花在妓院中的经历。她在妓院中百般逢迎，取得鸨母和各类恩客喜爱。不仅如此，她又经营俱乐部，笼络俄国商人，成功俘获俄军统制的欢心。统制将他的行宫令牌给了新茶花。新茶花与陈少美开始筹划婚事。

第三集讲述的是婚事受挫，陈父设计将两人分离。陈少美被父亲囚禁，失去军营差事。新茶花与陈父谈判，以设法帮陈少美官复原职为筹码，劝服陈父同意两人婚事。新茶花找到俄国统制为陈少美求情之际，巧妙偷得地图。她激励逃兵马标统等沙场战敌，而且自己亲上战场，到军营出谋献策。最后我军大败俄军，新茶花也得以嫁入陈家，生儿育女。其子功成名就，新茶花也流芳百世。

从上述三集故事可看出福州评话本在“拼接”上又有发挥。它用传统的道德规范对新茶花的英雄形象进行了“修正”。这主要体现在以下三个方面：

（一）改装“色诱”情节

时事新戏中的“新茶花”形象，相对于《茶花女》小说原作，最离奇的改造就是“色诱”敌帅、偷取地图。这出戏将女性的情色魅力用于服务国家利益，在情色这个主题里注入了矛盾的张力。因为“色诱”在迎合家国需求的同时，违背了爱情和性的道德操守；它是以对性爱对象的不忠来实现精忠报国的。在评价这个献身行为时，它把个人置于一个矛盾的处境。姑且不说女性的性和身体都被看作隶属于国家的绝对财产，仅仅从这二者属于一个男人的道德传统出发，“色诱”把男主角带到了一个献身的陷阱：他想要占有的女性身体，但这个身体同时属于一个更高的权威。当他自己必须献身国家时，他也需要接受另一重献身的意义：原本属于他的女人，也得要一起奉献出去。也就是说，从父权社会的价值观出发，国家对男性还有等级秩序的要求，他必须服从这个更高的权威而无所顾惜。

在福州评话《新茶花》中，色诱的情色因素被降低了，即作者不打算陷入色诱情节所蕴含的道德陷阱。为了减轻和消解色诱对意义的扰乱，作者对这一情节做了修正。让我们将它与戏剧本事进行比较，便可看出端倪。在《二十世纪新茶花》剧情绘图本中，“色诱窃图”保留了色相产生诱惑、诱惑导致误解的故事情节，新茶花被逐出家门后投奔敌帅，两人相拥游园，极尽狎昵之态，却被陈少美撞见，新茶花到少美处解释，无奈受到侮辱。此后发生的偷取地图起到消除误解的作用。

而在福州评话里，“窃图”只是顺手牵羊，并非刻意为之。新茶花与俄帅的交往被淡化，两人并非情投意合，俄帅只是一个协助者。女主角还在追求婚姻的半道上，由于家长阻挠，致使男主角失去差事。新茶花让俄国统领说情，无意中见到地图，带回去交予我军。在评话中，新茶花与敌帅的关系，只维系在恩客和妓女的交往。没有得到长辈同意前，新茶花与少美未敢擅自成亲。唱词同是偷地图，前者是色诱，后者只是智取，“色诱”的环节就这样被淡然隐去。

而且，评话里，作者重提贞节，并不断强调其重要性。它设置了这样的矛盾，陈少美钟情于新茶花，但对她的妓女身份和自身的家庭还有顾虑。其友周春堂劝道：“据兄所虑有层层，听弟重将来剖析……若论茶花原淑女，深知四德与三从，不是那般淫贱比，身无瑕玷玉完全，秀外慧中守礼义……”① 在这番说辞中，作者将身体的遭遇和精神操守区别开来，以“身无瑕玷玉完全”来指涉女主角的出淤泥而不染。也就是说，此处，女性被迫卖身被看作违背她个人意志的行为，因此这个妓女身份是可以忽略的。关键在于，只要她在精神上信守礼义，就可以当

---

① 佚名：《新茶花》（三集），集于黄宽重、李孝悌、吴政上编：《俗文学丛刊》第4辑卷382，台北：中央研究院历史语言研究所，新丰出版股份有限公司2001年版，第509页。

她做守身如玉者。身体的意义因此可以因意志而被区隔。那个被迫售卖的身体，与这个女子没有关系，那只是一种谋生手段；而“秀外慧中守礼义”，即外表和身心在礼义上协调起来，那么她的卖身和守身就可以当作两回事来对待。陈少美对新茶花的爱，就在后者，即礼义控制下的身体这里找到合法性。社会歧视因此也可以忽略不计。

（二）“新茶花”亲上战场

根据上面的改动，我们也可以理解为，当婚姻爱情不再成为爆发戏剧性的焦点时，矛盾就一定会向其他主题转移。就福州评话《新茶花》来说，它不同于戏情小说的改写也是在这里，即转移到把“新茶花”送上杀敌前线，让女主角进入花木兰式的传统女英雄行列。

女英雄杀敌救国，在中国传统艺术里有很多经典，如花木兰、杨门女将。比较起来，色诱很少被正面呈现和看待，尽管自古以来就有类似王昭君这类的和番故事。就此而言，这也正是“茶花女”这个符号引人流连徘徊的地方，因为它的意义指涉总会通向一些暧昧的场所，关乎欲望、情色，因此它也特别挑动中国人敏感的神经，迫使那个时代的改写者面对改写作品中对情色批评的难堪境遇。福州评话的编写者，相对来说，做了避免争议的选择。它隐去了女英雄身体和性的付出，以保全其形象的贞洁。与此同时，为了突出新茶花的英雄形象，作者为之加上了亲上战场的一幕，而且加得十分巧妙。在戏剧绘图中，最后一节原为“观战”，说陈成美向统帅提出要带儿媳新茶花一起去现场观战，以检阅陈少美所学的军学。文中写道：“（陈成美）言已，向统帅作揖曰：‘从未临阵观战，愿往览战事，以□（笔者注：该字书稿中无法辨识）不肖儿之军学。’遂挈媳新茶花至离营二十余里某山，登高望战，特则陈少美正奋勇当先，与番兵剧战云。”①

再看评话，这一处却被改为陈少美、马千里等人受到新茶花的鞭策，重上战场。在军队遇到险情，送粮道路被阻绝时，女英雄应邀出征，亲自指挥杀敌。且看以下唱词和说白：

---

① 《续新茶花》，载于《图画日报》，1910年7月21日（第340号），第6页。

外间探子报军情 今有俄京兵又到 绝吾粮道怎奈何 统制闻言惊破胆 标统上前荐能人

话表标统马千里对张统制道，今有陈少美夫人查茶花，能知俄国虚实，并识山川形势，若得此人到营，破俄必矣。……四五天，茶花已到营内，把所带地图一看，深知我军所困之地，敌人断我粮草之处，茶花便于大家计议，此处山头可以占领，彼处谷口可以埋伏，调动清楚，次日开战，先命老弱兵士引诱敌人入阵，四下里一声绝响，伏兵出杀，使俄兵尸如山积，血满沟渠，望胜彼得堡而逃茶花传令三军，不须追击，扎住要塞，绝其归路后，经英美两国出来议和，把库伦铁路问题取消了，立了合约，敦睦邦交。①

在这里，新茶花的“英雄能力”再度成为传奇，这些描绘将她遣返到传统女英雄画廊，但那种情色暧昧可能带来的意义空间也一并失去了。

（二）“女英雄”相大教子

既然让新茶花重归花木兰类英雄榜，合乎逻辑的意义调整还表现于她重返家园后的传奇。福州评话《新茶花》特别增加了这样的尾声，在《二十世纪新茶花》的戏剧本事基础上，做了这样的引申。在最后数行里，有这样的唱词：

自古贤妻为内助 可比那 梁氏捊鼓助夫郎 …… 次岁茶花生两子

形容俊秀且聪明 异日功名都发达 同在朝堂做高官 景卿后来生三子

查家从此发祯祥 陈美生平无过恶 报应善终百岁亡②

① 佚名：《新茶花》（三集），集于黄宽重、李孝悌、吴政上编：《俗文学丛刊》第4辑卷382，台北：中央研究院历史语言研究所、新丰出版股份有限公司2001年版，第528页。

② 同上。

茶花女的形象到此，被顺利收编入传统的巾帼英雄录。家世发达，子有功名，全家都得到善报。在中国传统妓女爱情故事中，这是最完美的结局，我们可以从不少作品中找到印证。如《李娃传》里李娃助其爱郎赢得功名，婚姻也得到家长的同意。之后“妇道甚修，治家严谨，极为亲所眷。……娃封汧国夫人，有四子，皆为大官……”① 再如《卖油郎独占花魁》，最后的结局也是，美娘嫁与秦重，“夫妻偕老，剩下两个孩儿，俱读书成名”②。如此，新茶花的独特经历和才艺，都是她从妓院重返家庭、获得贤妻良母美名的基础。在晚清侠义小说《儿女英雄传》中，女主角何玉凤也有同样的经历。何玉凤，别名十三妹，她原是一名行侠仗义的女侠，在为父报仇过程中，遇到了男主角安骥，并协助安骥完成心愿。不料自己杀父仇人已死，十三妹便听人规劝嫁给了安骥。她和安骥的原配张金凤共事一夫，琴瑟和谐。小说结尾也有这样的交代：“金、玉姊妹各生一子，安老夫妻寿登期颐，子贵孙荣，至今书香不断。”③

假如联系清末民初流行的另一类巾帼英雄形象，我们会看到完全不同的人生轨迹。在人类社会经历变革的动荡年代，那些后人推崇的女英雄，都不可能返回到传统社会规定女性扮演的角色。且不说人们心目中的苏菲亚、贞德、罗兰夫人等，俄罗斯十二月党人的妻子们，还有现实中的秋瑾，她们无不为了信仰和主义，义无反顾地走上牺牲之路。而从中国早期妇女运动参与者的经历来看，其中很多人都为了坚持理想而放弃了传统婚姻，独身成为很多人主动选择的生活方式。福州评话《新茶花》所设计的相夫教子结尾，固然是老套，但也有其含义。它代表了传统秩序对英雄女子的“收编”。总的来说，新茶花类改写作品，都做了这类收编的工作。公共事务说到底，只是女子奇遇的一个场所，她将在追求爱情的道路上遭遇这个空间里的意中人，但她不能进一步觊觎男性

---

① （唐）白行简：《李娃传》（据龙威祕书本排印），北京：北京书局 1991 年版，第 6 页。

② （明）冯梦龙：《三言 · 卖油郎独占花魁》，北京：大众文艺出版社 2008 年版，第 29 页。

③ （清）文康著，董恂评，周树德、吴效华校注：《儿女英雄传》，郑州：中州古籍出版社 1998 年版，第 693 页。

的权力。爱情是一个出发点，也是一个目标。克服种种挫折达成目标后，她必须回到传统秩序规定的位置。新茶花的归宿，就是成为贤妻良母、生儿育女、相夫教子。

三、女英雄的世俗化

有关女英雄的归宿，这种回归传统观的倾向是偶然的还是有其他原因，在这里，笔者希望联系当时的社会历史现实展开阐述。

女英雄形象的世俗化，在一定程度上，受到作品体例的影响。《新茶花》的这两部后期作品，一为戏情小说，一为评话，都是以下层民众为主要接受对象的艺术样式。因此，较之文明新戏，它更趋于迎合下层民众口味。就如袁蔚山为戏情小说《新茶花》所写《叙》中的评价：“因阅过，窃赏其有本有源，不卑不亢，足补戏文之不及，非枝枝节节，舍戏曲而矜奇炫异者可比。其中论入青楼而非娼妓之贱骨，论葬亲事而宜等孝子之行为至。用笔之爽利，行文之深浅得宜，尤其余事也。”[①] 可见，舍戏曲的矜奇炫异，谈青楼女子的守身及卖身葬母之孝行，这些做法，符合传统道德，在底层观众中能得到最大程度的认同。如前所述，这有利于消减“茶花女”符号的暧昧性；而且，也是一个争取市场的考虑。

福州评话《新茶花》对新茶花归宿的描绘，在那时即兴表演的《二十世纪新茶花》中已有呈现，尽管被人们当作败笔。根据玄郎 1913 年 5 月 1 日载于《申报》的《剧评》介绍，后人编写的第九、十本《二十世纪新茶花》剧情，竟然出现了新茶花临产的情节：“三麻子饰陈成美，承乏潘职，尚能胜任，于茶花女临产时，惊悸惶急，犹两手合十，口中频喃喃呼，阿弥陀佛，又急急出门，声言欲烧香许愿，竟演成一乡愚无知之老儿。”[②] 这类看似胡编乱造的场景，其实表现了对女性身体的刻板理解。这是传宗接代的身体，是令人惊恐的身体，是难以控

① 该叙集于戏情小说《新茶花》的篇首，由于用草书写就，此处文字是笔者请友人黄海涛及陈英群辨识写就。

② 玄郎：《剧评》，载于《申报》，1913 年 5 月 1 日第 10 版。

制的身体。在某种程度上，也是让男性感到陌生的身体。在中国传统小说里，女性的身体总是面临两种解读：它或者是纯粹的身体，与主体意志没有关联，因此可以亵玩；它或者是不存在的身体，女性所有的美感，来自容貌和精神品质，其中作为载体的身体，处于空白或者人们视而不见的状态。身体缺席和退场，让位于对其道德意志的引领。由此，英雄归来，迎接她们的是家庭中贤妻良母的位置，这也是传统道德中被视为完美的女性的位置。

前面笔者曾列举《儿女英雄传》的何玉凤为例，她身怀绝技、侠风义胆；但其生命的意义毕竟还要待男主角安骥公子的出现。最终她完成了从传奇人物到贤妻良母的历程，快意恩仇、桀骜不驯的女侠成为温良贤淑的女性楷模。这个“女侠回家”的做法，有着古老的叙事传统。脍炙人口的花木兰故事也表现了女英雄解甲回家的结局。且看《木兰辞》中的描述：

将军百战死，壮士十年归。
归来见天子，天子坐明堂。
策勋十二转，赏赐百千强。
可汗问所欲，木兰不用尚书郎，
愿驰千里足，送儿还故乡。
……
脱我战时袍，著我旧时裳。
当窗理云鬓，对镜贴花黄。①
……

清代名士陈季同将木兰故事和法国女英雄贞德的故事进行了比较，他认为，贞德是一位“伴随着传说，奇迹，天使和圣徒、梦幻和显灵的形象，一个被启示者，一个处女和殉教者”②；相反，木兰的故事结局，

① （北朝）佚名：《木兰辞》，上海：上海人民美术出版社 2010 年版，第 15、18 页。

② 陈季同：《中国圣女贞德》，集于陈季同著，李华川译：《吾国》，桂林：广西师范大学出版社 2006 年版，第 50 页。

反映的是家庭生活的理性要求。他提出：“我们家庭生活的理性主义（这是我们民族生存状态的缩影），只能产生一个朴素的女孩，她献身于家庭，由于外界的力量打破常规。然后，她脱去戎装，重又成为一个年轻的女儿郎，回到家庭生活的圈子中来。她像别人一样结婚，有自己的孩子，还会忘记自己作为青年战士的英雄故事。贞德，体现了法国中世纪充满热情的神秘主义。木兰，代表着中国的家庭观念和宗法制的社会结构。”① 也正是这个家庭观念和社会结构，让女英雄回家变得理所当然。

无论是花木兰、何玉凤，还是本章论述的主角新茶花，我们从中都可以看到社会论述的一种轨迹，它出于家国事业的需要，先将女子理想化、英雄化，然后又通过家庭和社会的空间，将她们驯化、收编到传统许可的过程。在这种看似惯例的做法中，凸显了儒家伦理秩序的控制力。而在现实生活中，妓女依然是承受着强烈社会歧视的卑贱者，即使像名妓赛金花这样的女性也是如此。据后人考证，有关她力挽狂澜的“英雄事迹”，在京剧、地方戏和“文明新戏”中盛极一时，但她的现实处境却十分潦倒孤独。据刘半农的《赛金花本事》记载，她在回忆她的第三任丈夫魏斯炅去世时说：“魏氏族人对我向来都是瞧不起的……我记得在江西会馆设灵祭魏先生时，有许多亲族们在挽联上骂我，世人对于我竟这样的不谅解……”② 赛金花晚年在贫困中度过，连房租也交不起。

当然，在晚清流行的女英雄论述中，“回家”并不是唯一的结局。以当时革命情绪高涨的《女子世界》杂志为例，杂志刊载了很多女军人、女英雄的传记文章。在《女子世界》1904 年第 11 期，有《为民族流血无名之女杰传》，这与“新茶花”故事相似。其中讲到一位无名的女子，不幸堕入青楼，然而在敌将李成栋入城杀掠时，她定下计谋，以

---

① 陈季同：《中国圣女贞德》，集于陈季同著，李华川译：《吾国》，桂林：广西师范大学出版社 2006 年版，第 50 页。

② 刘半农等著：《赛金花本事》，北京：中国人民大学出版社 2006 年版，第 106 页。此外，在苏智良主编：《民国的三教九流》，北京：团结出版社 2008 年版，第 230 ~ 234 页，对此也有详细记载。

自己的美色劝服李成栋，文中写道："我不入地狱，谁入地狱者，圣人之用心也。不入虎穴、焉得虎子者，豪杰之处变也。我其牺牲此身，以期得当报我民族乎。"[①] 最终，女子在关键时刻举刀自刎，以死劝服李成栋投降。色诱加死亡，这位无名女杰的故事把献身的意义演绎到了极致。无论是"回家"还是牺牲，这些结局都反映出晚清救国论述对女性社会角色的解释。文人志士鼓励女子化身英雄，摆脱传统秩序给予的位置，参与公共事务。但这样做，女子必须平等地进入这个男性为主的世界，在其中得到作为人的真实身份。但传统的性别秩序还没有受到足够的挑战，它在公共论述中就不会允诺给女子一个平等的位置。女性和男性依然是在个人生活中相遇，她们与国家事务的关系出于偶然，她的作为也只能是昙花一现。

晚清文学作品的这些形象惯例和刻板想象，尽管流行，但在个人意识和女界思想萌动的时代，也有极少数有识之士提出了诘问。1907 年，署名"保素"的作者在《中国新女界杂志》发表"咏诗"，提出了这样的问题："从军事业空今古，欧美名媛让未遑。独怪功成归里后，何须重改旧时妆？"[②]而在晚清的社会运动中，女子依然开始谱写追求自由的新篇章。前文笔者已提到秋瑾，这里还可以举出中国同盟会最早的女子成员之一何香凝，她们的努力，已然突破了传统对女性角色的僵化论述。

以上对戏情小说《新茶花》和福州评话《新茶花》进行了分析，考察了这些作品对新茶花形象所做的世俗化和日常化处理，包括为女性形象设置的结局。笔者认为，这些变化折射了传统伦理秩序对女性形象的驯化和压抑。结合《二十世纪新茶花》来看，如果说《二十世纪新茶花》在情爱与家国问题上，开放了性和身体的想象空间，那戏情小说和福州评话则代表了对此"开放"的反拨。它让我们认识到，情爱与家国的话题，在现实生活层面可能具有的复杂情态。在以男子为主导的

---

① 松陵女子潘小璜（柳亚子）：《为民族流血无名之女杰传》，集于《女子世界》，1904 年第 11 期，第 3 页。

② 保素：《咏史诗》，集于《中国新女界杂志》，1907 年第 3 期，第 132 页。

价值体系没有得到彻底改变的情况下，女性为了爱情而献身家国的同时，她也必须为了爱情而回到自己在社会秩序中的“恰当”位置。

联系学者刘剑梅在《革命与情爱：二十世纪中国小说史中的女性身体与主题重述》中的研究，我们可以发现，20 世纪 20 年代，革命与情爱话题可能涉及的个人身体经验与性别认同、自我与民族、个人情爱与革命激情等问题在“新茶花”的系列故事中均有不同程度的思考，从这个层面上说，“新茶花”系列故事，在情感观念的演变历程中，具有了朝向“现代”的动向。

第五章 “内在”的爱：《玉梨魂》对《茶花女》的模仿

《玉梨魂》是“鸳鸯蝴蝶派”小说家徐枕亚的代表作，也是《茶花女》小说在民国时期的重要仿作。小说1912年在《民权报》副刊上连载时已轰动文坛，甚至有读者爱不释手，等不及小说连载，就在报上发函向作者徐枕亚索取全稿①。1913年，小说连载结束后即出了单行本②。据记载，单行本出版不到两个月，“就二版、三版都卖完了”③，此后十余年内又再版了三十多次④。《玉梨魂》还被改编成话剧和电影，成为民国时期最受欢迎的言情作品之一。

小说讲述的是青年何梦霞和寡妇梨娘的一段恋情。主人公梦霞怀才不遇，在乡村任教，遇到梨娘，两人情愫暗生。不料梨娘不愿耽误梦霞前程，她想出僵桃代李的办法，将自己的小姑筠倩婚配给梦霞，并以病自殁。筠倩为回报梨娘，也无意求生，最终同赴黄泉。此后，梦霞以报国殉情，在武昌战役中壮烈牺牲。

---

① 徐枕亚：《答函索〈玉梨魂〉者》，原载《民权素》第2集，民权出版部1914年版，转引自袁进：《艺海探幽》，上海：东方出版社1997年版，第7～8页。

② 该小说于1912年8月3日至1913年6月25日在《民权报》副刊第11版上连载。夏志清的《〈玉梨魂〉新论》写道：“这本著作出版于1912年，是民国初期一本了不起的畅销书。”（夏志清撰，欧阳子译：《〈玉梨魂〉新论》，《联合文学》，1985年第12期，第9页）但笔者找到的最早版本是民国二年（1913）由民权出版部出版的单行本，故此本书采用的是此版本的引文。

③ 张静庐：《在出版界二十年》，转引自谢庆立：《中国近现代通俗社会言情小说史》，北京：群众出版社2002年版，第76页。

④ 关于这点，胡缨和蔡祝青的研究中都有谈及，见胡缨著，彭姗姗、龙瑜宬译：《翻译的传说：中国新女性的形成（1898—1918）》，南京：江苏人民出版社2009年版，第113页；蔡祝青：《译本外的文本：清末民初中国阅读视域下的〈巴黎茶花女遗事〉》，辅仁大学博士学位论文，2009年，第241页。

虽说《玉梨魂》是“鸳鸯蝴蝶派”早期的标志性作品，但作者徐枕亚在创作时并未刻意要树立“鸳鸯蝴蝶派”风格。相反，他自觉借鉴了小说《茶花女》。徐枕亚将其中的倒叙、日记穿插等叙事手法都用到了《玉梨魂》中，而且，在小说结尾，还将小说的虚拟作者命名为“东方仲马”。这一做法，一方面暗示了《玉梨魂》与《茶花女》的亲缘关系；另一方面，也突显了徐枕亚对“创作者”这一因素的重视。因为就在《玉梨魂》发表前一年（1911），侗生在《小说月报》对《茶花女》的改写状况曾发出过感慨，他说：“余尝谓中国能有东方亚猛，复有东方茶花，独无东方小仲马。”① 侗生之所以如此，是因为他不满钟心青改写的《新茶花》，他认为“《新茶花》既多袭《茶花女》原意，且袭其辞，毫无足取”②。笔者认为，说《新茶花》“毫无足取”，这个评价有些武断，但值得注意的是，这一质疑也反映出一个现象：在《玉梨魂》问世之前，“新茶花”类作品都有这样的特点，作者过于注重对小说人物以及言辞文句的模仿，而没有探究原作的内在风格和情感深度。当代学者陈平原回顾《茶花女》译入中国之后的改写状况，也有与侗生相近的看法。他认为，自1899年《茶花女》译过来后，“小仲马之文心”很长时间内没被中国读者理解、接受。只有到了徐枕亚发表《玉梨魂》，“学习了《茶花女》的叙事时间（如《玉梨魂》开篇的倒叙手法与结尾引录筠倩临终日记）”③，《茶花女》才算是在中国找到“私淑弟子”④。

陈平原的分析，肯定了《玉梨魂》在《茶花女》中国改写历程中的重要地位，但他对《茶花女》与《玉梨魂》之间传承关系的研究，只论及叙事形式，而未对其他方面展开讨论。除陈平原外，当代不少学者也都认为，《玉梨魂》学习了《茶花女》，但对于《玉梨魂》与《茶花女》的模仿，一般都是提及两者在叙事手法上的某些相似，而未有进

① 侗生：《小说丛话》，原载于《小说月报》1911年2卷3号，转引自陈平原、夏晓红编：《二十世纪中国小说理论资料》（第一卷），北京：北京大学出版社1989年版，第363页。

② 同上。

③ 陈平原：《中国小说叙事模式的转变》，北京：北京大学出版社2010年版，第45页。

④ 同上。

一步的比较。周蕾曾经评价林培瑞（Perry，Lin）和夏志清对《玉梨魂》及“鸳鸯蝴蝶派”小说的研究，她认为，他们都忽视了小说中的妇女问题。由此，她在分析《玉梨魂》时，就将妇女问题作为自己研究“鸳鸯蝴蝶派”小说的“另一种阅读方式的出口点”①。

在笔者看来，探寻《玉梨魂》与《茶花女》的师承关系，也可以带来不同的阅读视野。因为从《茶花女》这一源头追溯，我们可以重新思考《玉梨魂》是如何发扬《茶花女》言情书写的特色，从而形成新的感伤言情风格的。此外，还可以进一步探究，《玉梨魂》常为人所称道的“感伤”“矛盾”的情感书写对言情主体的塑造有什么新的贡献。

无论是海外学者林培瑞、夏志清，还是国内的学者袁进、姚玳玫等，他们的研究都不约而同地指出：《玉梨魂》中存在着一种极致的感伤情调，而且，人物的行为都带有一定的矛盾性，但该如何解读这个特色，他们的观点各有不同。例如，林培瑞强调徐枕亚在《玉梨魂》中追求一种“极致的感伤主义”（extreme sentimentalism）②，这应归因于作者非凡的天赋。在他看来，徐枕亚“对人类的心理有一种不一样的感受力”③，由此他能在小说里准确感知、美化以及扩充人们的情感。夏志清提出，《玉梨魂》代表了中国旧文学中“感伤—言情”（sentimental-erotic）文学传统之最终发展。而且，其中的人物存在着“把炽热的爱情化作一股自我毁灭的疯狂”④。对于这样的“疯狂”，夏志清从“哥德式小说”的角度进行解读。他认为，“徐枕亚的艺术本能，导致他把这故事写成中国的哥德式阴森小说，以烘托出过度讲究礼仪道德的社会所呈现的病态面”⑤。袁进也看到，在《玉梨魂》中充满了矛盾，“真诚热烈的情爱与呆板讲话的说教组成不同的声部，很不协

---

① 周蕾：《妇女与中国现代性：东西方之间阅读记》，台北：麦田出版有限公司 1995 年版，第 102 页。

② Perry，Lin. *Mandarin Ducks and Butterflies*：*Popular Fiction in Early Twentieth-century Chinese Cities.* Berkeley：University of California Press，1981. p. 51.

③ 同上。

④ 夏志清撰，欧阳子译：《〈玉梨魂〉新论》，《联合文学》，1985 年第 12 期，第 21 页。

⑤ 同上。

调地混合在一起，构成了作品的病态情调”[①]。他认为这来源于“作者的病态”[②]。姚玳玫将《玉梨魂》的特别定义为“极致化的言情追求”；在她看来，这种追求背后，是“某种矫枉过正的非理性的言说冲动”[③]。

上述研究各有精彩，但在笔者看来，有关《玉梨魂》的感伤言情和人物的复杂性，还可以从新的角度进行补充，那就是探讨《玉梨魂》对《茶花女》的师承与改写。在《茶花女》原作中，其感伤色彩和矛盾情态，正是最引人注目之处。那么《玉梨魂》如何汲取了《茶花女》的叙事资源，同时做出适应中国文化的改写？这是值得深究的。一方面，我们从这里可以认识到《茶花女》在中国文化语境下又一种不同的改写实践，同时亦可考察这部民初的“茶花女”改写作品在中国现代的言情写作和情感启蒙历程中发挥了什么作用。

胡缨和蔡祝青是当前少有能将《玉梨魂》放在《茶花女》中国改写本脉络中进行研究的学者。胡缨提出，“在对‘茶花女’这一文化传奇的延续和转化中，徐枕亚的《玉梨魂》在象征的领域记录了近代中国文学与西方存在二者之间日益增长的那种曲折关系”[④]。她认为，徐枕亚的改写版本中，最引人注目的，其实是西方的奇怪的存在[⑤]。而蔡祝青则认为，“徐枕亚自冕为‘东方仲马’，除了有意联系起法国作家小仲马之创作《巴黎茶花女遗事》，此‘东方化’的文化历程便是借由嗜读《红楼梦》的文化底蕴与姿态，创生转化出属于自己的忏情血泪史”[⑥]。她们两位，前者在《玉梨魂》中看到了西方魅影，后者则看到了徐枕亚如何将中国《红楼梦》式的言情传统转化为“忏情”的心理进程，两人的观点都富有启发性。而笔者认为，《玉梨魂》对《茶花女》的学习，还呈现出一个特别重要的新特点，即从“内在”层面表

① 袁进：《中国近代文学变革》，桂林：广西师范大学出版社2006年版，第334页。

② 同上。

③ 姚玳玫：《想像女性：海派小说（1892—1949）的叙事》，北京：中国社会科学出版社2004年版，第110页。

④ 胡缨著，彭姗姗、龙瑜宬译：《翻译的传说：中国新女性的形成（1898—1918）》，南京：江苏人民出版社2009年版，第113页。

⑤ 同上，第116页。

⑥ 蔡祝青：《译本外的文本：清末民初中国阅读视域下的〈巴黎茶花女遗事〉》，辅仁大学博士学位论文，2009年，第213页。

现人物的情感矛盾。这种转折，正是《玉梨魂》为中国言情小说进入现代所提供的一个转身。

一、矛盾内在化

从情节设置来看，《玉梨魂》似乎脱离了《茶花女》模式。它讲述的是寡妇恋爱故事，这显然不同于《茶花女》中的“妓院爱情”。而且，它也没像“新茶花”类作品那样，刻意在小说和人物名称中套上“茶花”二字。就此而言，它和《茶花女》原作似乎无法类比。然而值得我们关注的是，《玉梨魂》中的爱情故事有着与《茶花女》相似的悲剧性；这种悲剧特质是体现在徐枕亚对人物情感内在冲突的把握上。也就是说，他化用了“茶花女式爱情”的内在精神，聚焦于人物内心，努力发掘此爱情之不可能所造成的内心波澜。

《茶花女》作为一部通俗流行作品，其人物和情节可以归结为以下三步：①男女主角一见钟情；②外力干涉，爱情受阻；③女主角选择自我牺牲、为爱弃爱，并实现道德与情感的救赎。《玉梨魂》对《茶花女》的模仿首先在于化用了上述三步来设置人物与情节，以此突出情感的矛盾。具体来说，我们可以看到以下几个特点：

第一，与《茶花女》相比，《玉梨魂》消除了爱情故事的外在矛盾及压力来源，目的是聚焦于人物内心的感情障碍。这一做法特别体现在对家长形象的刻画上。

在《茶花女》中，家长权威代表着道德律令；而在《玉梨魂》中，这一形象被置换为开明的父母，这使得一贯阻挠男女主角爱情发展的家庭力量消弭于无形。

无论是小仲马的《茶花女》还是“新茶花”类改写作品，“家长”基本都成为男女主角爱情发展的首要阻力。他们一般都以“权威的角色”出现，严厉苛刻，固守成规。可《玉梨魂》中的家长却被塑造为温和、开明的父母。

先看梨娘的公公、筠倩的父亲——崔翁。崔翁是梦霞母亲的远方亲戚，他为人温和可亲，不但收留梦霞在他家居住，还将自己的孙子托付给梦霞教导。虽然他是一家之主，儿子也英年早逝，但是他从不亏待自己的儿媳，并将家庭交由儿媳全权打理。此外，他还送女儿就读鹅湖女学，让她接受新式教育。崔翁的开明不仅表现在上述日常事务上，他对女儿的婚姻选择也十分尊重。

小说第二十一章写道，石痴根据梦霞和梨娘的安排，到崔家为梦霞和筠倩提亲。崔翁听闻是梦霞所托，十分欢喜，可高兴之余，仍不忘征求女儿的意见。他回应石痴的提亲说：“梦霞耶？……得婿如此，光我门楣矣。既吾侄盛意作合，老夫安有异言。但小女殊骄蹇，好门户辄拗却，方命者数矣。渠自入学以来，醉心于结婚自由之说，老夫亦不欲以一人之主张，误彼终事之大局。幸机缘甚巧，彼适于前日假归，容往商之，明日当有决议也。”①

从上面引言可见，崔翁十分希望梦霞能做他的女婿，但他还是尊重女儿自由结婚的意志，在做决定前，先和女儿商议。这样开明的家长，断然不会成为阻挠儿女婚姻爱情的破坏性角色。

不仅崔翁如此，《玉梨魂》中的另一位家长——梦霞的母亲，也充分给予子女婚姻自主权。梦霞的婚事非但不用事先和母亲商量，甚至可以自作主张，先行叫朋友石痴提亲成功之后，才写信告诉母亲。而且崔翁提出希望他入赘崔家，他也揣测母亲定会同意。

徐枕亚将小说中的“父母”塑造得如此开明，原因何在？首先可以肯定，塑造这样的角色绝不是当时的通行做法。在其他的同时期言情小说中，父母作为家长制度的代理人，他们基本都是男女自由恋爱的首要阻力。就以《孽冤镜》和《霣玉怨》为例，这两部作品与《玉梨魂》同被称为“鸳鸯蝴蝶派”早期最有代表性的言情小说，其中的男女恋人无一例外都是被父母强行拆散，作品也都以批判封建家长制为主旨。

其次我们可以发现，“开明的父母”也并非来源于徐枕亚的现实生活。虽说《玉梨魂》与徐枕亚的亲身经历有密切关系，但在现实生活中，徐枕亚的母亲与他笔下梦霞的母亲可谓有天渊之别。徐枕亚的母亲骄横孤戾，顽固不化，不单干预儿女的婚事，就连已经娶回来的媳妇，

① 徐枕亚：《玉梨魂》，上海：民权出版部民国二年（1913）版，第117页。

她也万般为难，并强制要求徐枕亚休掉儿媳，以致徐枕亚不得不遵从母亲要求，假意休掉妻子，然后另觅住处安置①。

由此可以推断，徐枕亚在小说中对父母角色的塑造，应是一种理想化的处理。其目的，笔者认为是为了消除父母等外在因素对恋人爱情的影响，从而使小说能更多地集中在人物内心矛盾。

第二，《玉梨魂》对人物的社会活动着墨甚为简略，两位主人公都生活在相对隔绝的家庭空间，这也有利于对其内心生活进行聚焦式的描写，即排除了外部因素如社会环境和经济压力等对爱情的影响。

《玉梨魂》中爱情故事的发展程式基本与《茶花女》相同，也都是男女主角追求真爱，爱情受阻，女主角自我牺牲等套路，但是对比之下，会发现两部小说对人物生活描写呈现出不同的特点。

在《茶花女》中，小说人物的生活十分丰富多彩，小仲马描写了男女主角在歌剧院、公园、舞会等公共空间中的社交及娱乐，这些活动不仅反映了当时社会的历史文化风貌，也为男女主角爱情故事的发展做了铺垫。而且，外部生活还让新的情节和人物对主人公的爱情造成干扰，从而使故事情节跌宕起伏。

但《玉梨魂》中，徐枕亚很少描写人物在感情之外的其他交往，他们几乎没有出现在其他公共活动中，也少有社会交往。他们的生活空间局限于家庭，显得封闭和隔绝。

举例来说，男主角梦霞的生活内容主要有两件事情，一是教书，二是恋爱。而教书只是故事中作为点缀的情节，作者几乎没有去描绘他教书的具体情境，而只是利用这一点，为他们的爱情穿针引线。因为梦霞要到蓉湖小学教书，所以他能够有机会遇见梨娘；也因为他答应指导梨娘的儿子鹏郎读书，所以，他才可能利用鹏郎传递书信，实现他和梨娘的恋爱交往。

不独梦霞，梨娘更是如此。作者将她的身份设置为一名寡妇，与小

---

① 上述情况，很多材料都有描述。如黄天石（杰克）的《状元女婿徐枕亚》（《万象》（香港），1975 年第 1 期）、袁进的《〈玉梨魂〉作者徐枕亚三次爱情悲剧》（《上海滩》，1992 年第 8 期）、郑逸梅的《徐枕亚与〈玉梨魂〉》（集于《郑逸梅笔下的文化名人》）、郑逸梅的《状元女婿徐枕亚》（集于《郑逸梅美文类编》）等文章都有谈及。

仲马笔下玛格丽特的妓女身份不同，寡妇的生活空间十分狭小。按小说描写，梨娘足不出户，全部的生活内容都在于侍奉家翁、照料儿子。而且小说还写道，她与筠倩都不屑于与其他的庸俗女子交往，以致她所接触的人群及生活范围完全局限在崔氏庭院这个孤立、隔绝的空间中。

徐枕亚的这番设置，明显让梦霞和梨娘的爱情在一定程度上实现“真空化”，除了文中提及的李某曾经窥探过他们的爱情秘密外，他们的恋爱像被密封似的，无须面对任何外来的经济或社会的有形压力，这也使这份寡妇恋情得以在一个相对隔绝的空间中酝酿、爆发直至灭亡。

第三，《玉梨魂》强化了《茶花女》中“三角恋”的人物关系，让人物情感经历新的挑战，从而为人物主观抒情和自我表现创造机会。

按陈平原所说：“在中国，小说中三角恋爱模式的建立，基本上是进入二十世纪以后的事情。在此之前，一夫多妻以及父母主婚的社会现实，根本不需要也不可能构建三角恋爱模式。”① 三角恋爱模式，预示着恋爱的个体具有选择情人的权利，这是一种现代的情感关系。

《玉梨魂》是如何在《茶花女》人物角色上进行改造，在恋人间形成三角恋关系的？具体说，它将《茶花女》中那位没有出场的阿尔芒之妹具象化了，使之现身为梨娘的小姑筠倩。胡缨在解读这个角色时，也曾指出这一点：“比起玛格丽特，她的爱情的性质据说是更好的——也就是说，更能为礼仪规范所接受的。正是为了其爱情与婚姻的成功，玛格丽特被要求牺牲她自己的这一切。在《玉梨魂》中，小姑筠倩同样被描绘为一个年轻、纯洁的女子，一个比梨娘更符合条件的未来的妻子。”② 笔者认为从表面上看，这个人物谱系的关联是可以成立的。但是，如果进一步分析筠倩所代表的情感内涵，却可以追溯到《茶花女》中的另一女性人物，即阿尔芒刻意寻找的新女伴——妓女“奥利普”。因为筠倩虽然以梨娘的家庭成员身份出现，但她的角色功能，却与“奥利普”一样，发挥着影响梦霞和梨娘爱情关系的“第三者”的作用。

---

① 陈平原：《二十世纪中国小说史》（第一卷），北京：北京大学出版社1989年版，第263页。

② 胡缨著，彭姗姗、龙瑜宬译：《翻译的传说：中国新女性的形成（1898—1918）》，南京：江苏人民出版社2009年版，第114页。

我们可以看到，梨娘将筠倩许配给梦霞，这使得三人间原本简单的姑嫂及远亲关系，转变为“一男二女三角恋”。在这个三角恋中，梨娘爱梦霞，梦霞爱梨娘；可梨娘的爱在这里通过一个替身来寄托，这个替身本人却无意于帮助梨娘圆梦。至此，三个人开始卷入了爱情的纠葛，人物关系渐趋复杂，其间的矛盾也更加尖锐了。

在小说里，由于筠倩不爱梦霞，却强获婚配；她因此心灰意冷，辍学在家，任凭青春荒废。她对梨娘虽无怨恨，但心存不解，便与梨娘渐渐生疏。一日，她在花园独自弹唱，在歌声中表达了自己对这段感情的无奈，恰好被梦霞听到，梦霞因明白筠倩对自己毫无爱意，便开始埋怨梨娘撮合之举。梨娘本已因筠倩的悒悒不欢而自责，此时又受到梦霞的埋怨，心中更是愁肠迭起。于是她焚稿断发，誓意以死明志。梨娘死后，梦霞万念俱灰，离家求学。筠倩却以梦霞之妻的身份守候梦霞，临死前还写下日记，倾诉自己的愁苦和思念。梦霞因梨娘和筠倩的逝去，深感负疚，最终以死谢妻、以身殉国。

由此可见这“三角恋爱”的设置，激发了人物内心复杂的情感，使爱情故事的悲剧性更加浓郁。

第四，也是最重要的一点，女主人公的自我矛盾推动着《玉梨魂》的情节发展，这和《茶花女》在精神上一脉相承。

《玉梨魂》这部小说，用夏志清的话来说，既没有反面人物，也没有与情人作对的权威角色，“因此，在这本描述年轻寡妇拒绝再婚的哀情小说中，并没有恶棍或权威角色阻挡她寻求第二次的幸福。她抱着忠于亡夫的决心，与她作对的只是她自己而已”①。梨娘怎样与自己作对，这样的“作对”反映出人物自我内在的矛盾是什么？

梨娘与自己作对，最明显的表现在于，她不单一手挑起爱情，更一手毁灭爱情。在梨娘与梦霞的交往过程中，是梨娘，而不是梦霞承担着主动者的角色。梦霞到崔翁家任教，因对梨娘之子十分照顾，梨娘竟“不觉以爱其子之故，遂有敬慕梦霞之心”②。与传统的言情小说迥异的

---

① 夏志清撰，欧阳子译：《〈玉梨魂〉新论》，《联合文学》，1985 年第 12 期，第 20 页。
② 徐枕亚：《玉梨魂》，上海：民权出版部民国二年（1913）版，第 14 页。

是，作为女主角的梨娘在表白爱情方面扮演了主动的角色。她趁梦霞不在，偷入其房间，取走梦霞的《石头记影事诗》，并留下荼蘼，引得梦霞开始写信倾诉衷情。此后，她又将自己的相片赠送给梦霞……这些行为处处显示出她对爱的大胆追求。但是当他们的爱情开始升至沸点时，梨娘又以一系列矛盾的行径来拒绝爱情。

在小说中，徐枕亚深入地描写了女主角的矛盾心态。这种矛盾首先是对女性传统身份的自我意识。梨娘发现梦霞对她爱意渐浓时，她感到自己是寡妇，“不能负君，亦不敢误君”①，由此果断地要终止这段爱情。其次，她希望梦霞爱她，却要为梦霞另觅爱人。小说中写道，梦霞起誓要与她生死与共时，她“感之深，怨之亦深”②，由此设计出一个僵桃代李的办法来解决爱情的困境。

徐枕亚通过上述描写，揭示了女主角的自我分裂，并呈现了这种分裂的情感逻辑。梨娘追逐爱，遵循的是来自“情感自我”的本性需求。她拒绝爱，却是受到伦理责任的制约，基于对“道德自我”的意识。徐枕亚通过梨娘给梦霞的信来展示了梨娘自我的纠葛。她最终选择了恪守道德，从下面这段话可以看出：“君纵不自惜，独不为父母惜身，为国家惜才乎……梨影以君为师，君以梨影为友。我善抚孤，以尽未亡人之天职，君速娶妇，以全为子者之孝道。”③ 徐枕亚由此而表现了女主人公在自然本性和道德责任的冲突间，想爱又不能爱，不能爱却又放不下爱的情形。

在某种程度上说，徐枕亚笔下的梨娘，其内心的分裂更甚于《茶花女》中的玛格丽特。因为她的行为落差更大，对自我的压抑更深。在中国文学史上，我们甚少能看到对爱情如此主动的寡妇，无论是偷取诗稿，还是赠送相片，甚至是最终设计僵桃代李的计谋，她都占据着主动者的角色，反倒是男主角梦霞显得懦弱和被动。《玉梨魂》中对男女主角的性别气质的设置与《茶花女》恰好相反，梨娘占据着与“阿尔芒”一样的主动位置，成为爱情中强势的一方，她不单强势地追求爱，而且

① 徐枕亚：《玉梨魂》，上海：民权出版部民国二年（1913）版，第58页。
② 同上，第57页。
③ 同上，第82页。

还强势地自毁爱情。她不顾筠倩和梦霞的意愿，决然包揽他们的婚事，一方面葬送了自己的爱情，同时也毁掉了筠倩的自由。这样悖逆的行为，折射出她内心的矛盾。徐枕亚让我们看到，女主人公内化了两套不同的价值体系，一套是规范“寡妇”身份的禁欲式的道德；另一套则是她所推崇的“多情儿女”的价值准绳。前者让她对“爱”十分排斥和恐惧，如她给梦霞的信，屡屡将“爱”比作是“魔障”“孽根”，同时要求自己“心如古井，不起波浪”①。但后者却令她大胆地追求和体验爱情。小说中写道，梨娘自命为“薄命女儿”，并常以林黛玉自比。在给梦霞的信中，她多次表达了对林黛玉等“多情儿女”的认同和效仿之心。她说：“夫以多才多情如林颦卿，得一古今独一无二之情种贾宝玉，深怜痛惜，难解难分……使梨娘而不抱达观，亦效颦卿之怨苦自戕，感目前之孤零，念来日之艰难，回文可织，夜台绝寄书之邮；流泪不干，恨海翻落花之浪。”② 遇到梦霞后，她又将梦霞比作宝玉，说自己“侧闻阆苑仙才，颇切倾葵之愿。私心窃慕，已非一朝”③。与《茶花女》相比，玛格丽特的内在矛盾，还可通过纵欲式的生活得到宣泄；但是对于寡妇梨娘，隔绝的环境与禁欲的行为规范，让她找不到任何可宣泄的途径。由此，梨娘内心痛苦的强度和深度，比玛格丽特有过之而无不及。

值得注意的是，《玉梨魂》中，不独梨娘，在作者的笔下，其他两位男女主角的内心，也常处于“分裂”状态。他们的“自我”，同样经受着新与旧、西方与传统两套价值体系的折磨。如男主角梦霞，他接受的是新式教育，信奉自由恋爱。由此他不拘成规，大胆地爱上寡妇。但是在作者的笔下，他又不屑与所谓“新学界人物”来往，因此显得保守懦弱。徐枕亚把他表现为一个处于被动状态的弱者，其个性和意志都比梨娘更为脆弱。他不敢冲破压力追求幸福，在梨娘提出僵桃代李的计划时，他竟软弱地服从并托人向筠倩提亲。筠倩更是一个矛盾的人物，她接受新式教育，心中充满了婚姻自由、解救女性的新式思想。她曾大

---

① 徐枕亚：《玉梨魂》，上海：民权出版部民国二年（1913）版，第25页。

② 同上，第24页。

③ 同上。

力抨击旧式婚姻，认为“婚姻自由，为人生第一吃紧事”①，但是面对梨娘强行撮合的婚事，她却因梨娘一句“姑念垂老之父，更一念已死之兄，当不惜牺牲一己之自由，而顾全此将危之大局矣”②，为了家庭的未来而默然应允，自毁青春。

这些人物的矛盾状态，在现代人看来，固然有难解及不可思议之处；但是就小说《玉梨魂》来说，作家正是通过人物自我的分裂，赋予了爱情悲剧一种独特的美感。按王国维在《红楼梦评论》中对悲剧的分类，“由叔本华之说，悲剧之中又有三种之别：第一种之悲剧，由极恶之人，极其所有之能力以交构之者。第二种，由于盲目的运命者。第三种之悲剧，由于剧中之人物之位置及关系而不得不然者；……此种悲剧，其感人贤于前二者远甚。何则？彼示人生最大之不幸，非例外之事，而人生之所固有故也。……此可谓天下之至惨也”③。《玉梨魂》所营造的悲剧，正是这里的第三种。它是由于人物的内在价值观念的分裂而形成的“不得不然”的悲剧，是根植于个体的内心冲突；其中蕴含了那个时代各种观念的抵牾和对抗。由此而带来的矛盾，甚至比《红楼梦》中的感情悲剧更强烈和不可调和。从这个层面上说，它确如夏志清对其重要性的评价，《玉梨魂》代表了“中国‘感伤—言情’传统的最终发展”④。下面将进一步阐释，这里的“终结”，在何处达到极致。

二、知己之恋

在某种程度上，《玉梨魂》映射了中国人的情感观念开始暂露“现代”特征。这里所说的“现代”特征，我指的是对个体的确认，而情感的强烈状态尤其是爱情的状态，正是个人体验到自我之独特性的重要经验。在《玉梨魂》中，作者笔下的人物像“茶花女”一样，推崇一

① 徐枕亚:《玉梨魂》，上海：民权出版部版民国二年（1913）版，第71页。

② 同上，第133页。

③ 王国维:《〈红楼梦〉评论》，集于《王国维文学论著三种》，北京：商务印书馆2009年版，第14页。

④ 夏志清撰，欧阳子译:《〈玉梨魂〉新论》，《联合文学》，1985年第12期，第10页。

种极致的真爱，他们不但将爱视为“至高无上”的情感，并且以“赴死之心”谈情。男主角何梦霞和女主角梨娘在情愫初生之后，梨娘深感不安，去信要求终结此情。何梦霞则以生死相许，提出：“似此知音，何可再得，亦何惜此沦落之余生，不为琅琊之情死耶?”① 在梨娘为情忧郁患病之际，何梦霞下定心意：“梨娘病，我与之俱病，梨娘死，我亦与之俱死。死生事小，惟此呕心沥血之誓言，当保存于天长地久，而不可销灭。”② 梨娘同样为了成就梦霞和小姑筠倩的爱情，在梦霞提亲之后，遂存“一决死之心。坐亦思死，卧亦思死”③，不肯服药，最终忧郁而死。

当然，这种生死相许的爱情在中国传统言情小说里不乏其例。《玉梨魂》也并非单单是从《茶花女》中学到对真爱的推崇。《红楼梦》《花月痕》等清代言情小说中的痴情男女，也都是“唯情至上”。但是《玉梨魂》的特别之处在于，它所言之情，既带有中国传统情感观念的色彩，又包含了一种平等、自主的“浪漫爱情”的信息。也就是说，《玉梨魂》师承《茶花女》，但因为时代以及中国言情小说的传统不一样，它在言情的内涵上又有着和《茶花女》不同的出发点。

首先，与《茶花女》相比，《玉梨魂》中真爱的驱动力并非是“欲”而是“才”，恋人间的爱情是一种知己式的精神恋爱。

正如纳撒尼尔·布兰登对浪漫爱情的定义所言：“对性与心理结合的欲望是浪漫爱情的一个定义特征。”④ 在《茶花女》所演绎的“浪漫爱情”中，异性容貌的魅力是引发激情的首要因素，而且，这种魅力与情感是相辅相成的。让我们看看在小说里两位主角的相遇，阿尔芒在交易所广场絮斯商店第一次见到玛格丽特时，就被她的容貌所吸引。后来到瓦丽爱丹歌剧院看戏，偶遇玛格丽特，他瞬时变得激动：“两年以来，每当我遇到这个姑娘的时候，就会产生一种说不出来的感觉。我会莫名

① 徐枕亚：《玉梨魂》，上海：民权出版部民国二年（1913）版，第53页。

② 同上，第64页。

③ 同上，第137页。

④ ［美］纳撒尼尔·布兰登著，林本椿、林尧译：《浪漫爱情的心理：反浪漫时代的浪漫爱情》，北京：商务印书馆2009年版，第90页。

其妙地脸色泛白，心头狂跳。我有一个朋友是研究秘术的，他把我的这种感觉成为‘流体的亲力’。”①《茶花女》演绎的西方情爱把欲望的满足作为一个完美的结局。阿尔芒和玛格丽特第二次见面，就在玛格丽特家过夜，他们的每一次交往都是以肉体的亲密接触作为激烈爱情的表达和宣泄。

但《玉梨魂》并不将“情”与“欲”挂钩，而是将“情”与“才”关联，徐枕亚建构了以“怜才”为基础的精神恋爱。小说中的男女主角梦霞和梨娘的相爱建立在对彼此才华的倾慕上。他们同在一家居住，起初虽未谋面，却因欣赏对方的“才华”而渐生爱意。男主角何梦霞，“前生夙慧，早种情根；少小多愁，便非幸福。才美者情必深，情多者愁亦苦……梦霞固才人也，情人也，亦愁人也”②。女主角白梨影亦是才思敏捷，感情丰富：“其抚孤足与画荻之欧阳媲美，其敏慧又足与咏絮之道韫抗衡。惜乎女子多才，每遭天忌，红颜一例，今古同悲。”③作者描绘他们之间的感情共鸣，都是基于才情和美德，梨影因为梦霞善教其子，认为他“才华必浓郁……两人暗中一线之爱情已怦怦欲动矣”④。梦霞虽然知道有梨娘一人，但素未谋面，只是从婢媪口中了解到她日常的优雅生活和多才之举，便“倾慕梨娘之心甚殷，爱怜梨娘之心更挚，因慕而生恋，因恋而成痴”⑤。小说中的叙述者对他们两人的爱情，更是将之与欲望区别开来，后者仿佛是较为低级的一种，是需要在爱情的境界里剔除的：“俩人之相感，出于之情，而非根于肉欲。梦霞致书梨娘，非挑之也，怜其才而悲其命，复自怜而自悲。同是天涯，一般沦落，自由不能已于言者。”⑥

将情与“才”关联，并不是徐枕亚的独创，这种做法在中国的言情小说里有着悠久的传统。而且，在清代才子佳人小说里，“才”也是男女主角爱情的核心。清代才子佳人小说《平山冷燕》作者天花藏主

① ［法］小仲马著，王振孙译：《茶花女》，北京：外国文学出版社1980年版，第54页。

② 徐枕亚：《玉梨魂》，上海：民权出版部民国二年（1913）版，第9页。

③ 同上，第14页。

④ 同上，第13页。

⑤ 同上，第15页。

⑥ 同上，第25～26页。

人对“才”有过详细的论述。他将“才”定义为“笃志诗书，精心翰墨”①。在他看来，才子佳人之名副其实，最主要是要有渊博的文化教养以及表现这种教养的艺术才能。爱情与婚姻关系需要以“才”为基础。“才”决定“情”，没有“才”，就没有美好的爱情和婚姻关系②。

不仅如此，对“才”的描写，在才子佳人小说中还有两方面的意义。首先，美化男女主角，为他们赋予文雅的气质风度。其次，它还有一个重要的功能指向，就是为“才子获取功名，赢得爱情完满结局”做出铺垫。按照张俊在《清代小说简史》中的介绍，中国传统才子佳人小说的故事内容无外乎是：“私定终身后花园、多情公子中状元，奉旨完婚大团圆。”③ 由此，“才”不仅是爱情的基础，更是确保才子“高中功名”，这才是爱情最终能够得到大团圆的结局。

但《玉梨魂》中，对“才”的强调，其作用并不是要使男主角“高中功名”，也不以大团圆作为结局，而是通过“才情”建构出男女主角之间知己式的精神恋爱。梦霞和梨娘，因怜“才”而生爱慕，同时也因为有共同的“才趣”，使两人间的交往发展成为一种知己式的爱。这种爱情似乎无须凭借身体的吸引力，而是寄托于“才情”的体认、沟通、交流。因此，经典作品成为他们精神沟通的媒介。梦霞和梨娘恋爱的“媒人”竟是梦霞所做的《石头记影事诗》，而他们对《红楼梦》都十分痴迷：梦霞学黛玉葬花，梨娘则被花冢所感，半夜悲泣。徐枕亚更将《茶花女》中的细节移花接木，他描写梨娘偷偷取了梦霞的《石头记影事诗》，留下荼蘼一朵；梦霞则回以长信表达两人的相知之情：

嗟嗟，哭花心事，两人一样痴情。恨石因缘，再世重圆好梦。仆本恨人，又逢恨事，卿真怨女，应动怨思。前宵寂寂空庭，曾见梨容带泪，今日凄清孤馆，何来莲步生香。卷中长梦留痕，卿竟携愁而去；地

① 天藏花主人：《平山冷燕序》，转引自周建渝：《才子佳人小说研究》，台北：文史哲出版社 1998 年版，第 205 页。

② 周建渝：《才子佳人小说研究》，台北：文史哲出版社 1998 年版，第 207 ~ 208 页。

③ 张俊、沈治钧：《清代小说简史》，太原：山西人民出版社 2005 年版，第 98 页。

上遗花剩馥，我真睹物相思。个中消息，一线牵连，就里机关，十分参透。此后临风雪涕，闲愁共戴一天；当前对月怀人，照恨不分两地。心香一寸，甘心低拜婵娟；墨泪三升，还泪好偿冤孽。莫道老妪聪明，解人易索；须念美人迟暮，知己难逢。仆也不才，窃动怜才之念，卿乎无命；定多悲命之诗。①

此后，两人的爱情交往，都是通过诗歌、书信，再无超出此界限的任何肉体接触。直至两人爱情终结，他们也才只见过两面。

值得重视的是，《玉梨魂》所建构的知己之爱，虽不同于《茶花女》的“浪漫爱情”，但它更注重表现恋人间的情感体认，从而强化了恋爱主体的自主、平等意识。

《茶花女》所塑造的爱情，虽然可称为一种具有现代形态的“浪漫爱情”，却不难看出，小说中的男主角对女主角的爱恋仍带有强烈的征服意识。周蕾一针见血地指出：“在小仲马的《茶花女》里，激情是用来引出某种结构性和意识形态性的矛盾的。明显地，亚尔芒对玛格丽特的兴趣，从一开首便是以一种支配性和占领性的语言来表达的。因此，引发他兴趣的并不是玛格丽特的单纯（当然她这方面的气质后来让他感到惊讶，并因此而‘转向’崇拜她），而是要征服她是如何的棘手……这种犹如在战场上征服敌人的爱情观，导致亚尔芒要用如对她进行宗教惩罚的形式来寻求一位高级妓女的爱。”②

相反，《玉梨魂》塑造的恋情，虽然带有中国传统言情色彩，如以“才”为情感生发的促因、构建“精神恋爱”等。但是作者在描写这份恋情时，却十分注重表现恋人间的情感体认，他着重表现的是两位恋人志趣相投、倾心共鸣、自由交往的情态。

我们可以看到，处在恋爱关系中的梦霞和梨娘，他们所认同的不仅是“情人”，更是“知己”。“知己”关系建立在平等的基础上，这让他们可以超离现实生活中男尊女卑的等级秩序，获得一种新的身份。

---

① 徐枕亚：《玉梨魂》，上海：民权出版部民国二年（1913）版，第9页。

② 周蕾：《妇女与中国现代性：东西方之间阅读记》，台北：麦田出版有限公司1995年版，第136页。

在中国文学历史上，“知己”一词最早用来指涉志同道合的男子。《吕氏春秋·本味篇》中记载了伯牙、子期的故事，它用高山流水遇知音的典故阐释了“知己”的含义。“知己”后来也被用来指涉异性间的相知，所谓“红颜知己”，强调的是男女之间以友作为精神伴侣的角色。徐枕亚在小说中用了相当的篇幅来描绘知己与知己之爱，小说写道：

古人云：得一知己，可以无恨。斯言盖深慨夫知己之难得也。所谓知己者，心与心相知，我以彼为知己，彼亦以我为知己。两相知故两相感，既两相感矣，则穷达不变其志，生死不易其心。一语相要，终身不改，此知己之所以得之难。……茫茫人海，知我其谁。不得已求之于粉黛中，则有痴心女子，慧眼佳人，红粉怜才，青娥解意。一夕话飘零之恨，泪满青衫；三生留断碎之缘，魂招碧血。……此侯朝宗所以钟情于李香君，韦痴珠宝所以倾心于刘秋痕也。梦霞之于梨娘，亦犹是焉耳。所异者，彼则遨游胜地，此则流落穷乡。彼则曲院娇娃，此则孀闺怨妇。其情其境，倍觉泥人。一样凄凉，双方怜惜，则梦霞之于梨娘，其钟情，其倾心，较之侯李韦刘有不更增十倍者哉！①

从上面的论述可以看到，在作者眼中，“知己之爱”的核心在于“相知”“相感”，由此他在建构梦霞和梨娘的恋情时，也十分注重展现这种“相感”的状态。在他的笔下，梨娘和梦霞的情感交流，除了隐晦地表达爱意之外，更多的是一种同病相怜、相知相识的情感体认。这种情感体认在小说叙述者不时提及的《桃花扇》和《花月痕》等作品中，虽然也有，但是不如《玉梨魂》那样细腻和真切。梦霞和梨娘的情感体认有两个特点：一是他们对外物的情态有共鸣，一是对人的生活经历和境遇有一致的情感反应。

就前者而言，在《玉梨魂》中，徐枕亚描写了梦霞和梨娘性格上的相似，他们都一样的多愁善感，伤春悲秋。这种情感体认亦可以追溯

① 徐枕亚：《玉梨魂》，上海：民权出版部民国二年（1913）版，第17页。

到《红楼梦》那里。共同的艺术熏陶，使他们对大自然的变化有着相似的情感反应。

例如，梦霞客居他乡，遇落花凋零，他便学林黛玉葬花。在小说叙述者看来，这是一种“痴人”之举，可是就是这“痴人”的做法，得到了梨娘的回应。她半夜到花冢前凭吊，小说写道：“两人同此痴情，对月盟心，一见变成知己。”① 虽然两人没有直接见面，但是梦霞对落花所寄托的感情，曲折地在梨娘心中形成了共鸣。作者描写了这种婉转的情感交流，呈现了心灵之间而非身体的奇妙邂逅。

其次，按照小说所写，他们的知己之爱，还体现在他们彼此的同情共感上。小说写道，梦霞富有才华，却因际遇所限无所发挥。梦霞的朋友石痴可以东渡日本留学，梦霞以不能同行而颇为伤感。这种情绪无人感知，唯独梨娘能准确获知，并及时给予安慰。她写信致梦霞，“劝其弃此生涯，力图进取”②。梦霞接信之后，感极而泣。叙述者评述道：“盖经石痴东渡之波折，遂引起两情之动机，有此一番交感，乃真成为生死知己。”③

纳撒尼尔·布兰登在分析“浪漫爱情”的心理时提到，“浪漫爱情”的根源，在于其“心理可见性”，所谓“心理可见性”指的是，“人类渴望并需要自我意识的经验，这来自把自我作为一个客观存在的人来体验，并且他们通过和其他人的意识互动获得这种体验”④。布兰登继而提出，“浪漫爱情”是一种在可见性的深度和广度方面独特的关系，“在任何别的关系中，都不会如此涉及自我。在任何别的关系中，都没有这么多该表达的自我”⑤。

用布兰登的理论去观照《玉梨魂》男女主角的知己爱情，他们从恋爱中得到的，也正是这种“心理可见性”，即互相能从对方的行为中得到与自我一致的价值和情感的共鸣，通过与他人情感的交流，他们不

---

① 徐枕亚：《玉梨魂》，上海：民权出版部民国二年（1913）版，第14页。

② 同上，第34页。

③ 同上，第35~36页。

④ ［美］纳撒尼尔·布兰登著，林本椿、林尧译：《浪漫爱情的心理：反浪漫时代的浪漫爱情》，北京：商务印书馆2009年版，第82页。

⑤ 同上，第90页。

仅体认了对方的知觉情感，更重要的是，从一个侧面，用这种爱情来体认了自我。

联系中国文化传统对身体和情感的看法，我们可以找到徐枕亚这种写法的理性逻辑。在中国的传统情感文化中，一直强调以理制欲，强调“发乎情、止乎礼”，徐枕亚在将梦霞和梨娘的爱情故事塑造为一种精神恋爱时，其实在某种程度上，也受到了中国传统情感文化的影响，推崇“精神至上”的恋爱。但“精神至上”必然带来其他的问题，即对个人意志和身体的漠视，把身体当作“精神”的祭品。而且，在《玉梨魂》中，所谓的“精神”不只是情人之间的相知，还包含了他们共同信守的礼法制度的规范要求，特别是梨娘作为寡妇所必须遵从的道德伦理。这部作品以梨娘病殁、梦霞殉国来终结两人的感情，造成了极致的“感伤”效果，也形成了新的寓意：一方面表达了爱的不可能，另一方面也表达了在现有的礼法体制内“爱的情感”必须寻求新的出路。在这个意义上，《玉梨魂》也可以说是一座小说的桥梁，从一边可以看到言情小说的传统的终结，从另一边已经可以眺望浪漫小说新的彼岸。

三、“内聚焦式”抒情

在对感情描写由外在冲突向内转的过程中，徐枕亚还采用了一个非常重要的叙事手法，即创造文本内的文本，如穿插书信和日记等，让叙事的视角发生变化，使得人物自我得以抒发感情，笔者将此称为“内聚焦式”的叙事手法。在这方面，《玉梨魂》显然也借鉴了《茶花女》的写作经验。虽然，徐枕亚建构的精神恋爱，的确是在恪守礼教的偏执中发生的挣扎，但与此同时，他也向内挖掘了一个有深度的精神世界，从而揭示了这种不可能的恋爱何以成为可能。就此而言，《玉梨魂》的爱情描写为中国小说的现代转向，也做了某种铺垫。

第一，我们来看徐枕亚对书信手法的运用。

在《茶花女》中，作者插入了恋人之间的书信往来，书信在《茶花女》中一般有两方面的作用，一方面，借此帮助恋人传递信息。如玛格丽特约阿尔芒秘密见面，常常是借助于隐秘的书信。另一方面，也更为重要的是，它展开了恋人之间的自我剖析，抒发了最强烈的感情。这里明显的一例就是玛格丽特在临死之前，给阿尔芒留下一封信；她解释了小说所有的悬念，表白了她的放弃、隐忍和牺牲。这封信淋漓尽致地展现了女主角的内心世界。

对《玉梨魂》的男女主角来说，书信的意义更为重大。因为在中国社会，寡妇不可能公开与情人有任何交往，为恪守礼法，书信成为两人交往唯一可依赖的方式，他们的精神恋爱因此得以维系。徐枕亚从《茶花女》中得到启发，他采用恋人的情书来构成这部章回体小说的主体。小说共三十章，其中二十五章都是梦霞和梨娘所写的诗词、信函，从而细致入微地呈现人物的情绪起伏和精神交流。

有关书信在《玉梨魂》中的艺术效果，学者姚玳玫也有论及，她认为：“书信的魅力不仅能挑起双方更炽热的情感，而且让双方发现知己，相见恨晚，产生进一步倾谈、交往的冲动。叙事由此得以环环相扣地推进，同时，弥散性的哀情基调也在酝酿中形成。”① 笔者认为，《玉梨魂》中的书信在叙事上具有进一步的作用。首先，它是第三人称叙述作品中人物内在叙事视角的有效补充。中国传统的章回体小说都用第三人称全知叙述，这样的叙述方式相对来说，与人物的自我保持着必要的距离，需要经过第三人称的转述进入直接引语，而不宜直抒胸臆。而在徐枕亚的小说里，他通过第一人称书信表达，在全知叙述的框架内，有效地补充了人物的内在叙事视角，为他们的内心情感找到了宣泄的出口。再则，徐枕亚将信函和诗词并置，或陈述身世，尽情倾吐；或借景抒情，唱酬应和，从而得以交替呈现人物表达感情的不同方式。就后者而言，《玉梨魂》更多地植根于中国古典小说传统，有趣的是，徐枕亚常将两种文类融合在一起，如在信函之后附上诗词，因而使人物有充分的可能性去抒发情感。这些信函一般为骈文体，言情激烈，情绪张扬。但是他们之间交换的诗词，则都是律诗与绝句，作者注重通过意象和典故寄托情怀，表达方式含蓄内蕴，与骈文书信相得益彰。

---

① 姚玳玫：《想像女性：海派小说（1892—1949）的叙事》，北京：中国社会科学出版社2004年版，第101页。

书信体小说带有个性化、主观化的特点，在西方小说史上是一种重要的文类。但按陈平原的研究，在中国小说叙事史上，书信体小说直到20世纪才为中国作家学习和运用。陈平原说："在中国古代，书信之用处广矣：可论文，可记游，可说理，可抒情。奇怪的是，从不曾有人以之为小说，甚至也很少代小说中人物拟几篇文辞优美的书信。前者可能是由于中国古代小说大都以情节为结构中心，而书信体小说无疑更适合于抒情；后者则可能因插入书信所起的装饰、抒情作用，在中国古代小说中有诗词代之——赠诗似乎比寄信更风雅更有情趣。"①

将《玉梨魂》置于现代小说的发展历程，还可以看出，小说作者徐枕亚首开书信体小说之先河，陈平原对此给予高度评价说："中国作家最早大量引书信入小说的数徐枕亚。"② 夏志清则将徐枕亚比作中国的山姆·理查生（Samuel Richardson），认为"他运用了书信的形式，把中国小说导入新途，使之统括更广泛的主观经验"③。而且，他还提出，徐枕亚的书信体小说，"实际上为五四时期的许多白话恋爱小说（包括从头到尾采用书信形式者）开辟出一条路"④。联系《茶花女》给徐枕亚的启发，我们可以得出进一步的结论，《玉梨魂》能够开辟新路，与他大胆尝试新的叙事手法有重要关系。

第二，《玉梨魂》在小说中插入人物日记，这样的内心独白是其取代全知叙事的另一方式。这一点，显然也借鉴了《茶花女》。

《茶花女》超越于一般的通俗小说的重要特点是在于对人物感情复杂性的揭示。这里常为人称道的另一技巧是通过第一人称独白来展开叙述（这也是《茶花女》较之其他小说更适宜改编为歌剧的一个原因，因为歌剧正是需要人物在舞台上直接抒情）。不仅如此，它还在主要故事之后附录人物的日记，增加了小说叙事的层次，也使得情节出现新的戏剧性。在故事中，玛格丽特蒙冤受辱，她不得不通过日记记录她的哀

---

① 陈平原：《中国小说叙事模式的转变》（第2版），北京：北京大学出版社2010年版，第188页。

② 同上，第190页。

③ 夏志清撰，欧阳子译：《〈玉梨魂〉新论》，《联合文学》，1985年第12期，第23页。

④ 同上，第23页。

思；而在她死后，这些日记才被呈现出来，阿尔芒因此得以了解玛格丽特，从而消除误解，他的情感也经历了一个戏剧化的转折，从怨尤而至忏悔，重新回到爱的起点，抒情因此成为追忆。

小说《玉梨魂》第二十九章就题为“日记”，这一章首先虚拟来自东京学友的书信，道出《玉梨魂》故事的由来，继而借筠倩日记，交代出《玉梨魂》中的第二位女主角的情感。筠倩是梨娘的小姑，从这一点看，她的身份有些类似于《茶花女》中阿尔芒妹妹，她因梨娘牵线而嫁与梦霞，却是陷入一场错爱。徐枕亚通过日记，让这个原本是幕后的角色走向台前，抒发其孤独、绝望、对死亡的抗拒和对生命的留恋。作为接受了自由思想教育的新式女子，筠倩哀叹理想与现实的脱节，更为梨娘、梦霞和自己的命运而悲悼。这里的九篇日记，让全书的哀情风格掀起新的波澜。在死前数日，她用日记记下了自己对人生的哀叹和对男主角梦霞的隐匿情愫。日记自“庚戌六月初五起，至十四日止”，即筠倩从生病之日记录到她临终前三日。它除了记录一些日常生活片断外，其余的内容都是筠倩对死去的梨娘和不知所踪的梦霞的情感倾诉。在日记中，筠倩对孤独、病痛和感情创伤的描述，宛如《茶花女》中玛格丽特弥留之际的再现。就此而言，在日记中，筠倩与梨娘几乎已合为一体。因为筠倩最后的期待，正如茶花女一样。而这日记又是梦霞亲手抄写，并作为遗物出现。日记因此生发出新的含义，以至于抄写者更就日记内容附记读后感，进一步表达出男主角的忏悔。这种忏悔以死明志，至死方休，不死不足以答谢情人和妻子，徐枕亚哀情的缠绵悱恻，便是这样达到了《茶花女》也未曾构想的极致。

如果我们把日记这种内心独白看作是人物与自我的交流，或者类似于遗书——作者期待与自己的理想读者交流（如筠倩希望梦霞可以读到），那么，我们可以看到徐枕亚的小说所传达的情感的另一现代特征，那就是自我体认的重要性。前面在讲到知己、精神伴侣时，笔者强调了两位个体之间的同情共感，而在这里，不同于书信形式，日记则呈现了一个人如何形成对自我的同情共感，亦即自我意识。日记提供了自我得以记录个人经验的形式，而记录本身则是承认、接受和回味各种经验的过程（就徐枕亚所写的筠倩日记，则是各种不甘、失落、哀伤乃至于病苦折磨)。将日记引入小说，能促进中国传统言情小说抒情方式的个人化转变，改变中国小说长期以来形成的非人格化的叙述，从而使小说进入其现代历程，让个人（包括女人）以第一人称的姿态畅言自我的经验。徐枕亚可以说是最早体会到自我表现新形式的小说家，在《玉梨魂》之后，他还将此同一个故事以日记的方式重写一遍，并将该小说名为《雪鸿泪史》(初载1914年至1915年《小说丛报》，1915年出版单行本)，其中充分发挥了日记体的抒情功效，这部作品也因此成为中国现代第一部用日记体写作的长篇小说。

第三，《玉梨魂》用骈文铺陈人物心理，通过古奥婉转的文句展现人物纠结、矛盾的内心。

按陈平原的总结，清末民初，尽管着力表现“内面生活”的作品不多，但是在李伯元的《中国现在记》、连梦青的《邻女语》等作品中，已有精彩的心理描写段落。当然，说到标志性的作品，则是以刘鹗的《老残游记》和吴趼人的《恨海》为成功范例[①]。陈平原提出，很难断言《恨海》和《老残游记》的心理描写受到西方小说的启迪，但是苏曼殊的《断鸿零雁记》和徐枕亚《玉梨魂》的心理描写则是明显地借鉴了西洋小说的表现技巧。

《玉梨魂》模仿《茶花女》的叙事技巧，这一点自不必说，但是在心理描写上，《玉梨魂》主要是通过第三人称全知视角来叙述的，上述书信和日记都是嵌入部分。这一视角和小说中自我倾诉式书信叙述互为补充，丰富了小说的叙述格局。

相对于小说中的诗词，在第三人称的散文体叙述中，徐枕亚还常用骈文抒发人物情感，他借助工整的对仗和排比句，有效地强化了人物的感受。

骈文，也叫四六文，骈文对仗的种类和方法有很多种，从内容而言，有所谓的同类对、异类对、双声对、叠韵对、联绵对等；从句法而言，又有所谓的双句对、单句对、隔句对、回文对、流水对等[②]。无论

---

① 陈平原：《中国小说叙事模式的转变》(第2版)，北京：北京大学出版社2010年版，第108页。

② 唐家健：《六朝文章新论》(下册)，北京：北京燕山出版社2008年版，第498页。

是哪一种对仗手法都好，它都会在一定程度上造成文句的回环和语义的兜转。我们来看《玉梨魂》中对梨娘初识梦霞的心理描写。

在《玉梨魂》中，梨娘第一次读到梦霞的来信，心中惊喜交错：“梨娘读毕，且惊且喜。情语融心，略含微恼；约潮晕颊，半带娇羞。始则执书而痴想，继则掷书而长叹，终则对书而下泪。九转柔肠，四飞热血，心灰寸寸，死尽复燃。”[①] 在这里，句与句之间，对仗排比，层层递进，人物内心的情感起伏，那种欲拒还迎的矛盾状态以及欲罢不能的曲折心理，全都跃然纸上。吴趼人的《恨海》曾被学者称为是“中国心理小说的开端”[②]，将《恨海》中的心理描写和《玉梨魂》相比，也可从一个侧面看出《玉梨魂》的特色。《恨海》第二回，棣华在逃亡途中不得已要和未婚夫伯和及她的母亲在旅馆中同居一室，小说写她想为伯和掖好被子，但又碍于男女授受不亲的礼规，由此左右为难：“暗想此刻天将黎明的时候，晓风最易侵人的，况且正对了那破纸窗，万一再病起来，这身子怎生禁得？要待代他盖好了，又不好意思；待要叫醒母亲，又恐怕老人家醒了不能再睡。今日谅他要动身的了，不多睡一会儿，怎禁得在车上劳顿？待要叫醒伯和，又出口不得。”[③] 此处的心理描写，用的是白话，与上述骈文语句相比，风格显而易见。《恨海》的描写平实真切，直白明了，虽也有细腻的心理刻画，但在展现内心矛盾的强烈程度上则比《玉梨魂》略逊一筹。

以上，从三个方面分析了《玉梨魂》的叙事特点，除了上述穿插日记、书信等叙事技巧外，《玉梨魂》还有不少值得一提的抒情手法，包括通过诗化的意象来传达人物感伤的情绪等。这些手法虽然不及上述书信穿插等方式特点鲜明，但它们对《玉梨魂》来说都不是孤立一体的，而是相辅相成，共同构成了《玉梨魂》感伤抒情的叙事风格。

---

① 徐枕亚：《玉梨魂》，上海：民权出版部民国二年（1913）版，第22页。

② 陈平原：《中国小说叙事模式的转变》（第2版），北京：北京大学出版社2010年版，第108页。

③ 吴趼人：《恨海》，集于《吴趼人小说四种》（上），长春：吉林文史出版社1986年版，第11页。

四、“自我”的爱

《玉梨魂》模仿《茶花女》进行创作，其所取得的成就不仅体现在小说的写作和叙述方式上，更为重要的是，它调用《茶花女》的浪漫爱情模式，深入去探索爱情的困境，呈现了爱情主体自我意识的朦胧觉醒，从“自我”的层面推进新时代情感启蒙的历史进程，为五四时期的情感解放和感伤型浪漫主义抒情写作奠定了基础。

（一）写“内在爱”的原因

《玉梨魂》的艺术风格不同于其他对《茶花女》的改写作品，究其原因，作家的创作个性是一个不可忽略的原因。比如，以林纾为代表的晚清文人与徐枕亚这批“鸳鸯蝴蝶派”作家，在写作知识及对爱情的认知上，都有明显的不同。这些不同直接影响了他们对故事的翻译和改写。林纾所掌握的仍是传统的文化知识，他缺乏现代心理学的素养，这也在不同程度上限制了他对人物内心的关注与探索。我们只要将小仲马的《茶花女》文本与林纾的译本对比就可看出，林纾在翻译时，常常省略《茶花女》中的大段心理描写，他只简要保留了有关人物情态的描述。相比而言，徐枕亚接受的是新式教育，他毕业于虞南师范学校，在他的《枕亚浪墨》文集中，有一篇名为《快活三郎诗话》的短文，其中提到他上学时专门有教员给他们讲授心理学课程。文中写道：“余八年前肄业某师范时，有一赤鼻师员，殷红一抹点缀当中。……上则所记赤鼻教员，当时授心理学、教育学，教授法学等课，讲义均系自编。”① 这个例证虽然无法让我们清楚了解心理学课程的学习对徐枕亚的小说创作产生了怎样的影响，但是可以从一个侧面看到，徐枕亚等所受的新式教育，让他们能更有机会了解到心理学的知识，从而也更可能对《茶花女》小说中的心理描写有所学习和借鉴。从《玉梨魂》的写

① 徐枕亚：《枕亚浪墨续集》（卷3），该书为复制本，原属于《民国籍粹》丛书，现藏于华南师范大学图书馆古籍室，书目信息列为民国三年（1914），但出版发行方信息不详，第1页。

作上我们可以看到徐枕亚对人物的心理有十分细致的把握。

林纾也推崇真挚的爱情，但在他看来，爱情的核心在于忠贞，符合这一道德原则的爱情才是合理的。可是对徐枕亚来说，他更看重的是为爱情而遭受的折磨与苦难，所以，他的言情注重其言之“哀”，表现出人物在不可能的爱中经历的痛苦。这正如吴双热为《玉梨魂》所做的序中所说，他做《玉梨魂》，“乃有心人替雪不平，火枣炙一味之哀，普天下同声一哭”①。

但是，我们不仅需要考虑作者的创作个性、知识结构，更需要探询《玉梨魂》对《茶花女》精神上的继承是否反映了当时人们在情感上面临的新的困境？

范烟桥对民初言情小说产生的时代背景曾有一段经典的描述：“辛亥革命以后，‘父母之命，媒妁之言’的传统婚姻制度，渐起动摇，‘门当户对’又有了新的概念，新的才子佳人，就有新的要求，有的已有了争取婚姻自主的勇气，但‘形格势禁’，还不能如愿以偿，两性的恋爱问题，没有解决，青年男女，为此苦闷异常。从这些社会现实和思想要求出发，小说作者就侧重描写哀情，引起共鸣。”② 这段论述清晰地指出了这一时期的特点，青年男女因新思潮的启蒙而追求恋爱自由，但是现实生活还没有为他们实现理想准备好条件。这里所说的“形格势禁”，就包括如《玉梨魂》中所描写的例如寡妇不再嫁一类的妇德，而像筠倩这样热爱自由的女子，也还不能真正在现实中找到出路。

对于这种婚姻不自主的困境，范烟桥没有进一步做出探讨，而学者袁进通过对民初言情小说的研究，从一个侧面对此进行了补充。他指出，民国建立、封建帝制的废除，这些都对礼教产生了巨大的冲击。“这种社会变化当然要促进青年男女对自由恋爱的追求，从而也会产生许多甚至是‘越轨’的行为。”③ 此时，“打破封建等级观念、门第意识

---

① 吴双热：《玉梨魂序》，见徐枕亚：《玉梨魂》，上海：民权出版部民国二年（1913）版，第1页。

② 范烟桥：《民国旧派小说史略》，集于魏少昌编：《鸳鸯蝴蝶派研究资料（上卷）·史料部分》，上海：上海文艺出版社1984年版，第272页。

③ 袁进：《近代文学的突围》，上海：上海人民出版社2001年版，第381页。

的市民平等观念也在城市中形成势力，从而促进了民初对‘父母之命，媒妁之言’之类‘门当户对’的包办婚姻的反对”[①]。在袁进看来，这一时期，人们追求婚姻自由，反抗礼教，已经显示出“一种朦胧的‘人’的意识的觉醒”[②]。但同时，袁进也提醒我们注意，当时的文人又不愿彻底摒弃礼教，他们依然希望在礼教的范围内予以调和。用小说家包天笑的话来说，他们的宗旨是“提倡新政制，保守旧道德”[③]。袁进精辟地指出：“他们一方面意识到新政制将以个人为本位，提倡自由结婚，一面又要维护旧有的家族主义。……这种矛盾决定了他们维护的礼教只能是一种‘改良礼教’，它不同于传统礼教，而以‘唯情主义’为主导，呼吁‘自由结婚’，同情寡妇、和尚恋爱，只要他们最终不违背礼教。但是他们又批评‘新女性’，维护传统礼教的基本准则，不敢逾越这些准则。他们的价值观念常常处在矛盾紊乱的状态。”[④]

袁进揭示了民初时期人们在情感问题上所面临的矛盾境况。这种矛盾的境况，虽然也受到社会客观因素的影响，但更多的是由个体自身的价值理念冲突所致。从这个角度讲，《玉梨魂》中所书写的“矛盾的爱情”，反映了这一时期人们情感的困境。

将这一时期与林纾所处的晚清相比，可看出人们的自我意识的程度不一样了。文人学士的情感观念开始具有明显的现代色彩，他们肯定个人的欲望、追求自由婚姻。在这种境况下，情感经历的冲突更为激烈，人们内心的体验也更强烈。这是一种内在的矛盾，也可以说是一场内在的革命，是内心如何战胜传统观念的规训（如梨娘与梦霞这种不伦之爱），以及内心如何寻找情感的出路（如筠倩将得不到的爱转化为同情理解）。内心的状态体现出传统的中国人面向现代时经历的情感苦旅，伴随着这一旅程，小说承担了对情感的回味、体认和宣泄。

（二）自我意识的朦胧觉醒

徐枕亚笔下的梨娘，在追求爱情时，也常常受到自我内心的煎熬，

---

① 袁进：《近代文学的突围》，上海：上海人民出版社2001年版，第382页。

② 同上，第390页。

③ 包天笑：《钏影楼回忆录》，香港：大华出版社1971年版，第391页。

④ 袁进：《近代文学的突围》，上海：上海人民出版社2001年版，第407页。

她一方面追求爱，另一方面也恐惧爱，可她看到自己与梦霞的恋爱难以为继时，并不像《孽冤镜》《賈玉怨》中的男女主角那样，消极地期盼父母的怜悯；或者学《断鸿零雁记》的男主角，出家遁世、逃离现实。徐枕亚模仿《茶花女》，为这一形象的情感出路设计了类似移花接木的做法，和《茶花女》不同的是，这一次是由爱情中的主人公而不是家长出面去“解决问题”，这既表现出女主角的主动性，但也将这种爱置于更难以言述的处境。

有关“自我”这个概念，在不同的学科和研究范畴中，具有不同的指涉。科恩的《自我论》从哲学、心理学等多个方面对“自我”的内涵做了详细阐述。在科恩看来，“个人”“自我意识”等概念的内涵难以界定，“问题主要还不是各门人文学科的术语不够严密，而是不同的学者关心着个人或人的‘自我’这个问题的不同侧面”①。由此，所谓的“自我意识”，不是一个固定的概念，也不具特定的所指。在某种程度上，它泛指一切与“自我”有关的意识理念。

学者李又宁对中国传统下的“自我”进行了考察，他认为，有人就有“自我之心”。在中国的传统中，“自我”虽然受到压抑，但“‘自我’与生俱来，不论在什么时代、什么地方，它好似一个气球，可大可小，与周围的压力成反比。在传统的中国之下，‘自我’的气球不能随意张扬，因为礼教一方面使它自行压抑，另一方面在它的周围织了约制的罗网”②。笔者认为，就《玉梨魂》中人物的“自我”来说，他们正是生活在礼教这一无形的“罗网”中，而徐枕亚对这些形象的自我意识做了相当丰富的表达。笔者用“朦胧觉醒”来形容这种状态，并不是要否认在此以前中国传统下自我意识发展的漫长历史，而只是说明，这部作品中人物的自我意识相比以往有了一些新的变化，而这些变化为五四时期一代人情感的解放奠定了基础。

首先，《玉梨魂》中的人物通过对自由爱情的追求来体认自我、重构自我。

---

① ［苏］科恩著，佟景韩等译：《自我论》，北京：三联书店 1986 年版，第 12 ~ 13 页。

② 李又宁：《近代中国的自我与自述》，集于《中国现代化论文集》，台北：中央研究院近代史研究所 1991 年版，第 80 页。

《玉梨魂》中的男女主角，将维护礼教的责任内化于自身，其“自我”常常处于压抑之中。他们对自我的形塑，也常以道德礼法要求为准绳，不敢甚至也无意识去直面自我的内心需求。可是对爱情的渴望，让他们情不自禁地释放“自我”。我们可以看到，梨娘在日常生活中不敢逾越雷池半步，恪守自己作为寡妇的身份，谨言慎行，尊老抚幼，深居简出。但是面对爱情，她却如此地主动、自主，在诗词的酬答和书信的往来中，肆意地表达内心情感。她以林黛玉而非寡妇李纨作为自我形象的投射，从而肯定了自我的需求。

梨娘在爱情领域中对“自我”的发掘与重构，其实显示出那个时代人们体认自我的一个特别途径：即通过爱来感知自身。这也是一种自我意识的朦胧觉醒。个体在爱情的追逐中，不断审视自我，不断趋近内心。爱情的探索越是深入，自我的形象越是清晰。考虑到自 1912 年开始，此后十余年间《玉梨魂》再版了三十多次，我们可以说，《玉梨魂》启发了一代读者对待感情的态度，使他们可以在争取自由恋爱的路上走得更远。这一点正如李欧梵在《情感旅程》一文中所说，对五四时期的青年男女来说，“只有通过爱，只有通过释放自己的激情与能量，个人才能成为完整的人，自由的人。爱情也被视作是一种挑战的举动，一种真诚的行为，一种抛弃虚伪社会中一切认为禁锢的大胆叛逆。它要求人们找到真正的自我，并把它毫无保留地呈现在自己心爱的人面前”①。

其次，在作者的塑造下，《玉梨魂》中的人物开始有能力去体验个体情感问题上深刻的内心矛盾，为五四时期言情小说“感伤性主体”的形成埋下伏笔。

李今提出，“自我意识的觉醒对五四文学所发生的影响，在情感特征上的又一表现是感伤性。……感伤的情绪又是个性觉醒，尤其是把文学描写的重点转向个人内部的标志”②。然而，感伤性激情的产生，并不仅仅来自文人的情绪感应性，而是“感伤性主体”需要具备一定的

---

① 李欧梵：《现代性的追求》，北京：三联书店 2000 年版，第 99 页。

② 李今：《个人主义与五四新文学》，哈尔滨：北方文艺出版社 1992 年版，第 63 页。

能力。在苏联文学家波斯彼洛夫看来，“感伤性的‘主体本身’需具备‘较高水平的精神修养’以及‘感情的内省这种思想上、心理上的能力’”，而且，真正的感伤情调或感伤性的诞生取决于“人能从他人或自己生活的外部细节中洞察到某种内在意味深长的东西，从这种生活的外部缺陷中洞察到代表最朴实无华的人生真谛的内在美质”。[①]

在徐枕亚的塑造下，《玉梨魂》的男女主角都带有浓郁的感伤情绪。这些情绪的产生，虽然受到个体多愁善感的性格影响，但更多的是来自他们对爱情生活中无可调和的内在矛盾的体悟和感知，这是一种悲剧性的性格，也是一种“感情内省”的表现。

科恩说“绝望、忧郁、苦闷和寂寞等等心理状态的发现是个性和反思发展的重要标志”[②]。普实克也讲，“对自我及其存在与意义的觉醒伴随着另一个特征，即对生活悲剧性的感受”[③]。可见，感受存在性的烦恼、感受悲剧性的矛盾，也是一种个体对自我存在及意义认识深入的表现。《玉梨魂》中的人物虽然没能像五四时期的青年男女那样，充分肯定自我的存在和价值，对人类的生存境遇的孤独和苦痛有自觉的反思，但是他们在情感问题上的自省和反思，无疑也是一种个性觉醒的表现。可以说，《玉梨魂》虽然受到不少五四文人的鄙夷和谴责，但是它在小说中所营造的感伤情绪以及它所塑造的“感伤主体”，却在五四爱情小说中得到延续。

（三）“感伤—言情”传统的现代转换：从《玉梨魂》到五四

就表达情感经验来说，《玉梨魂》开启了一种新的样式，它促进了中国小说“感伤—言情”传统向现代的转换。

夏志清评价《玉梨魂》时认为，“这个爱情悲剧充分运用了中国旧

① ［苏］格·尼·波斯彼洛夫著，王忠琪等译：《文学原理》，北京：三联书店 1985 年版，第 266 页。转引自倪婷婷：《五四文学论集》，北京：人民出版社 2007 年版，第 257 页。

② 转引自李今：《个人主义与五四新文学》，哈尔滨：北方文艺出版社 1992 年版，第 58 页。

③ ［捷］雅罗斯拉夫·普实克：《中国现代文学中的主观主义和个人主义》，集于李欧梵编，郭建玲译：《抒情与史诗：现代中国文学论集》，上海：上海三联书店有限公司 2010 年版，第 2 页。

文学中一贯的“感伤—言情”（sentimental erotic）传统，此一长久持续的光辉传统，可见于李商隐、杜牧、李后主等的诗词，以及《西厢记》《牡丹亭》《桃花扇》《长生殿》《红楼梦》等的戏剧或小说。本书一大主题，便是要证明《玉梨魂》正代表了此传统之最终发展。少了这本小说，‘感伤—言情’之文学传统便给人一种未获得完满收成的感觉”[①]。笔者很认同夏志清对《玉梨魂》小说的溯源，但《玉梨魂》并非宣告这一传统的终结，而是昭示了它向现代转换的新的可能。

我们将《玉梨魂》的感伤言情和夏志清提到的作家作品相比，会发现，《玉梨魂》的感伤言情与它们的最大不同在于：在《玉梨魂》中，显示出了类似西方感伤主义作品的抒情色彩，是五四感伤主义作品的先声之作。

《玉梨魂》为中国“感伤—言情”传统的转换做出的贡献主要体现在以下两个方面：

第一，它将中国传统感伤言情从关注“境遇”转变为关注“心灵”，注重主体的内在感受。

《玉梨魂》所写的爱情悲剧，带有一定的自传色彩。黄天石的《状元女婿徐枕亚》、郑逸梅的《徐枕亚与〈玉梨魂〉》以及袁进的《〈玉梨魂〉作者徐枕亚三次爱情悲剧》[②] 等文章都提到，徐枕亚在《玉梨魂》中所塑造的爱情悲剧的故事原型来自他自身的经历：徐枕亚在无锡任小学教员时，因学生蔡如松而认识其寡母陈佩芬。徐枕亚和陈佩芬惺惺相惜，最终都没有勇气走到一起，反倒是陈佩芬将其侄女介绍给徐枕亚，了结了这段爱情。现实生活中的男女主角当时都健在，徐枕亚为了加强故事的悲剧性，专门设计了殉情而死的结局。从故事来看，与寡妇恋爱的情节，这本身已经不同凡响，但徐枕亚在创作《玉梨魂》时，并没有将关注的焦点放在故事的讲述上，而是放在人物心理矛盾的描摹中，将关注的重心从“境遇”转变为“心灵”。而且，《玉梨魂》套用

---

① 夏志清撰，欧阳子译：《〈玉梨魂〉新论》，《联合文学》，1985年第12期，第10页。

② 黄天石（杰克）的《状元女婿徐枕亚》（《万象》（香港），1975年第1期）、袁进的《〈玉梨魂〉作者徐枕亚三次爱情悲剧》（《上海滩》，1992年第8期）、郑逸梅的《徐枕亚与〈玉梨魂〉》（集于《郑逸梅笔下的文化名人》）。

《茶花女》的故事模式，强化了其中人物的内在矛盾，使传统感伤言情的悲情来源从“境遇之惨”，变为了“心灵之痛”，让人物的内心感受成为感伤言情的主导。

第二，它将中国传统感伤言情常用的“向外投射式”的抒情，发展为“向内聚焦式”的倾诉，以情绪的发展带动叙述。

在夏志清所梳理的中国“感伤—言情”传统中，无论是李商隐、李后主的诗词，还是《西厢记》《桃花扇》《红楼梦》等小说，感伤抒情常用的手法是“向外投射式”的抒情。即个体将情感投射于景物、情境中，通过比兴、隐喻等修辞，以景抒情、以境传情。《玉梨魂》中也有很多这样的例子，但是它又增加了《茶花女》中的抒情手法，诸如穿插书信、日记等方式，使人物的倾诉变成“向内聚焦”。这种内聚焦，则是西方感伤主义的抒情特点。按学者刘久明和朱寿桐的介绍，感伤主义又称“主情主义”，它是18世纪50年代产生于英国的一种文学思潮，在创作中，感伤主义文学多采用日记、书简、游记、自白等方式，呈现出人物强烈的主观化和情绪化的特征①。而且，感伤主义是浪漫主义的先驱，中国作家在继承浪漫主义传统时，又常常和感伤主义胶合在一起，由此，中国的浪漫主义可称为感伤型浪漫主义②。这种感伤型的浪漫主义，其抒情手法多是直白地表露人物内心，以人物情绪发展带动抒情叙述。

当然，中国“感伤—言情”传统的现代转换，也并不是一部《玉梨魂》就能完成的。民初小说中，除了徐枕亚的这部承上启下之作以外，苏曼殊的小说也功不可没。学者杨联芬指出了这一点：“我们通常说，五四小说完成了中国小说由讲故事到表现（‘向内转’）的现代性转换，但是这个转换尽管在五四文学以后才成为主流，但它的发端，却不能不追溯到民国初年的苏曼殊的小说《断鸿零雁记》。”③ 而且，苏曼

① 刘久明：《郁达夫与外国文学》，武汉：华中理工大学出版社2001年版，第86页。

② 朱寿桐：《中国现代主义浪漫史论》，北京：文化艺术出版社2002年版，第57～58页。

③ 杨联芬：《晚清至五四：中国文学现代性的发生》，北京：北京大学出版社2003年版，第239页。

殊也模仿《茶花女》创作了《碎簪记》（1916），其中讲述了男主角庄湜和女主角灵芳、莲佩的三角恋爱故事。三人同陷于爱情而无法自拔，最终以女主角莲佩和灵芳的自尽、男主角病殁收场。郁达夫批评《碎簪记》的手法道："决不像读过西洋近代小说的才人之所用，仍旧是一个某生体的中国烂小说匠的用法。"① 由此看来，此作并不能如《玉梨魂》一般，借《茶花女》的模仿，开创新的言情模式和风格，不免让人感到可惜。

《玉梨魂》作为"鸳鸯蝴蝶派"的代表作，吸引过众多学者对此进行研究，但是甚少有人将它放在《茶花女》改写作品的脉络中去细致考察。本章则从这一视角出发，重新考察了《玉梨魂》的言情特点，看徐枕亚如何借用和改造了"茶花女"的故事模式，从而强化人物内心矛盾，构建出知己式的精神恋爱，并运用"内聚焦式"的抒情手法，重新打造了寡妇突破身份桎梏的"茶花女"式爱情悲剧。

这个爱情悲剧，虽然没有表达出五四时期自由自主的恋爱观念，也没有将主人公塑造成追求爱情的楷模，甚至在故事的结尾，叙述者都不愿直面男主角殉情而死的事实，以致要用"以爱殉国"的说辞来"美化"这段爱情。但是，这部作品在清末民初言情小说中仍有不可磨灭的价值。正如袁进所说："畅销的《玉梨魂》虽不是这个时代思想最进步的小说，但无疑是最能反映这个时代的矛盾特征。"② 它写出了民初，或者更准确地说，五四新文化运动以前，男女青年在情感解放的历程中面临的障碍以及礼教对个人情感及欲望的否定和戕害，而这种戕害是借助内化于个人和情侣之间的自我束缚来实现的。

在林纾翻译《茶花女》的时代，如果说那时礼义道德是阻挠人们追求自由爱情的屏障，那么，到钟心青等改写"新茶花"类作品时，"家国政治"则成为爱情面临的主要矛盾。到了辛亥革命后，在封建礼

① 郁达夫：《杂评曼殊的创作》，《曼殊全集》（第5册），上海：北新书局1929年版，第119页。转引自杨联芬：《晚清至"五四"：中国文学现代性的发生》，北京：北京大学出版社2003年版，第235页。

② 袁进：《中国近代文学变革》，桂林：广西师范大学出版社2006年版，第336页。

教受到冲击、自由平等意识开始伸张的时代，小说家们则开始认识到，影响人们爱情追求的，除了外在的封建势力，如家长制等，更在于被传统道德异化的“自我”。这是现代人的情感启蒙需要解决的问题。《玉梨魂》所描写的，其实也就是个人在内心中摆脱传统价值的痛苦。它不仅写出了这一困境，更借用“茶花女”为爱弃爱的情节，让读者大众体验自我的挣扎。

《玉梨魂》曾因其作品所弥漫的感伤情绪，被朱鸳雏嘲笑为“鼻涕眼泪小说”[①]。但是按李今的研究，“感伤性”却是“以自我，一个精神个体的体验为特征的情感类型”[②]。它是个性觉醒，“尤其是把文学描写的重点转向个人内部的标志”[③]。《玉梨魂》在一定程度上引导了这样的转向。开始跳出了简单的对错是非评价，探索在新旧伦理准则中爱情主体两难的困境。我们可以在五四时期的很多爱情小说中，看到类似这样的思考。如罗家伦的《是爱情还是苦痛》、陈翔鹤的《西风吹到了枕边》等，这些作家都开始探索在新旧道德伦理中，爱情主体的艰难选择。

---

① 平襟亚：《“鸳鸯蝴蝶派”命名的故事》，集于魏绍昌编：《鸳鸯蝴蝶派研究资料（上卷）·史料部分》，上海：上海文艺出版社1984年版，第180页。

② 李今：《个人主义与五四新文学》，哈尔滨：北方文艺出版社1992年版，第57页。

③ 同上，第63页。

结 语

本书聚焦1899年到1918年间中国版《茶花女》文本，讨论它们的翻译和改写策略，并分析那个时期在《茶花女》作品影响下人们的情感书写及情感观念所发生的改变。通过前面各章的讨论，我们可以看到清末民初中国版“茶花女”故事的多变形态以及它的发展轨迹。

从故事的主角来看，女主人公的身份，经历了从名妓（马克）到侠妓（新茶花）再到良家妇女（梨娘）的转变；而男主人公则由“青楼狭客”（亚猛）变作多情多义的救国义士（少美、梦霞）。从故事的主题发展来看，它从一个爱情故事，逐渐向“爱情＋救国”的主题转换。从故事的矛盾冲突来看，阻挠爱情的因素也在增加，渐次加入的影响力包括家庭、政治、国族和礼法观念的自律要求等。对于这些变化，究其原因，不仅有翻译者和改写者的主观意图，更投射出19世纪至20世纪之交中国社会转型时期的意识形态、诗学规范和文化转变的影响。在这部作品里，汇聚了人们在情感问题上所面临的种种矛盾和痛苦。就此而言，清末民初的“茶花女”故事，并不是一个简单的爱情故事，它成为这个时代情感观念变迁的特殊记录。它精彩地呈现了五四以前，新与旧、中与西、传统与现代各种不同的力量是如何在情感问题上抗衡、对峙、斡旋、交错甚至变相融合，也呈现了人们想象妇女、性、性别关系的复杂情景。了解这一切，不仅能让我们重新审视这个故事，还可以让我们更为深入地了解中国人情感的“现代化”进程。

在中国从传统向现代演进的历程中，“情感观念的转变”是一个易被忽略、却又影响深远的问题。说其易被忽略，是因为传统的情感论述常将“情”置于私密空间，把它看作远离“宏大历史”的范畴，以至于人们并不重视研究情感问题，谈“情”说“爱”很容易被认为是一种颓靡的表现。另一方面，说其影响深远，是因为20世纪之交中国社会由传统向现代转变的历程中，“情感”问题的重要性不容忽视。首先，“人”的觉醒与“情感”解放关系密切。“情感”是个人主体性建构的一个重要面向，人们对情感的体认，其实也是对个人自主意识和主体经验的体认。学者胡焕龙为“人”的解放划出了三个阶段，他提出，无论东方还是西方，“人”的解放历程都经历了情（情感或情欲解放）—智（思想启蒙）—意（伦理觉悟及人格模式的最终养成）的阶段①。从这个阶段论可以看到，“情”的解放是人的觉醒不可或缺的推动因素。历史事实也证明，无论是晚清，还是五四时期的青年男女，大都以肯定真挚爱情的追求来挑战礼教的禁锢，从而伸张个人主体意识，实现自我解放。其次，20 世纪之交的“情感革命”还牵动着妇女、婚姻和家庭的革命。人们在现代情感观念的指引下，重新去思考妇女在两性关系中的地位、恋爱与婚姻的关系，以及自由恋爱和家庭的矛盾等问题。由此，从某种程度上说，清末民初的中国近现代史，其实也是一部“情感的进化史”。

在这部“进化史”中，“茶花女”系列作品占据了重要的地位。它不仅成为清末民初中国人接受西方浪漫爱情观念的重要媒介，还引发了情感书写和情感观念的变革。

从清末民初中国版“茶花女”系列作品中可以看到，传统才子佳人小说的故事模式被打破，西方小说心理描写的技巧、书信日记等文体得到应用，一种以“哀情”和“浪漫”为主要元素的言情写作风格在这些作品中初露雏形。

翻译和改写《茶花女》的文学艺术实践，呈现出这一时期人们在处理情感与礼义、情感与家国、情感与自我问题上的思考和探索。首先，林纾翻译的《巴黎茶花女遗事》试图通过巧译作品以建构新的“忠贞”评判标准，调和“情与礼”的关系，使儒家道德得以包容“浪漫爱情”的需求；并希望通过扩张“情”的内涵来修正“理”的规范，为“越轨”的男女之情编制“合法”的理据。与传统的言情小说相比，

---

① 胡焕龙：《〈玉梨魂〉：打开现代国人情感解放的“潘多拉盒子”》，《文艺理论研究》，2010 年第 3 期，第 86 页。

《巴黎茶花女遗事》充分肯定情感在人们生活中的重要地位，从而建构了“爱情至上”的价值理念。虽说在中国文学传统中，歌颂爱情的作品并不少见，然而，不论是汤显祖的《牡丹亭》，还是曹雪芹的《红楼梦》，都不如《巴黎茶花女遗事》这般，将爱情看作至高无上的情感，个人可以为了爱情献出一切。《牡丹亭》和《红楼梦》中的主角虽然渴望爱情，可是他们从未能有机会自主决定自己的恋爱行为。《巴黎茶花女遗事》中的马克，无论她爱亚猛，还是放弃亚猛，都是她自己的决定，这表现了以个人为本位的情感价值观。

其次，“新茶花”系列作品初步探讨了妇女的情色和性在政治、家国问题上所面临的现实困境。一方面，女性的情色可以成为拯救爱情、保家卫国的重要工具；另一方面，她的情色又必须被控制在传统的性道德标准之内。具体来说，妓女新茶花为了“情”上战场，她可以通过色诱敌帅、献“身”偷地图来成就英雄事业；完成了公共使命以后，她又必须回归世俗生活，重新扮演家庭中贤妻良母的角色。“新茶花”类作品与传统的“侠情”小说一样，都触及“儿女情”和“英雄志”的矛盾，但与“侠情”小说相比，它在性与情感问题上有更深的挖掘。我们可以看到，唐宋小说家写女侠，正如陈平原所说，“关键是她能否杀人复仇或仗剑行侠。不只是‘性’在女侠身上不起作用，似乎‘情’也是多余的”①。到了清代，以文康的《儿女英雄传》为代表的侠情小说，开始肯定情的价值，作者提出“儿女情”与“英雄义”应该完满结合。而在“新茶花”类作品中，艺术家不仅肯定英雄有情，更重要的将女子的“性”与“情色”也纳入了成就英雄的主题，它初步呈现了妇女的情色如何能够与政治控制和利用发生关系，这为20世纪20年代“革命+恋爱”小说的兴起埋下伏笔。

最后，《玉梨魂》的作者徐枕亚将爱情书写引向个人的自我体验和主体认同，他通过小说主人公梨娘、筠倩和梦霞的三角爱情故事，揭示了他们处在道德和情爱冲突中“矛盾的自我”：这些民初时期的青年，他们有新的自由恋爱的思想，却没有肯定自我欲求的勇气和力量；在这

① 陈平原：《千古文人侠客梦》，天津：百花文艺出版社2009年版，第61~62页。

里，礼教的禁锢和文化的压迫内化为他们的心灵的征战，既要追求真挚的感情，又要谨守礼教的限制，他们最终不得不以“自虐式的牺牲”来祭奠内心的深情。《玉梨魂》的情感书写推动了传统言情写作由“外”向“内”的转变，即注重表现人物的心理矛盾，使爱情成为个人体验自我、确认自我的一种方式。

由上述分析可见，在言情写作和情感观念上，清末民初《茶花女》的译本和改写本表现出某种朦胧的“现代”特征，这里包括注重描写人物内在矛盾、确立了感伤的浪漫主义风格，肯定个体情感的重要性以及重视情感的自我体验等。尽管在作品中，这些特征尚处于萌芽状态，甚至还和某些传统的行为方式、道德观念纠结夹缠、相互矛盾，但我们应该肯定的是，在中国人情感观念从传统到现代转变的历程中，这些作品发挥了一定的“启蒙”作用。也正是它们在情感与礼义、情感与家国、情感与自我问题上的自觉探索，引发传统言情文学和情感观念的改良，并与其他思想和文学领域的启蒙行动合力，最终促成了五四爱情小说和情感革命的迸发。

在肯定其重要意义的同时，我们也要看到，《茶花女》的翻译和改写作品并没有像五四时期的爱情小说那样充满抗争的色彩；它们对禁锢情感的传统，也不具备轰毁的力量。无论是《二十世纪新茶花》，还是《玉梨魂》，男女主角的爱情困境只能通过女主人公的自我牺牲来解决。这种自我牺牲的做法，从某种意义上说，是对传统礼教的让步，或者说做出了妥协。笔者认为，对于女主人公来说，这固然表明了她内化了父权体系的道德，从而主动地在爱情问题上做出退让，但是，这里的悖论在于，这种“为了更‘崇高的’男性目标而做出的牺牲”① 是被迫的，是强制性的压抑自我。我们看到的译作和改写作品，在很大程度上表现了这种情感被剥夺的痛苦。

清末民初的《茶花女》译作和改写作品，尽管人物角色、故事内容发生了种种变化，但它们塑造的“茶花女”故事依然具有两个核心

① ［美］E. Ann Kaplan 著，曾伟祯等译：《女性与电影：摄影机前后的女性》，台北：远流出版事业股份有限公司 1997 年版，第 70 页。

特征：一是男女主角一见钟情，勇敢地发展“越轨的爱情”；二是女主角通过牺牲来实现情感和道德救赎。就前者而言，作品表现出对传统的挑战；就后者而言，这个故事依然在积蓄冲决罗网的力量，它之所以不能在情感解放的道路上走得更远，是因为它在多数情况下以女主人公的死或者从良/回归家庭，提供了替代性的解决。

我们可以设想，如果《茶花女》改写作品中的女主人公在处理爱情矛盾时，没有选择自我牺牲，而是像五四青年那样，大胆抗拒道德权威的“降服”，与男主人公私奔出走，那就完全是另一个故事了。在晚清这样一个旧道德不断受到挑战、新道德却又尚未被普遍接受的时代，《茶花女》的改写作品大受欢迎，也正说明了这个时期人们的精神状态、自由恋爱的理想正如朝日初升，但大多数人们的现实生活依然笼罩着旧道德的阴影。

将清末民初《茶花女》文本与其后的言情作品比较，会发现前者已经昭示了五四以前人们的情感观念和表达方式上的诸多变化。这些变化并非孤立存在，而是催生了五四及五四之后的种种情感话题，如破除封建礼教，追求自由恋爱，肯定自我情欲，期待情与性的交融；当然，还有弥合“革命”与“爱情”的矛盾，建立“革命+恋爱”小说模式等等。

清末民初《茶花女》的翻译和改写作品，其在情感书写及观念意识上所具有的现代特征，无一不被五四及其后的文人发扬光大。如在李欧梵看来，林纾以其独特的方式确定了情感在人们生活的中心地位，但真正“体现和辩明在情感中占中心地位的浪漫爱情”① 则要留待徐志摩来完成。徐志摩“放纵地对待爱情，激进地背离传统”②。他的言情作品强烈地表达了对“浪漫爱情”的吁求：“我没有别的办法，我就有爱；没有别的天才，就是爱；没有别的能耐，只是爱；没有别的动力，只是爱。”③ 再比如，《玉梨魂》探索了人物内心的强烈情感，还没有涉

---

① 李欧梵：《中国现代作家的浪漫一代》，北京：新星出版社2005年版，第266页。

② 同上，第270页。

③ 徐志摩：《爱眉小札》，《徐志摩文集（第3卷）小说·书信·日记》，深圳：海天出版社1998年版，第282页。

及欲望的满足；而五四时期郁达夫的言情作品则完全超越了这一点，他将笔触伸向了人物内心深处“灵与肉”的矛盾，并张扬地表达了对性的渴求：“苍天呀苍天，我并不要知识，我并不要名誉，我也不要那些无用的金钱，你若能赐我一个伊甸园内的‘伊扶’，使她的肉体和心灵，全归我有，我就心满意足了。”① 还有，在情色与政治问题上，蒋光慈的作品无疑呼应了“新茶花”类作品中的“情色与家国”主题，他通过“革命+恋爱”叙事模式，将罗曼蒂克心灵与革命糅合。他提出：“罗曼蒂克的心灵常常要求超越出地上生活的范围以外，要求与全宇宙合二为一。……他在革命中看见了电光雪浪，他爱革命永远送来意外的，新的事物；他爱革命的钟声永远为着伟大的东西震响。”②

此外，五四及其后的不少作家，在观念意识或情感书写上，都直接或间接受到林译《茶花女》等作品的影响。女作家庐隐就是典型的一例，她在年轻时不仅读完了上百种林译小说，而且，她和自己的恋人林鸿俊，就是因为一本《玉梨魂》而结缘。③ 除了现实生活中的姻缘，《茶花女》的影响还渗透到庐隐的小说创作中：《海滨故人》的女主角露莎在书房中看书，看的是《茶花女遗事》④；《象牙戒指》的女主人公沁珠却“喜欢像茶花女——马格哩脱那样处置她的生命”⑤。当然，一个庐隐，代表不了中国人。而且还需要说明的是，中国人情感观念的演变，并非一部《茶花女》可能促成；或者说，一部《茶花女》的翻译和改写，也未必囊括了中国人的情感从传统到现代的诸种演变。《茶花女》的译作和改写在这一历程中占据了重要的地位，但还有各种社会文

---

① 郁达夫：《沉沦》，北京：作家出版社2000年版，第11页。

② 蒋光慈：《十月革命与俄罗斯文学》，《蒋光慈文集》第4卷，转引自王德威：《现代小说十讲》，上海：复旦大学出版社2003年版，第80页。

③ 据记载，林鸿俊是庐隐姨母的一位亲戚，一次，他把新买来的《玉梨魂》借给庐隐，使庐隐深受感动，之后，两人感情日深。不久，林鸿俊向庐隐家求婚，但遭到其母亲反对，后来在庐隐坚持下，他们最终得以订婚。见徐憅翔主编，陆荣椿、蓝棣之编：《中国现代作家评传》（第1卷），济南：山东教育出版社1986年版，第603～604页。

④ 庐隐：《海滨故人》，集于凡尼、郁苇选编：《庐隐作品精编》，桂林：漓江出版社2004年版，第300页。

⑤ 庐隐：《象牙戒指》，集于《庐隐文集》，北京：北京燕山出版社1998年版，第175页。

化的力量在推动着道德和文学的变革。显而易见的是，《茶花女》的译作和改写作品是绝好的“透视镜”，能让我们从一个侧面了解清末民初中国人的情感演变。要想了解和言说情感历史的全貌，我们还需要进一步梳理这一时期言情文学作品以及相关论述。本书所做的只是提请人们注意这样一部看似简单的作品，它已然承载了复杂的信息，分析这些作品，可以丰富我们对清末民初言情文学和情感观念的认识，从而深入思考个体对“情”的想象与社会文化变迁的互动关系。

最后，笔者希望以柏拉图在《斐德罗篇》中探讨爱的深义时使用的一则飞马神话的譬喻作结：人的灵魂御者驾一良一劣两匹飞马，腾跃上天，希望能追随天帝，窥览宇宙本体的奥秘。但是绝大多数人都坠回地上，只有极少数人可以上窥真理，而爱者就能厕身其中。[①] 笔者绝不敢自比为能上窥天理的“爱者”，但是希望通过对“爱”的问题的关注，经历一次智慧的的洗礼。

---

① 该故事转引自蔡炳胜主编：《中国古典小说中的爱情》，台北：时报文化出版事业有限公司 1983 年版，第 153 页。《斐德罗篇》是柏拉图最伟大的对话之一，它和《会饮篇》一起提供了柏拉图关于爱的思想。《斐德罗篇》记录的是苏格拉底和斐德罗的交谈，爱是他们交谈的一个话题。该篇的详细内容可见［古希腊］柏拉图著，王晓朝译：《柏拉图全集》（第 2 卷），北京：人民出版社 2003 年版，第 134～204 页。

附录一

笔者收集的1899—1918年《茶花女》在中国的翻译和改写本出版信息

序号	书名	体裁	著者	出版社	出版时间	备注
1	巴黎茶花女遗事	小说	小仲马原著，晓斋主人述，冷红生译，魏翰出资，吴玉田镌版	清刻本，林氏畏庐藏板	清光绪二十五年（1899）	
2	巴黎茶花女遗事	小说	小仲马原著，晓斋主人述，冷红生译	铅印本，素隐书屋	清光绪二十五年（1899）	
3	巴黎茶花女遗事	小说	小仲马著，晓斋主人述，冷红生译，丁可钧题署，王运长书签	石印本，玉情瑶怨馆	清光绪二十七年（1901）	
4	茶花女遗事	小说	林琴南译	上海：文明书局	光绪二十九年（1903）	
5	茶花女遗事	小说	林琴南译	上海：广智书局	光绪二十九年（1903）	
5	爱之花	小说	依更有情著	连载于《浙江潮》杂志第六到第八期，只有三回	1903年8月至10月	
6	茶花女遗事	小说	小仲马著，晓斋主人述，冷红生译	上海：文明书局（第2版）	光绪三十二年（1906）	
7	新茶花	小说	钟心青著	上海：申江小说社、明明学社	光绪三十三年（1907）	

（续上表）

序号	书名	体裁	著者	出版社	出版时间	备注
8	新茶花	小说	钟心青著	上海：申江小说社、明明学社（再版）	清光绪三十四年（1908）	
9	新茶花（改良新戏剧情绘图）	戏曲	上海环球社编辑部，上海环球社绘画部	上海：上海环球社	清宣统元年（1909）	
10	续《新茶花》	戏曲	不详	连载于《图画日报》	1910年6月12日至1910年7月22日	
11	戏情小说新茶花	小说	湘西学者著	上海：上海沈鹤记书局	民国二年（1913）	
12	新茶花（爱国小说）	小说	朱勤补编	上海：新剧小说社	民国三年（1914）	
13	福州评话《新茶花》	评话	作者不详，现集于黄宽重、李孝悌、吴政上主编的《俗文学丛刊》第4辑卷382		原作出版时间不详	

以下为仿作（只记录首次出版时间）

序号	书名	体裁	著者	首次出版时间
1	玉梨魂	小说	徐枕亚著	1912年8月3日至1913年6月25日在《民权报》副刊上连载，1913年由民权出版部出版单行本
2	柳亭亭	短篇小说	林纾著	最先发表于1916年的《平报》，后被收入《践卓翁小说》
3	碎簪记	小说	苏曼殊著	连载于《新青年》第2卷、第3卷（1916年11月）、第4卷（1916年12月），后被收入《曼殊小说集》

附录二

1899—1999 百年间《茶花女》在中国的出版信息概览①

序号	书名	著者	出版社	时间	备注
1	巴黎茶花女遗事	小仲马原著，晓斋主人述，冷红生译，魏翰出资，吴玉田镌版	清刻本，林氏畏庐藏板	清光绪二十五年（1899）	
2	巴黎茶花女遗事	小仲马原著，晓斋主人述，冷红生译	铅印本，素隐书屋	清光绪二十五年（1899）	
3	巴黎茶花女遗事	小仲马著，晓斋主人述，冷红生译，丁可钧题署，王运长书签	石印本，玉情瑶怨馆	清光绪二十七年（1901）	
4	茶花女遗事	林琴南译	上海：文明书局	清光绪二十九年（1903）	
5	茶花女遗事	林琴南译	上海：广智书局	清光绪二十九年（1903）	
6	爱之花（三回）	依更有情著	刊载在《浙江潮》第6～8期	1903年8月—1903年10月	

① 此处并未包含《茶花女》在中国的众多改写本、仿作如钟心青的《新茶花》等各个时期的出版信息，但为了表现其丰富的艺术形式，连环画和个别改编后的音像制品会包含在内。

（续上表）

序号	书名	著者	出版社	时间	备注
7	茶花女遗事	小仲马著，晓斋主人述，冷红生译	上海：文明书局	清光绪三十二年七月（1906）第2版	
8	新茶花	钟心青著	上海：申江小说社、明明学社	清光绪三十三年（1907）	
9	新茶花	钟心青著	上海：申江小说社、明明学社	清光绪三十四年（1908）再版	
10	新茶花（改良新戏剧情绘图）	上海环球社编辑部，上海环球社绘画部	上海：环球社	宣统元年十月（1909年10月）	
11	戏情小说新茶花	湘西学者著	上海：沈鹤记书局	民国二年（1913）	
12	新茶花（爱国小说）	朱勤补编	上海：新剧小说社	民国三年六月（1914年6月）	
13	茶花女遗事	小仲马著，晓斋主人述，冷红生译	上海：商务印书馆	民国十三年（1923）	
14	茶花女	小仲马著，刘半农译	上海：北新书局	民国十五年（1926）初版（1927年5月第3版）	
15	茶花女遗事	小仲马著，晓斋主人述，冷红生译	上海：商务印书馆	民国十五年（1926年7月第4版）	
16	茶花女	小仲马著，刘半农译	上海：北新书局	民国十八年（1929第2月）	

（续上表）

序号	书名	著者	出版社	时间	备注
17	茶花女	小仲马著，刘半农译	上海：北新书局	民国十九年（1930 年 4 月）	
18	茶花女遗事	林琴南著	上海：知新书局	民国十九年（1930）	
19	茶花女遗事	小仲马著，晓斋主人，冷红生译	上海：商务印书馆	民国十九年（1930）	
20	茶花女遗事（新式标点）	林琴南译	上海：新民书社	民国十九年（1930）初版	
21	茶花女遗事	小仲马著，晓斋主人述，冷红生译	万有文库，第一集一千种（王云武编），上海：商务印书馆	民国十九年（1930）	
22	北平小剧院院刊［期刊］	北平小剧院	北平：该院通讯社	民国二十一年（1932）	
23	茶花女遗事	小仲马著，姚莘农注译	上海：世界书局	民国二十一年（1932）十月初版	
24	茶花女遗事	小仲马著，林纾译	上海：商务印书馆	民国二十二年（1933）	
25	*The Lady of Camellias* 茶花女（英文版）	小仲马著，洪高译释	北平：北平文化学社	民国二十二年八月初版（1933）	
26	［歌剧曲选］啊，那是他么（选自歌剧“茶花女”）	魏迪作曲，许地山译词	中华音乐出版社	民国二十二年（1933 年 3 月）	

（续上表）

序号	书名	著者	出版社	时间	备注
27	茶花女遗事	小仲马著，林琴南译	上海：知新书社	民国二十三年（1934）	
28	茶花女遗事（新式标点）	林琴南译	上海：新民书社，南风文艺社印行	民国二十三年（1934）再版	
29	茶花女（小仲马名剧）	小仲马著，刘半农译	上海：北新书局	民国二十四年（1935）	
30	茶花女遗事	小仲马著，林琴南译	上海：春明书店	民国二十四年（1935）第5版	
31	茶花女遗事	小仲马著，晓斋主人述，冷红生译	上海：商务印书馆	民国二十四年一月第3版(1935年)	
32	茶花女	小仲马著，夏康农译	上海：知行书店	民国三十四年（1935）	
33	茶花女遗事	小仲马著，林琴南译	上海：文新出版社	民国二十五年（1936）	
34	茶花女遗事	小仲马著，林琴南译	上海：复兴书局	民国二十五年（1936）	
35	茶花女（录像制品）= *Camillo*	葛丽泰·嘉宝、罗伯特·泰勒主演；乔治·库克导演	美国：米高梅影片公司	民国二十五年（1936）	
36	茶花女	小仲马著，王慎之译	上海：启明书局	民国二十五年（1936）一月第3版	
37	茶花女遗事	小仲马著，王寿昌口译，林纾笔述	上海：商务印书馆	1937	

（续上表）

序号	书名	著者	出版社	时间	备注
38	茶花女	小仲马著，陈绵译，中华教育文化基金董事会编译委员会编辑	上海：商务印书馆	民国二十六年（1937）	
39	茶花女	小仲马著，冷红生译	上海：商务印书馆	民国二十八年（1939）五月	
40	茶花女	小仲马著，秦瘦鸥译	新京北：益智书局	康德六年（1939）	
41	茶花女	小仲马著，夏康农译	上海：合众书店	民国三十五年（1946）第2版	
42	茶花女	小仲马著，徐慰慈译述	上海：春明书店	民国三十五年（1946）八月初版，十月再版	
43	茶花女遗事	小仲马著，林琴南译	上海：文新出版社	民国三十五年十二月（1946年12月）	
44	茶花女	小仲马著，徐慰慈译述	上海：春明书店	民国三十五年十月（1946年10月）第2版	
45	茶花女	小仲马著，王慎之译	上海：启明书局	民国三十六年（1947）	
46	茶花女	小仲马著，陈绵译，中华教育文化基金董事会编译委员会编辑	上海：商务印书馆	民国三十六年（1947）二月第4版	
47	茶花女	小仲马著，胡苏译	上海：复活书店	民国三十六年（1947）	

（续上表）

序号	书名	著者	出版社	时间	备注
48	茶花女	小仲马著，夏康农译	重庆：知行书店	民国三十七年（1948）三月第7版	重庆陪都版
49	茶花女（话剧剧本）	小仲马著，陈绵译，中华教育文化基金董事会编译委员会	上海：商务印书馆	民国三十七年（1948）第5版	
50	茶花女	小仲马著，夏康农译	上海：知行书店、生活书店	民国三十七年十一月（1948）	战后新3版
51	茶花女	小仲马著，齐放译	北京：作家出版社	1955	
52	茶花女	小仲马著，齐放译	北京：人民文学出版社	1957	话剧剧本
53	茶花女	威尔第·G. 著，音乐出版社编辑部编	北京：音乐出版社	1959	
54	茶花女	威尔第作曲，皮阿威作词，苗林，刘荣嵘译配	北京：音乐出版社	1959	三幕歌剧
55	茶花女	小仲马著，陈林、文光译	南昌：江西人民出版社	1979	
56	茶花女	小仲马著	太原：山西人民出版社	1980	
57	茶花女	小仲马著，王振孙译	北京：外国文学出版社	1980	
58	茶花女	小仲马著，夏康农译	贵阳：贵州人民出版社	1980	

（续上表）

序号	书名	著者	出版社	时间	备注
59	茶花女	小仲马著，王振孙译	北京：人民文学出版社	1980，2003重印	
60	茶花女：音乐分析·脚本·选曲	威尔第作曲，人民音乐出版社编辑部编	北京：人民音乐出版社	1981，2000重印	外国歌剧小丛书
61	茶花女	人民音乐出版社编辑部著	北京：人民音乐出版社	1981	
62	巴黎茶花女遗事	小仲马著，林纾译	北京：商务印书馆	1981	
63	茶花女	徐礼娴改编，刘惠汉绘画	广州：岭南美术出版社	1983	
64	茶花女	小仲马著，夏康农译	贵阳：贵州人民出版社	1984	
65	茶花女	小仲马著，王振孙译	北京：外国文学出版社	1986，1997重印	
66	茶花女	小仲马著，王振孙译	北京：外国文学出版社	1986	
67	茶花女	小仲马著，李万寿缩写	贵阳：贵州人民出版社	1987	中外古今文学名著故事大全丛书

（续上表）

序号	书名	著者	出版社	时间	备注
68	茶花女	小仲马著，陈林、文光译	南昌：百花洲文艺出版社	1990	
69	茶花女浪漫的一生	［法］戴勒伯茨著，郭向桐译	天津：百花文艺出版社	1990	
70	茶花女与小仲马之谜	［法］波罗·德尔贝什著，董纯、沈大力译	北京：中国文联出版公司	1992	
71	茶花女	小仲马著，黄甲年译	武汉：长江文艺出版社	1992	
72	茶花女	小仲马著，夏康农译	贵阳：贵州人民出版社	1992 年第 3 版	世界文学名著
73	茶花女	小仲马著，朱静译	济南：山东文艺出版社	1993	
74	茶花女	小仲马著，汤淑君改写	台北：汉艺色研文化事业公司	1993	青少年必读世界文学名著
75	茶花女	小仲马著，朱静缩写	台北：业强出版社	1993	世界文学名著精华本

（续上表）

序号	书名	著者	出版社	时间	备注
76	茶花女：小说、话剧、歌剧	小仲马著，王振孙译	上海：上海译文出版社	1993	
77	茶花女	小仲马著，刘自强，严胜男译	长沙：湖南文艺出版社	1993	世界文学名著·第一集
78	茶花女	小仲马著，郑克鲁译	南京：译林出版社	1993	
79	茶花女	小仲马著，胡小跃译	桂林：漓江出版社	1993	插图本
80	*La Dame Aux Camelias*（英文版）	Alexandre Dumas, fils, Translated with an introduction by David Coward	北京：外语教学与研究出版社，Oxford University Press	1994	前有David Coward的序
81	*Camille*	小仲马著，杨光慈注释	北京：外语教学与研究出版社	1994	
82	茶花女 *La Dame Aux Camelias*（小说、话剧、歌剧）	小仲马著，王振孙译	上海：上海译文出版社	1994	
83	茶花女	小仲马著，郑克鲁译	南京：译林出版社	1993，1999重印	译林世界文学名著

（续上表）

序号	书名	著者	出版社	时间	备注
84	茶花女	小仲马著，张保庆、高如峰译	太原：北岳文艺出版社	1994	世界中篇名著精选
85	茶花女	小仲马著，郎维忠译	广州：花城出版社	1994	世界女性题材经典名著
86	茶花女	小仲马著，郑克鲁译	南京：译林出版社	1994，1998重印	译林世界文学名著
87	茶花女	小仲马著，郑克鲁译	南京：译林出版社	1994，1998重印	译林世界文学名著
88	茶花女：小说·歌剧	小仲马著，石宇译	长春：长春出版社	1995	新译世界文豪代表作文库
89	茶花女正传	［法］米歇丽娜·布代著，程依荣译	广州：花城出版社	1995	
90	茶花女	小仲马著，赵学桥译	贵阳：贵州民族出版社	1995	世界文学名著

（续上表）

序号	书名	著者	出版社	时间	备注
91	茶花女	小仲马著，李登福译	北京：北京燕山出版社	1995，1999 重印	世界文学文库：全译本
92	茶花女	小仲马著，黄甲年译	武汉：长江文艺出版社	1995，2002 重印	世界文学名著丛书
93	茶花女	小仲马著，李白英等改编，陈俭绘	上海：上海人民美术出版社	1996	世界文学名著精选：绘画本
94	茶花女	小仲马著，林文月改写	北京：北京出版社	1996	世界少年文学精选
95	茶花女（录像制品）	Dama Kameliowa / Anna Radwan，Jan Frycz 主演	北京：可视文化传播公司，山西电视台	1996	
96	茶花女	小仲马著，胡宗泰译	西安：陕西人民出版社	1996	
97	茶花女	小仲马著，张保庆，高如峰译	太原：北岳文艺	1996，1997 印第 2 版	世界著名中篇小说精品系列

（续上表）

序号	书名	著者	出版社	时间	备注
98	茶花女	小仲马著，全小虎译	成都：四川人民出版社	1997	
99	茶花女	小仲马著，孙良方，夏家珍译	福州：海峡文艺出版社	1997	
100	小仲马与茶花女（录像制品）		昆明：云南音像出版社	1997	
101	茶花女	小仲马著，莫兵译	延吉：延边人民出版社	1998	世界名著宝库：世界经典名著系列
102	茶花女	小仲马著，杨可译	北京：北京十月文艺出版社	1998	外国文学名著丛书
103	茶花女	小仲马著，吉宓等译	北京：外语教学与研究出版社	1998	世界著名中篇小说丛书：英汉对照
104	李斯特和茶花女	［德］弗兰西斯·维因瓦著，李元坚译	上海：东方出版中心	1998	

（续上表）

序号	书名	著者	出版社	时间	备注
105	茶花女	小仲马著，［日］吉村正一郎日文翻译，王振孙中文翻译	长春：吉林大学出版社	1998	日汉对照世界名著丛书
106	茶花女	小仲马著，莫兵译	延吉：延边人民出版社	1999	二十一世纪文库·世界文学名著宝库
107	茶花女	小仲马著，雪晴译	北京：大众文艺出版社	1999	世界名著宝库
108	茶花女	小仲马著，郑克鲁译	南京：译林出版社	1999	世界文学名著百部
109	茶花女	小仲马著，李雨译	北京：金城出版社	1999	世界文学名著·世界经典影片特藏版·第一辑

（续上表）

序号	书名	著者	出版社	时间	备注
110	茶花女（录像制品）= *Camill*	葛丽泰·嘉宝、罗伯特·泰勒主演	成都：四川文艺音像出版公司	1999	
111	茶花女	小仲马著，吴穹改写	北京：中国文联出版社	1999	世界少年文学名著百部：珍藏版
112	茶花女	小仲马著，文武译	北京：中国戏剧出版社	1999	世界文学名著经典：普及本
113	茶花女（电子资源.DVD）	［美］乔治·库克导演，葛丽泰·嘉宝、罗伯特·泰勒主演	北京：北京电视艺术中心音像出版社	1999	
114	西洋歌剧选曲（录音制品）：管弦乐伴奏及范唱·第二十辑	重唱，意大利歌剧乐团伴奏，Antonello Gotta 指挥	北京：中国音乐家音像出版社	1999	
115	茶花女	小仲马著，雪晴译	北京：中国社会出版社	1999	世界名著经典文库

（续上表）

序号	书名	著者	出版社	时间	备注
116	茶花女	小仲马著，王芳芳译	哈尔滨：哈尔滨出版社	1999，2000印	世界文学名著经典

附录三

光绪三十三年2月7日（1907年3月20日）的《时报》第五版“记东京留学界演剧助赈事”全文[①]

敬启者：阳历二月十一日，日本东京留学界因祖国江北水灾，特开救济慈善音乐会，醵资助赈。其中有春柳社社员数人，节取《茶花女》事实，仿西法组织新剧，登台扮演，戏名曰“匏止坪诀别之场”。其始描画亚猛接父书，不忍舍马克而之巴黎，经马克责以大义，配唐从旁敦促，乃凄然而去。濒行之时，亚猛作无可如何之状。马克知其一去不返，而故示以镇静，然其心中不可说之苦状，仍时时流露于眉宇间，情形颇觉凄惋。亚猛去后，傻伯爵即至（按小说中此时傻伯爵并未至匏止坪，戏中非插入此节，便无以助人兴会，且与小说之事亦并不相背）此时，马克因惜别痛饮，引起咳嗽，昏倒在床，伯爵惟与配唐相对闲话，旋即乘车而去。然后亚猛之父乃至匏止坪面责马克，鬓发苍白，怒容可怖，老境亦复可怜。马克答以与亚猛相交之历史，神色如常，并取出入帐簿呈阅，老者恍然，知马克为非常女，始缕陈利害，并勉励马克绝交亚猛。其间彼此议论，针锋相对，各抒怀抱，悱恻动人，言至痛心之时，老者频频堕泪，以手巾掩面，不能仰视。座客无不动容，且有多人几欲泣下。最后马克慨然自誓，断绝亚猛，老者惊喜过望，再三称赞，乃与马克握手。至此即下戏幕。

当其开幕之初，马克方在靠几假寐，亚猛旁坐观书，配唐背坐，闲作活计，满室寂然，情景如画。未几，门外来一按风琴之乞儿，略奏风琴（按此乞儿亦小说中所无，不过舞台上场面不得不如此点缀）亚猛即出止之，待傻伯爵来时，因于门外拾一手巾，即憨笑而入（按此手巾即马克送亚猛去后，痴立门外时所遗失），从此向配唐遂引起出无限笑话。而亚猛之父来时，在门外适又与伯爵相遇，一以盛怒，一以傻气，

---

① 转引自蔡祝青：《译本外的文本：清末民初中国阅读视域下的〈巴黎茶花女遗事〉》，辅仁大学博士学位论文，2009年，第89页。

彼此对碰，致将伯爵头上高帽、嘴里雪茄，纷纷落地，满座为之粲然。凡此三人之去来，各有穿插，绝不雷同，举动极为自然，若当时确有此种情形者。

是日观者约二千人，欧、米及日本男女亦接踵而至。台下拍掌之声雷动。此诚学界中仅有之盛会，且亦吾辈向未经见之事也。

数日后，仆邻居素不相识之日本人忽然过访，询余青年会馆演剧者，皆属何种团体？彼辈向于此道是如何研究？中国演戏与此派同异若何？余告以彼辈皆留学生，不过为慈善事助人兴会，闻皆系初次登台，向来如何研究却不深知。问伊探此何为？始知伊为新闻记者。据云：当日座客中新闻记者约六七人，其中亦有一二人曾于上海观过中国演剧者，觉与此大异。此次诸君新派演剧，能非多年研究，素有心得，断不能如此动人。妆饰盛设，亦皆合宜。所歉然者，吾辈仅能领略意趣，而以不通言语，致多隔膜，但闻贵国人时时拍掌，其言语之佳妙，可想而知。吾辈欲以此事登报，亦以不解语言之故，难于评议，或措词失当，反嫌无谓。所以不得不一访而审查之也。甚矣！吾学界偶有举动，莫不在他人耳目之中，不意区区者，彼辈亦注意至此！（下略）（笔者按：分段、新式标点为笔者所加。）

参考文献

中文文献

[1] 阿英：《晚清小说史》，北京：人民文学出版社 1980 年版。

[2] 阿英：《晚清文学丛钞·戏曲小说研究卷》，北京：中华书局 1960 年版。

[3]（唐）白行简：《李娃传》，北京：北京书局 1991 年版，据龙威祕书本排印。

[4] 蔡祝青：《译本外的文本：清末民初中国阅读视域下的〈巴黎茶花女遗事〉》，辅仁大学博士学位论文，2009 年。

[5] 蔡炳胜主编：《中国古典小说中的爱情》，台北：时报文化出版事业有限公司 1983 年版。

[6]［加］查尔斯·泰勒著，韩震等译：《自我的根源：现代认同的形成》，南京：译林出版社 2008 年版。

[7] 陈东原：《中国妇女生活史》，北京：商务印书馆 1998 年影印版。

[8] 陈国华：《京剧艺术论》，长春：吉林人民出版社 2007 年版。

[9] 陈建华：《帝制末与世纪末——中国文学文化考论》，上海：上海教育出版社 2006 年版。

[10] 陈嘉明：《现代性与后现代性十五讲》，北京：北京大学出版社 2006 年版。

[11] 陈龙：《近代戏剧对戏剧性问题的最初感悟》，见南京大学戏剧影视研究所编：《弦歌一堂论戏剧》，南京：南京大学出版社 2005 年版。

[12] 陈平原：《中国小说叙事模式的转变》（第 2 版），北京：北京大学出版社 2010 年版。

[13] 陈平原：《二十世纪中国小说史》（第一卷），北京：北京大

学出版社 1989 年版。

［14］陈平原：《清末民初言情小说的类型特征》，集于陈平原著：《文学史的形成与建构》，南宁：广西教育出版社 1999 年版。

［15］陈平原：《关于曼殊的小说》，集于陈平原著：《文学史的形成与建构》，南宁：广西教育出版社 1999 年版。

［16］陈平原、夏晓红编：《二十世纪中国小说理论资料》（第一卷），北京：北京大学出版社 1989 年版。

［17］范烟桥：《民国旧派小说史略》，集于魏绍昌编：《鸳鸯蝴蝶派研究资料（上卷）·史料部分》，上海：上海文艺出版社 1984 年版。

［18］费丝言：《由典范到规范——从明代贞节烈女的辨识与流传看贞节观念的严格化》，台北：国立台湾大学出版委员会 1998 年版。

［19］（明）冯梦龙：《三言·卖油郎独占花魁》，北京：大众文艺出版社 2008 年版。

［20］（明）冯梦龙：《情史》，长沙：岳麓书社 1986 年版。

［21］高彦颐：《闺塾师：明末清初江南的才女文化》，南京：江苏人民出版社 2005 年版。

［22］郭沫若：《学生时代》，北京：人民文学出版社 1979 年版。

［23］郭松义：《伦理与生活：清代的婚姻关系》，北京：商务印书馆 2000 年版。

［24］郭延礼：《中西文化碰撞与近代文学》，济南：山东教育出版社 1999 年版。

［25］［美］韩南著，徐侠译：《中国近代小说的兴起》，上海：上海教育出版社 2004 年版。

［26］［美］贺萧著，韩敏中、盛宁译：《危险的愉悦：20 世纪上海的娼妓问题与现代性》，南京：江苏人民出版社 2003 年版。

［27］胡适：《文学进化观念与戏剧改良》，《新青年》，1918 年第 5 卷 4 号。

［28］何善蒙：《魏晋情论》，北京：光明日报出版社 2007 年版。

［29］胡缨著，彭姗姗、龙瑜宬译：《翻译的传说：中国新女性的形成（1898—1918）》，南京：江苏人民出版社 2009 年版。

［30］胡焕龙：《〈玉梨魂〉：打开现代国人情感解放的“潘多拉盒子”》，《文艺理论研究》，2010 第 3 期。

［31］黄天石：《状元女婿徐枕亚》，《万象》（香港），1975 第 12 期。

[32] 黄远庸：《新茶花一瞥》，《远生遗著》，中国科学公司 1938 年版。

[33] 黄宽重、李孝悌、吴政上编：《俗文学丛刊》第 4 辑卷 382，台北：中央研究院历史语言研究所、新丰出版股份有限公司 2001 年版。

[34] 蒋光慈：《冲出云围的月亮》，长春：时代文艺出版社 2004 年版。

[35] [英] 杰里米·芒迪著，李德凤等译：《翻译学导论——理论与实践》，北京：商务印书馆 2007 年版。

[36] [美] 凯瑟琳·奥兰斯汀著，杨淑智译：《百变小红帽：一则童话三百年的演变》，北京：三联书店 2006 年版。

[37] [苏] 科恩著，佟景韩等译：《自我论》，北京：三联书店 1986 年版。

[38] [法] 小仲马著，晓斋主人（王寿昌）述，冷红生（林纾）译：《巴黎茶花女遗事》，素隐书屋托昌言报馆代印，己亥（1899）夏，北京图书馆古籍馆藏本。

[39] 李今：《个人主义与五四新文学》，哈尔滨：北方文艺出版社 1992 年版。

[40] 李欧梵：《中国现代作家的浪漫一代》，北京：新星出版社 2005 年版。

[41] 李欧梵：《现代性的追求》，北京：三联书店 2000 年版。

[42] 李孝悌：《恋恋红尘：中国的城市、欲望和生活》，上海：上海人民出版社 2007 年版。

[43] 李奇志：《清末民初思想和文学中的"英雌"话语》，武汉：湖北教育出版社 2006 年版。

[44] 李又宁：《近代中国的自我与自述》，集于中央研究院近代史研究所编：《中国现代化论文集》，台北：中央研究院近代史研究所 1991 年版。

[45] 孟华：《比较文学形象学》，北京：北京大学出版社 2001 年版。

[46] [美] 刘剑梅著，郭冰茹译：《革命与爱情：二十世纪中国小说史中的女性身体与主题重述》，上海：上海三联书店有限公司 2009 年版。

[47] 刘纳：《嬗变：辛亥革命时期至五四时期的中国文学》（修订版），北京：中国人民大学出版社 2010 年版。

[48] 刘扬体：《流变中的流派——"鸳鸯蝴蝶派"新论》，北京：

中国文联出版公司 1997 年版。

［49］柳亚子：《论女界之前途及读孟广德韩女士平卿慰义女之作和其原韵》，《女子世界》，1904 年第 1 期。

［50］［法］罗兰·巴特著，许蔷蔷，许绮玲译：《神话：大众文化诠释》，上海：上海人民出版社 1999 年版。

［51］依更有情：《爱之花》（第一回），《浙江潮》，光绪二十九年（1903），第 6 期第 1 ~9 页。

［52］依更有情：《爱之花》（第二回），《浙江潮》，光绪二十九年（1903），第 7 期第 11 ~18 页。

［53］依更有情：《爱之花》（第二回），《浙江潮》，光绪二十九年（1903），第 8 期第 19 ~25 页。

［54］［美］纳撒尼尔·布兰登著，林本椿，林尧译：《浪漫爱情的心理：反浪漫时代的浪漫爱情》，北京：商务印书馆 2009 年版。

［55］蒙培元：《情感与理性》，北京：中国社会科学出版社 2002 年版。

［56］欧阳予倩：《自我演戏以来》，北京：中国戏剧出版社 1959 年版。

［57］秋星：《记环球中国学生会所演二十世纪新茶花新戏》，《时报》，1909 年 6 月 13 日。

［58］上海环球社编辑部：《二十世纪新茶花》，宣统元年（1909）10 月，藏于上海图书馆。

［59］上海图书馆编：《中国近现代话剧图志》，上海：上海科学技术文献出版社 2008 年版。

［60］苏移：《京剧二百年概观》，北京：北京燕山出版社 1989 年版。

［61］苏曼殊：《曼殊小说集》，上海：光华书局 1930 年版（百花文艺出版社影印版）。

［62］孙玉声：《妓女的生活》，上海：春明书店 1939 年版。

［63］佘小杰：《中国现代社会言情小说研究》，北京：中国社会科学出版社 2004 年版。

［64］唐小兵：《英雄与凡人的时代：解读 20 世纪》，上海：上海文艺出版社 2001 年版。

［65］陶晶孙：《牛骨集·急忙谈三句曼殊》，上海：太平书局 1944 年版。

［66］［美］王德威著，宋伟杰译：《被压抑的现代性——晚清小说新论》，北京：北京大学出版社 2005 年版。

［67］王德威：《现代小说十讲》，上海：复旦大学出版社 2003 年版。

［68］王德威：《抒情传统与中国现代性：在北大的八堂课》，北京：三联书店 2010 年版。

［69］王庾生讲述，吴同宾、李相心整理：《京剧生行艺术家浅论》，北京：中国戏剧出版社 1981 年版。

［70］魏绍昌：《鸳鸯蝴蝶派研究资料（上卷）·史料部分》，上海：上海文艺出版社 1984 年版。

［71］魏绍昌：《鸳鸯蝴蝶派研究资料（下卷）·作品部分》，上海：上海文艺出版社 1984 年版。

［72］王国维：《王国维文学论著三种》，北京：商务印书馆 2009 年版。

［73］魏秀仁著，杜维沫校点：《花月痕》，北京：人民出版社 1982 年版。

［74］文康：《儿女英雄传》，长春：吉林文史出版社 1995 年版。

［75］《文明大舞台新戏告白》，载于《申报》，辛亥二月初七日（1911 年 3 月 7 日）第 1 张第 7 版。

［76］夏晓虹：《晚清文人妇女观》，北京：作家出版社 1995 年版。

［77］夏志清撰，欧阳子译：《〈玉梨魂〉新论》，《联合文学》，1985 年第 12 期。

［78］夏志清：《爱情·小说·社会》，台北：纯文学出版社有限公司 1981 年版。

［79］湘西学者：《戏情小说新茶花》，上海：上海沈鹤记书局民国二年（1913）版。

［80］［法］小仲马著，王振孙译：《茶花女》，北京：外国文学出版社 1980 年版。

［81］谢冕：《1898：百年忧患》，济南：山东教育出版社 1998 年版。

［82］谢庆立：《中国近现代通俗社会言情小说史》，北京：群众出版社 2002 年版。

［83］薛绥之、张俊才编：《林纾研究资料》，福州：福建人民出版社 1982 年版。

［84］钟心青：《新茶花》，上海：明明学社光绪三十四年（1908）版。

［85］钟心青：《新茶花》，集于郑福田、王槐茂、杨飞云主编：

《名家藏书·花柳深情传·莲子瓶演义·新茶花》（第 50 卷），呼和浩特：远方出版社、内蒙古大学出版社 2000 年版。

［86］钟心青：《二十世纪女界文明灯弹词》，集于阿英编：《晚清文学丛钞·说唱文学卷》，北京：中华书局 1960 年版。

［87］《续新茶花》，《图画日报》，1910 年 6 月 12 日至 1910 年 7 月 22 日，共 37 幅图。

［88］徐斯年：《笔底英雄气 人间儿女愁——李定夷及其小说创作》，集于徐斯年：《侠的踪迹：中国武侠小说史论》，北京：人民文学出版社 1995 年版。

［89］徐枕亚：《玉梨魂》，上海：民权出版部民国二年（1913）版。

［90］徐枕亚：《玉梨魂》，南昌：江西人民出版社 1986 年版。

［91］徐枕亚：《雪鸿泪史》（十二版），上海：清华书局 1922 年版。

［92］许桂亭选注：《铁笔金针：林纾文选》，天津：百花文艺出版社 2002 年版。

［93］玄郎：《剧评》，载于《申报》，1913 年 5 月 1 日第 10 版。

［94］［捷］雅罗斯拉夫·普实克著，李欧梵编，郭建玲译：《抒情与史诗：现代中国文学论集》，上海：上海三联书店有限公司 2010 年版。

［95］［英］约翰·斯道雷著，杨竹山、郭发勇、周辉译：《文化理论与通俗文化导论》（第 2 版），南京：南京大学出版社 2006 年版。

［96］杨联芬：《晚清至五四：中国文学现代性的发生》，北京：北京大学出版社 2003 年版。

［97］姚玳玫：《想像女性：海派小说（1892—1949）的叙事》，北京：中国社会科学出版社 2004 年版。

［98］［德］叶凯蒂：《清末上海妓女服饰、家具与西洋物质文明的引进》，《学人》（第九辑），南京：江苏文艺出版社 1996 年版。

［99］（北朝）佚名：《木兰辞》，上海：上海人民美术出版社 2010 年版。

［100］袁进：《近代文学的突围》，上海：上海人民出版社 2001 年版。

［101］曾宪辉：《林纾》，福州：福建教育出版社 1993 年版。

［102］章义和、陈春雷：《贞节史》，上海：上海文艺出版社 1999 年版。

［103］赵山林，田根胜等编：《近代上海戏曲系年初编》，上海：上海教育出版社 2003 年版。

［104］周靖波编：《中国现代戏剧论·建设民族戏剧之路（上卷）》，北京：北京广播学院出版社 2003 年版。

［105］周蕾：《妇女与中国现代性：东西方之间阅读记》，台北：麦田出版有限公司 1995 年版。

［106］朱双云：《新剧史》，上海：新剧小说社 1914 年版。

［107］邹小站：《西学东渐：迎拒与选择》，成都：四川人民出版社 2008 年版。

外文文献

［1］Alexandre Dumas，fils. *La Dame aux Camélias*. Paris：CALMANN-LEVY，1965.

［2］Alexandre Dumas，fils. *La Dame aux Camélias*. Trans. David Coward. Oxford University Press & Foreign Language Teaching and Research Press，1994.

［3］Alexandre Dumas，fils. *La Dame aux Camélias*. Trans. Edmund Gosse. New York：The Modern Press，1925.

［4］André，Lefevere. *Translation*，*Rewriting And the Manipulation of Literary Fame*. Shanghai：Shanghai Foreign Language Education Press，2004.

［5］Haiyan Lee. *Revolution of the Heart*：*A Genealogy of Love in China*，*1900 –1950*. Stanford：Stanford University Press，2007.

［6］Hu Ying. *Tales of Translation*：*Composing the New Woman in China*，*1899 –1918*. Stanford：Stanford University Press，2000.

［7］Perry，Lin. *Mandarin Ducks and Butterflies*：*Popular Fiction Early Twentieth-century Chinese Cities*. Berkeley：University of California Press，1981.

后　记

该书付梓于我来说，并没有太多的欣喜。本怀着雄心壮志要好好在此问题上深刨，尽所能将此书完善后再行付梓，但由于种种个人的、功利的、世俗的因由，最终竟以此貌仓促面世，以致缺憾甚多，惭愧异常。但从更长远的学术历程来看，此书的付梓或许只是自己叩启学术研究大门的一段初始体验的记录，虽然它的瑕疵败绩让人有些难以卒读，但无论怎样，也留下自己学力尚浅、蹒跚学步的脚印。唯希望此缺憾能让我铭记该课题尚未尽述，日后必当继续耕耘，在此基础上扩展延伸，以求得更为完善之真解。

在写作的漫长过程中，我得到了太多的帮助。感谢艾晓明教授，给予我无私的指导，耳提面命，在我每一次低落时都给予理性且正确的指引；感谢宋素凤副教授总是给我鼓励，让我看到前面无论迷雾多深，总有星空；特别要感谢宋素凤的台湾朋友，及其学生不辞辛苦为我从台湾找到蔡祝青女士的博士学位论文；感谢穆雷教授、黄汉平教授、王东风教授、王坤教授、佟君教授、王又平教授、张世君教授指出此书论述中的种种不足，并悉心提出修改建议，唯感遗憾的是，他们的宝贵建议未能在此书中尽数实现；感谢吴敏教授、朱崇科教授，时常给我指点，让我明白为学的严谨与淡泊；感谢柯倩婷副教授，用自己的经历给我树立了成功的榜样，让我知道只要努力，一切皆有可能；感谢张俭，没有她帮我从香港寄回一本本的台湾及外文书籍，没有她陪伴我一起苦熬，相互勉励，恐怕我这一路会走得十分孤独。感谢陈翠平、陈静梅，在我每一次彷徨无助的时候，她们都及时出现并伸出援手；感谢张颖、冯芃芃对我有求必应；感谢郑岩芳、陈庆、杨宇、谢鹏、肖娜、黄海涛、黄群；感谢香港中文大学中国研究中心和赫尔辛基大学的 Mikako Iwatake 教授给予我学术交流机会，使我在其中认识了一众朋友——许清波、施亦任等，且获得他们在资料找寻等方面的帮助；感谢北京图书馆古籍部杜海华老师、浙江省图书馆沙老师、中山大学图书馆、华南师范大学图书馆一众帮助过我的热心的老师；感谢肖化教授等华南师范大学的同事给予我莫大的支持去完成写作。

最后我希望将这本并不成功的小书献给我亲爱的家人和上述所有的师长、朋友，感谢他们在我写作此书的过程中为我付出的真挚而无私的爱。

陈　瑜